海の稜線

黒川博行

1

上り車線の渋滞は基点の西宮《にしのみや》料金所まで続いている。総長と私をリアシートに乗せたパトカーは茨木《いばらき》料金所から名神《めいしん》高速道路に入った。赤色灯をまわし、サイレンを鳴らして路側帯を走る。

「ひどい混みようですな。尋常やおませんで」

私はいう。

「現場で一車線閉鎖しとるんやろ」

と、総長。

「しかし、何でまたわしらにお呼びがかかったんです。たかが車の事故ですやろ」

「よう考えてみい。たかが車の事故に、わしら捜一の探偵が呼ばれるわけあらへん」

「ほな、これは他殺《コロシ》ですか」

「そう、他殺や……」

呟《つぶや》いて、総長は外を見る。

長身痩軀《そうく》、短く刈った白髪、垂れ気味の長い眉《まゆ》と丸く小さな眼。フルネーム、総田脩《そうだおさむ》。大阪府警捜査一課、深町《ふかまち》班のベテラン部長刑事である。

「で、その他殺やという理由《わけ》は」

私は訊《き》いた。

「時限爆弾や。それで車を爆破したらしい」

「被害者《ガイシャ》は」

「二人」

「男ですか」

「男と女」

「心中ですか」

「あほ。こんな無茶苦茶な心中がどこの世界にある。覚悟の自殺なら時限装置なんぞ使うかい」

「すると、過激派の仕業か何か……」

「ブン、おまえ、いったい何を聞いて来たんや」

「いや……朝、家に電話かかって来て、すぐ茨木署へ行けと、それだけです。朝飯も食うてません」

「相も変わらずええ加減なやつや。先が思いやられる」

「そんなことといわんと、ちゃんと教えて下さいな」

「ブンは、三つか四つの子供といっしょやな」

「はあ……？」

「あれは何、これはどうしてと、ほんまにうるさい」

総長は眼をつむり、シートにもたれ込んだ。

現場が見えてきた。走行車線に三台のパトカー、その手前で制服警官が数珠《じゅず》つなぎの車を追越車線へ誘導している。我々のパトカーはそのまままっすぐ路側帯を走り、二十メートルほど行って停まった。ここにも数台の警察車輛《しゃりょう》が駐められている。鑑識の車だ。

総長と私はパトカーを降りた。風が強く、寒い。

事故車はボンネットを前方に向け、助手席側を下にして走行車線に横転していた。そばへ寄る。

「これ何ちゅう車や」

背中を丸めて総長がいう。

「セドリック……みたいですね」

車は、すぐには車種を判別できないほどひどく壊れ、燃えていた。フロントガラスはすべて割れて跡形もなく、ピラーは折れ曲がり、ルーフはねじれて、前部に長さ二十センチくらいの裂けめがあった。右のフロントドアとトランクフードはどこに吹き飛んだのか見あたらない。タイヤは雑巾《ぞうきん》のようになってホイールにぶら下がっている。

車内を見た。一面にまっ黒、油じみた刺激臭が鼻をつく。タール状の塊がいたるところにこびりつき、シートはあらかた骨になっている。

二つの死体は助手席側に崩れるように折り重なっていた。黒く丸い頭のところどころから白い頭蓋骨《ずがいこつ》がのぞいている。

私はふり返り、

「こいつは面も指紋も無理ですわ。どっちが男や女かも分らへん」

「そうか」

興味なさそうに総長はいう。中を見ようともしない。

「身元、どないなってます」

「まだや。どこからもそれらしい情報は入ってへん」

ぼそっといって、総長は向こうへ行き、通りかかった島本《しまもと》署の鑑識係員をつかまえて何やら訊《き》き始めた。私もそばへ行く。

総長がつかまえたのは、眉に白いものの交じった温厚そうな男だった。

「ブツは、アナログ式のトラベルウォッチ、コード、電池、それらの破砕片が右のフロントシート附近に食い込んでました」

言葉を選ぶようにゆっくり答える。

「爆発物は」

「ダイナマイトですやろ。ちゃんとした分析をせんことには断定できんけど」

「それにしてはひどい燃え方でんな」

「トランクに予備のガソリンを積んでたみたいやね」

「どういうことですねん」

「先に車室内でダイナマイトが爆発、それがトランクのガソリンに引火、二次爆発。あの燃え方やし、ポリタンクを三つや四つは積んでたんやないですかね」

「死因は？……検視官、どないいうてました」

「二人ともとりあえず焼死。あの状態ですやろ、検視も何もあったもんやない。検視官、三十分ほどどこにいてすぐに帰りました。剖検《ぼうけん》せんことには何も分りませんわ。死体、大阪医大に運びます」

「ほうでっか……どうも」

鑑識係員のそばを離れた。

ガードレールに二人並んで腰をもたせかけ、たばこを吸う。そこへとことことやって来たのが萩原薫《はぎわらかおる》警部補殿。今日は濃紺フランネルのジャケットに、タッターソールのボタンダウンシャツ。赤いレジメンタルタイがやけに目立つ。

萩原はセルフレームの眼鏡を指先で押し上げながら、

「見ちゃいましたよ、焼死体。こんな近くで見たの、初めてだ」

「何事にも、初めてはありますがな」と、私。

「できれば拝みたくないね、あんなの。寝覚めが悪いや」

「わしら、これからも、何べんも見なあきませんねんで」

皮肉を込めていってやった。

「いいじゃないですか、それで。仕事なんだから」

舌を引き抜いてやりたい。

「ところでお二人、これからの予定は」

「さあ、どないしましょ」総長が答えた。

「じゃ、島本署へ行きましょう」

「何がありますねん」

「目撃者がいるんです。班長ももうすぐ来る」

「ほな、もうちょっと現場見てから行きますわ」

「それじゃ、頼みましたよ」

いって、萩原は向こうへ行った。

「何ですねん、あいつ。えらそうに。まるで上司気どりでっせ」

私はいう。

「実際、上司やないか」

「要りませんわ、うっとうしい」

――萩原は「キャリア」である。国家公務員上級甲種試験に合格した警察庁採用の超エリートなのである。同じ大学卒ながら、私は大阪の某私大、向こうは花の東京の、あの東京大学卒なのである。性格はかなり歪《ゆが》んでいるが、頭の回転は常人より数倍速いとみえて、やつは二十三歳の警部補、私は二十九歳の巡査部長。キャリアは採用されたその時点で、巡査、巡査部長をすっとばして警部補となり、警察大学校で三ヵ月の初任幹部教養を受ける。それから現場に出て九ヵ月の実務研修をするのだが、何ゆえ萩原が我が深町班に配属されたのか、何の因果であんな若僧を上司としてあがめたてまつらねばならないのか、いまだに不満で仕方がない——。

「さ、そろそろ行こか。寒いわ」

総長はたばこを捨て、靴先で踏み消した。

「今日は遅うなりそうですね」

「ああ。……また忙しなる」

島本署は阪急《はんきゅう》京都線水無瀬《みなせ》駅のすぐ南、国道一七一号線沿いにあった。鉄筋コンクリートの四階建、古めかしい小さな建物だ。

総長と私、萩原の三人が署に着いたのは午前十一時、署長と刑事課長にひととおり頭を下げたあと、すぐ二階の刑事部屋に入った。そこには目撃者が三人いた。東工《とうこう》精器大阪営業所長・鈴木《すずき》昌孝《まさたか》、双葉《ふたば》運送運転手・世良《せら》正雄《まさお》、助手・小西《こにし》賢治《けんじ》。彼らは長時間ひきとめられたことについて別に不平をいうでもなく、既に何度も述べたであろう事故発生の状況を口々に語り始めた。

——十一月九日。大阪府三島《みしま》郡島本町、鈴木は名神高速道路桜井《さくらい》パーキングエリアを出た。右後方を確認し、加速しながら本線に入る。午前三時、コーヒーを飲みながら一時間近く休憩したので車内は冷え切っていた。

鈴木は営業所のライトバンで名古屋に向かっている。今日の午前、栄《さかえ》の本社で所長会議がある。早めに行って資料をまとめておくつもりだ。

道は空《す》いている。鈴木は速度を九十キロに保ち、追越車線を走る。

ルームミラーに遠くヘッドライト、かなりのスピードで近づいてくる。

パッシング。鈴木はライトバンを走行車線に寄せた。白いセダンが横を走り抜ける。セドリック、リアウインドー越しに二つの人影が見えた。時速百キロは優に超えているだろう。リアランプが見る間に小さくなっていく。と、その時、鈴木の眼の前がまっ白になった。ドーンという震動、鈴木はブレーキを踏んだ。スリップ。ライトバンは蛇行し、左右に大きく揺れた。やっとの思いで車を路側帯に停め、鈴木は外に飛び出した。

前方二十メートル、走行車線の真中にセドリックは横転し、すさまじい火柱を上げていた。あたりは真昼のように明るい。

鈴木はセドリックに走り寄った。なすすべもない。呆然《ぼうぜん》と炎を見上げる。

すぐ後ろにトラックが停まった。

「どうした」「えらい事故や」作業帽の男が二人、走って来た。世良と小西だった——。

「なるほど、そういうことでしたか……いや、どうもありがとうございました」

聞き終えて、総長は頭を下げた。三人の話からこれといっためぼしい情報を得ることはできなかった。

十一時三十分、班長の深町が川島《かわしま》係長といっしょに署に現れた。

十二時、残る六名の捜査員が来て、深町班の十一人が揃った。

深町は全員を刑事部屋横の会議室に集め、

「ええか、よう聞け。ここでいったん、まとめをつけとこ」

胸を反らして一座を睥睨《へいげい》する。その三角に尖《とが》った頭頂部にはほとんど毛がなく、鼻はだんごで唇がやたら厚い。げじげじ眉《まゆ》に金つぼまなこ、背も低い。つまるところ、外見的には何ひとつ取り得がない。その取り得のなさを尊大さでカバーしようとするからなお始末が悪い。この態度の大きさがなければもう少しは昇進が早かったのだろうが、本人は捜一の鬼をもって任じているから、人から何と思われようとまったく意に介さない。年は五十。旧制中学卒の叩《たた》き上げで、ま、その能力は誰もが認めているところだが、私にいわせれば仕事に没入しすぎて余裕というものがない。妥協とか寛容ということを知らない。だからそばにいて息がつまる。正直いって、私は深町が苦手だ。

「まず第一は、被害者の特定や。死体はあのとおり黒焦げやし、車の中に身元を割り出せそうなブツはなかった。みんな、きれいさっぱり灰になっとる。……けど、ひとつおもしろいもんが見つかった」

「何です」

主任の原田が訊《き》いた。

「キーや、キー。車内からキーが発見されたんや。ダッシュボードのあたりはぐちゃぐちゃになってたけど、キーは燃えて裸になったキーボックスに差し込まれた状態で見つかった。そやから、セドリックは盗難車ではない」

「ほな、被害者は」

「セドリックの持主と考えられる」

「持主は」

「ちょっと待て」

深町はポケットからメモ帳を抜き出し、繰った。

「神戸市中央区《ちゆうおう》加納町《かのう》三丁目、小島和宏《こじまかずひろ》。年は二十三。自宅に連絡とったんやけど、小島はきのうから家に帰ってへん」

「あの仏さん、男の方は小島和宏と考えて、ほぼ間違いおませんな」

「ま、そういうこっちゃ」

「爆弾、どないなってます」

「それはさっき鑑識から報告があった。採取した火薬粉粒を検査した結果、爆発物はダイナマイトであると断定された。セドリックの壊れようからみて、五本ぐらいを束にしたのを、運転席の下にセットしたんやないかという意見やった」

「時限装置、どんな仕掛けです」

「ダイナマイトに雷管を差し込み、乾電池とトラベルウォッチを接続したらしい」

「それ、素人にも作れますんか」

「専門知識は要らんみたいやな。コードのつなぎ方さえ間違わなんだら誰にでも作れる」

「ダイナマイトと雷管の入手先、洗わなあきませんな」

「土木工事現場、石切り場、そのあたりからあたってみないかんやろ」

「人員の配置、どないなります」

川島がいった。

「半分が爆弾と遺留品、あとの半分は被害者の特定と足取り捜査や」

「具体的には」

「わしと萩原君、総長と文田《ふみた》、橋田《はしだ》と堤《つつみ》が被害者や。爆弾の方は川さんに任せる」

深町や萩原といっしょだと聞いて眼の前が暗くなる。

「帳場《ちょうば》、ここでっか」

総長が訊いた。

「ま、そうなるやろ」

「かわいそうに。島本署もええ迷惑でっせ」

――大阪府警捜査一課には全部で十の班があり、このうち、強盗事件班、火災専門班、特殊捜査班の三班を除くあとの七個班が殺人事件を担当する。各班は警部を長とし、その下に警部補が一ないし二人、あとは巡査部長、巡査長八、九人の、計十人から十二人編成となっている。事件発生と同時に、班はその事件発生地を所轄とする警察署に派遣され、署から十人ないし二十人の応援捜査員をもらって捜査を開始する。だから、ただでさえ不足している捜査員を差し出し、場所を提供しなければならない所轄署としては、捜査本部（大阪では帳場と呼ぶ）の設置をできれば避けたいのだろうが、これは府警本部長命令だから断ることなどできない――。

部屋の電話が鳴った。深町が受話器をとる。

「――ああ、そうや、わしや。――何やと、小島が？――分った。いうてくれ」

深町はメモ帳に何やら書きつけ、受話器を置いた。こちらを向き、

「府警本部からや。小島和宏は生きとった」

何ですて――みんながいう。

「このごろの若いやつは何を考えとるんか分らん。小島のやつ、女とどこぞへ泊まってたらしい。ついさっき、家へ帰って来よった。小島がいうには、あのセドリック、名義上は小島の所有やけど、一年前、友人に売ってる。友人の名前は村岡勝《むらおかまさる》……神戸市兵庫区湊町《みなとまち》四の三」

「それじゃ、あの死体は村岡……」

萩原がいう。

「違う。村岡も生きとる。今、店におるらしい」

「その店というのは」

「新開地《しんかいち》の丸玉《まるたま》いうパチンコ屋」

「ぼくが行きます。行かせて下さい」

すかさず、萩原は手をあげた。

「ふむ……」

深町はひとつ間を置いて、「よっしゃ。ブン、おまえいっしょに行け」


水無瀬駅から阪急京都線に乗り、十三《じゅうそう》着。神戸線のホームで電車を待つ。萩原は四、五人並んだ列の後ろに立ち、クラッチバッグから出した書類を読んでいる。私はホームのベンチに腰を下ろし、たばこをふかす。

電車が来た。私は立ち上がり、萩原の横に並ぶ。

電車が停まった。ドアが開き、客が降りる。乗車待ちの列が崩れ、ドアの左右に人が群れた。

「何してますねん、ボーッとして」

萩原はまだ書類を読んでいる。

「早《は》ようせんと座れませんで」

「ちゃんと並んでなきゃダメじゃないか」

「知ってますか、神戸は遠いんでっせ」

そうこういっているうちに、客は我先に電車に乗り込み、空席は埋まった。

「しかし、ま、大阪人ってのはラテン系だね」吊《つ》り革につかまって萩原がいう。

「何です、それ」

「秩序ってものがない。公徳心に乏しい。遵法精神に欠ける。車は常時フライングスタートをするし、歩行者は信号を守らない。割り込みも平気でする。……無法都市だね」

「東京はどうですねん、紳士淑女、善男善女の集まりでっか」

「少なくとも譲りあいの精神がある」

「お上に頭を押さえられてるだけですがな。みんなしょぼくれてしもて、活気というもんがない」

「法と秩序を守る警察官がそういうことをいっていいの」

「気質と職業が必ずしも一致するとは限りませんやろ」

「ああいえばこういう、大阪弁てのは便利な方言だ」

「方言……方言とはえらい大胆なお言葉でんな。それ、もっと大きな声で喚《わめ》いてみなはれ。そう、道頓堀《どうとんぼり》の橋の上あたりがよろしいわ」

「喚けばどうなるの」

「簀巻《すまき》にされて、次の日は冷たい骸《むくろ》と化してる」

「そうか、大阪人はヤクザなんだ」

「突然、何をいいだしますねん」

「これ見なさいよ」

萩原はドアのガラスに貼ってあるステッカーを眼で示し、「『指つめ注意』……大阪の乗客はみんなヤクザなんですよ」

「ほな、東京ではどない書いてますねん」

「ドアにご注意……よほど上品だ」

「あほくさ。標語までかっこつけとるんですな。まるでジャイアンツや」

「ジャイアンツがどうだっていうの」

「球界の紳士たれ……へそが茶わかしますな。江川《えがわ》獲《と》りにしろ、長嶋《ながしま》解任にしろ、根性ババ色や」

「タイガースよりはましでしょう。勝手者ばかりでまとまりってものがまったくない」

「そこがよろしいねん。管理されるばっかりのエセ優等生にプロスポーツはできさん」

「あなた、タイガースのファンなの」

「そういう係長、ジャイアンツのファンでっか」

「ぼくは野球なんて観ない。時間の無駄です」

「そら、そうですやろな。あんた、運動神経のあるような顔してへん」

「え、何ていった」

「何もいうてまへん」

私は窓の外に視線を移した。

西宮北口でやっと座れた。萩原はバッグを開け、さっきの書類を取り出す。

「何です、それ」

別に興味はないが、暇つぶしに訊《き》いてみた。

「公判記録」

「何の」

「城東《じょうとう》区関目《せきめ》の女子工員殺人放火事件」

「三年も前の事件ですがな」

「犯人の心理や手口を研究しようと思ってね。これは参考になる」

「そんなにおもろいでっか、お勉強」

「おもしろいね」

「得な性格でんな」

「今の世の中を制するに最も必要なものは何か……教えてあげようか」

「いわれんかて分ってますがな。金ですわ」

「プリミティブな発想だね」

「外来語使いなはんな」

「現代を生き抜く武器……それはね、情報ですよ。情報の多寡こそが人的ピラミッドにおける各個人の位置を決定する」

「何や難しいな」

「ここ四半世紀、関西発祥の企業が次々と東京に本社機能を移すのはなぜか、考えたことある？」

「ミエですやろ」

「ミエで企業が動くわけないでしょうが。……情報ですよ、情報。東京こそその中心。大阪の地盤沈下は止めようがない」

「それがどないですねん。情報があっても文化があらへんわ」

「文化で飯は食えないね」

「よろしい。せいぜいガリ勉しなはれ」

「するよ。するから話しかけないでくれる」

萩原は背筋を伸ばし、書類に目を落とす。私は脚を組み、汚れた靴をやつのズボンにこすりつけてやった。

電車は三宮《さんのみや》を出て、地下に潜った。花隈《はなくま》、高速神戸、次が新開地だった。駅を出た。北へ歩く。附近は閑散としている。商店街は道幅こそ広いけれど、下はつぎはぎだらけのアスファルト舗装。労働者風の男がよく眼につき、大阪の通天閣《つうてんかく》近辺を思い起こさせる。最近は人の流れが、元町《もとまち》、三宮の方に移り、このあたりはさびれる一方だと聞く。

「七、八年前はよう来たもんです」

私はいった。「このすぐ東側が福原《ふくはら》いうてね、昔の遊郭ですわ」

「遊郭っていうと……あの、男と女が一夜をともにする？」

「そう。……けど、わし、一夜までともにしたことはおませんで。ほんの四十分か一時間いうとこです」

「じゃ、今もちょくちょく？」

「そんな給料もろてません」

「金があったら来るの」

「さあ、どうですやろ……最近は情趣いうのがおませんからね」

「そうだったのか」

ぽつり呟《つぶや》いて、萩原は立ち止まった。

「どないしました」私も立ち止まる。

「不潔だね。金で女性を自由にしようというその発想が気に入らないね。腐ってるね。そういうフテイの輩《やから》が同じ職場にいたとはね……いっとくけど、フテイのテイは貞操の貞だ」

「わし、貞操なんぞおませんがな。結婚もしてないのに」

「言い訳は聞きたくないね」

ここまでいわれると温厚な私もムッとする。

「係長……あんた、童貞ですやろ」

いってやった。一瞬、萩原の顔がひきつったように見えた。

新開地一丁目、湊川《みなとがわ》公園に至る百メートルほど手前に丸玉パチンコ店はあった。赤と黄の派手なイルミネーション、正面に大きなMARUTAMAのネオンサイン、萩原に続いてガラス扉を押した。玉貸し場の従業員に村岡勝を呼んでくれといった。

店の奥から村岡はすぐに来た。すでに事情はのみこんでいるらしく、私と萩原を誘って外へ出た。二軒隣の喫茶店に入る。

「忙しいところを申しわけない。私、こういうものです」

席につくなり、萩原は名刺を差し出した。村岡は両手で受け取る。鼻の下に細く薄いひげ、パンチパーマの髪が伸びて頭はボサボサ、額に二センチほどの疵《きず》がある。どう見ても元暴走族だ。

「こんなことなら、ちゃんと名義変更しとったら良かった。あの車、車輌《しやりよう》保険に入ってないんや」

村岡はさも情けないといった表情でいう。「セドリック、小島から買《こ》うたんが去年の秋。中古やけどまだ五年めの車や。それが、さっき警察から電話がかかって来て、島本町で燃えたと、こうや。おまけに、中には死体が二つ……あんまりや。おれ、もうどない考えてええやら分らん」

「確かに、残念ですね」

「おれ、働くの嫌になった」

「ところで村岡さん、セドリックが盗まれたのはいつですか」

「そんなん知らん。けど、四日前の晩までは、あった」

「それは」

「四日前、おれ、店を休んだ。ほいで、女の子と姫路《ひめじ》までドライブした。神戸へ帰って来て、駐車場に駐めたんが夜の十時ごろやった」

「その、駐車場いうのは」

私が訊いた。

「湊町の港陽《こうよう》モータープール。おれのアパートのすぐ裏や」

「もう知ってるやろけど、セドリックの中にころがってた仏さん、男と女やった。まだはっきりとは判ってへんけど、二人とも若い。たぶん、二十代やろ。村岡さん、あんた、心あたりないか」

「そんなもんあるかい。人の車盗《と》って、おまけにスクラップにしてしまいよった。もし知ってたら、おれ、ただでは済まさんで」

「あの車、ほんまに盗まれたんかいな」

「どういうことや」

「キーが付いていてたんや、キーが」

「それ、ほんまか」

「刑事が嘘つくかい」

「おかしいな。そんなはずないんやけど……」

「ありません。うちは年中無休です」

「佐川の顔や体に特徴は」

「頬っぺたに大きなほくろがありましたね。パチンコ玉くらいの」

「頬にほくろ、ねえ……」

呟くようにいって、萩原は上を向く。島本町の死体は黒焦げだ。ほくろの有無は分らない。

「他に大きな特徴は」

「そうですな……」

店長はあごに手をやり、「特にこれ、いうのはおませんな。中肉中背、髪は短め、眼の細い陰気そうな男でしたわ」

「なるほど」

萩原は聞いたことをいちいち手帳に書き込む。いつもそうだ。

「この履歴書、日付は今年の二月二日になってますが、佐川が勤め始めたのは」

「その次の日、二月三日やと思います」

「で、やめたのは」

「三月の末。たった二ヵ月ですわ。パチンコ屋の店員いうのは長続きしません」

「佐川、どこに住んでいました」

「新開地の新寿荘《しんことぶきそう》いう安アパート。私の紹介です」

「その新寿荘に、佐川は……」

「さあ……いつまでおったんですかな。たぶん、うちの店をやめた時に出て行ったと思いますわ」

「例の島本町の事故ですが、セドリックに同乗していた女性に心あたりは」

「ありませんな。いったん店を出たら、従業員が何をしようとわしの知ったことやおません」

「佐川晴雄に関して、他に気づいた点はありませんか」

「そういや、最初ここに来た時、足に包帯巻いてましたわ」

「包帯？」

「どっちの足かは忘れたけど、親指を折ったとかいうて、片足はちゃんと靴を履いてるんやけど、もう一方はスリッパ履きでね。……半月ほど、そんな状態でしたわ」

「その怪我は、どういった状況で」

「そこまでは聞いてません」

「分りました。さっきの新寿荘の場所、教えてもらえますか」

ええ、おやすいことです——店長はテーブルの下から丸玉のチラシを抜き出し、その裏に簡単な地図を描《か》いた。

——丸玉を出た。

「さ、次は新寿荘だ」

「その前にちょっと」

「何」

「もうそろそろ四時でっせ。飯食いましょうな、飯」

「あなた、一日中そんなことといってるね。食べることしか頭にないの」

「人間、食うことを忘れたら、死んだも同然ですがな」

「あるのは食欲と性欲だけ……下等動物だね」

「えっ、何ぞいいましたか」

「いや、何も……」

萩原は歩き始めた。

国道沿いのファミリーレストランで、私は八宝菜定食、萩原はとり雑炊を注文した。萩原は味が薄いと文句をいっていたが、そのくせ、ふやけた飯の最後の一粒まで碗《わん》を舐《な》めるようにきれいに食べた。


新寿荘に着いたのは五時、ファミリーレストランを出て国道を東へ三分ほど歩き、ガソリンスタンドを一筋南に入ったところにあった。木造モルタル塗り、二階建の古めかしいアパートだ。建物は道路から三メートルほど奥にあって、前に十数台の自転車、バイクが駐められている。

「わし、島本町の被害者は佐川晴雄に間違いないと思いますわ」

新寿荘を見上げて、私はいった。

「なぜそう思うの」

「カンですがな、カン」

「前近代的だね」

「刑事のカンなくして捜査は成り立ちません」

「そういう十手《じって》捕縄《とりなわ》思考が刑事警察の機能低下を招く。警察学校で習ったでしょ」

「わし、お勉強いうのが大嫌いでね、習《なろ》うたことはみんな右から左ですわ」

「ぼくはブンさんの考えに同意できない。被害者は佐川晴雄じゃない」

「理由をいうてもらいまひょか」

「セドリックには女が同乗していた。もしぼくが女性とデートするなら、盗んだ車など使わない。自分の車がなければ、レンタカーを借りる」

「午前三時に名神でおデートとはね。わしが女といっしょやったら、そこいらのラブホテルでしっぽり濡《ぬ》れてる時間ですけどな」

「あなた、そういうことしか頭にないの」

「よろしいがな。それが男というもんや」

言い放ち、私は先に立って新寿荘に入った。右横の郵便受けを見て、佐川の名がないことを確認する。

「佐川、やっぱり、いてませんな」

「管理人はいるのかな」

「こんな薄汚いとこにおるわけない。……郵便受けの下に電話番号書いてますわ」

「うん。……電話してみよう」

萩原は手帳に番号を控え、外へ出て行った。

私はたばこに火を点《つ》ける。

十分ほどして、萩原が戻って来た。小太りのおばさんといっしょだった。

「佐川さんがここを出たん、三月の末ですわ」

おばさんはゆっくり喋る。「丸玉いぅパチンコ屋の店員さんでしたわ」

「次はどこへ行くいうてました」

「さあね……聞いてません」

「佐川の部屋は」

「二階の突きあたり。今は学生さんがいてはります」

「いつ入りました」

「佐川さんが出てすぐ。入れ替わりですわ」

「そら、あきませんな」

まだ空室なら、佐川の残したものがあるかもしれなかった。

「佐川の人相、憶《おぼ》えてはりますか」

「そうやね……左の頬っぺたにほくろがありましたわ」

「他には」

「……前の歯、そう、上の前歯に銀をかぶせてましたわ」

十一月十日、午後二時。島本署捜査本部において、府警本部捜査一課調査官（次長）、島本署署長、刑事課長臨席のもと、捜査会議が開かれた。

捜査本部にあてられた小会議室は約二十畳、人いきれとたばこのけむりで白くかすんでいる。

腕の時計を見て、深町が口をきった。

「昨日、十一月九日、午前三時二分、三島郡島本町名神高速道路桜井パーキングエリアの北、一・五キロの地点で、乗用車がダイナマイトにより爆破された。車は横転して炎上、乗っていた二人の男女が死亡した。死因は焼死。現在のところ、死亡者の身元は不明。乗用車は、――」

セドリック2000ターボブローアム。所有者は神戸市中央区加納町、小島和宏、二十三歳。小島は昨年十月、セドリックを友人の兵庫区湊町、村岡勝、二十四歳に売った。名義変更はしていない。村岡は兵庫区新開地のパチンコ店丸玉に勤務している。村岡の話により、車は十一月五日、午後十時まで湊町の港陽モータープールにあったことが確認されている。セドリックには合鍵《あいかぎ》が三本あり、そのうちの一本によって盗まれたものである。

「と、そういうことなんやが、ここにひとつ耳よりな話がある。それは、丸玉パチンコ店に以前、佐川晴雄という男が勤めとって、――」

深町は、私と萩原が仕入れて来た情報を全員に伝えた。

「その、バンパーに貼ってあったキーですけど、佐川が盗ったことに間違いはないんですか」島本署の捜査員が訊《き》いた。

「まず、間違いはない。キーはリアバンパー裏のステーの内側に布テープでぴったり貼り付けてあった。めったやたら手を突っ込んで探しあてられるようなもんやない。それに、島本町の現場で、リアバンパー附近からこのキーは発見されてへん」

「駐車場で村岡がキーを貼り付けるとこ、誰かに見られたんと違いますか」

「それはない。絶対にない。村岡がそう断言した」

「ほな、島本町の被害者は佐川晴雄……」

「それが、残念なことに違うんや」

「へっ……」

「死体と佐川とは推定年齢こそ一致するけど、体の特徴が違う。丸玉の店長や従業員、及び佐川が居住していたアパート新寿荘の管理人の話によると、佐川の上の前歯には銀冠が装着してあった。それと、左足親指に比較的新しい骨折痕《こん》があるはずなんや。対するに、死体にはそれらの特徴、痕跡がない。……島本町の被害者と佐川晴雄はまったくの別人や」

いって、深町は薄い頭をひと撫《な》でした。

私はふり返り、萩原を見る。眼が合った。さも得意そうに笑っていやがる。

「しかしながら、この、佐川がセドリックを盗んだであろうという事実は、非常に有効な手がかりになると思われる」

深町はしわがれ声を一段高く張り上げ、「ここに、佐川晴雄が丸玉に出した履歴書がある。……昭和三十六年、二月四日生まれ。四十八年、大阪市大正《たいしょう》区三軒家《さんげんや》西《にし》小学校卒業。五十一年、同区大正東中学校卒業。五十四年、大阪府立泉尾《いずお》高校卒業。同年四月、東成《ひがしなり》区大今里《おおいまざと》の高井田板金工業所に入社。五十九年、同工業所を退社。本籍及び現住所は大正区藤山町二丁目五の二という具合になってる。裏をとった結果、これはすべてガセ。三軒家西小学校、大正東中学校、泉尾高校というのは確かに存在するけど、佐川晴雄という卒業生はいてへん。また、東成区大今里に高井田板金という会社はない。対象を大阪府下全域に広げてもそんな名前の会社はなかった。また、大正区に藤山町という地名はない。……佐川晴雄、偽名や。脛《すね》に傷持つユーレイや」

「佐川は新寿荘に二ヵ月ほど住んでたそうやな。指紋は無理か」

捜一調査官が訊いた。

「きのうの晩、いちおう、本部から鑑識を出しましたけど、これは空振りでした。今は専門学校生が住んどるし、佐川が部屋を空けたん七ヵ月も前ですから」

「ブン……」隣の総長が小さく私にいった。

「何です」

「こいつはどうもややこしそうやぞ。年を越すかもしれん」

「わしもそない思いますわ」

「くそったれ、また家で正月を迎えられへんやないか」

「ほんまや。十一月以降に事件打《ヤマ》ったやつは、量刑三割増しいうのどないです」

「そらええ。今度班長にいうてみい」

「こら、そこ。何を喋《しゃべ》っとる」

深町に怒られた。私も総長も下を向く。

「よっしゃ。今までの話で他に何か質問あるか」

深町は一座を見まわす。誰も発言しない。

「ほな、次。現場の状況と遺留品に関する報告を川さんにしてもらう」

深町の言葉に、川島は小さくうなずき、テーブル上のファイルをめくって、

――セドリック内から採取された物品のうち、判別の可能であったものは、アナログのトラベルウォッチ、乾電池、電気コード、男物腕時計、靴、女のバッグ、鍵《かぎ》、コンパクト、口紅、女物腕時計、硬貨七百三十円……以上である。どれも焼け焦げていたり、溶けてバラバラになってはいるが、破片や部品から製造元、型番をつきとめ、流通経路を割り出す予定。

ダイナマイトについては、近畿《きんき》一円の火薬製造工場、及びそれを使用する土木隧道《すいどう》工

事現場、石切り場等を調査する——。

「と、ま、以上や」

深町は川島の報告をひきとり、「ここでいちばんの手がかりになりそうなブツは、鍵や。これは、焼け残ったコンパクトの鏡や口紅の筒といっしょに発見されたから、女の持ち物やと考えられる。新東《しんとう》工業製で普通のシリンダー錠用。女の家か部屋の鍵ではないかと考えられる」

「刻印はどうです……キーナンバーとか」原田が訊いた。

「残念ながら、なし。それに新東工業製のシリンダー錠は関西一円に大量に出まわってる。大手建設会社に一括納入されてるし、町のたいがいの金物屋はこれを扱《あつこ》うてる。こいつをひとつひとつつぶしていくのは、かなり面倒や」

「ブツより、さっきいわはった佐川の線をたどる方がおもしろそうですな」

「ま、その方が効率はええやろ」

深町は興味なさそうにいい、「最後に補足しとく。……剖検による被害者の推定年齢は、二人とも二十歳から三十歳。血液型は、男がB、女がO。両方とも指紋はないし、骨格及び内臓にもこれといった特徴はない。それと、胃の内容物はなし。食後、四ないし五時間以上経過してる」

「ブン……おまえ、どう思う」総長がいった。

「はあ……?」

「あいつら、いったいどこへ行こうとしてたんや。何から逃げようとしてたんや。あの黒焦げ死体は何をいいたいんや……」

総長は腕を組み、天井を向いて嘆息した。

2

「ブン、今何時や」総長が訊く。

「七時二十分」

「今日は何軒まわった」

「十五、六、いうとこですかね」

「しんどい。帰ろか」

「ありがたい。そのひと言を待ってましてん」

十一月十二日、捜査会議から二日、総長と私は、近鉄《きんてつ》南大阪線藤井《ふじい》寺《でら》駅前にいる。ついさっき、近くの府営住宅から出て来たばかりだ。

——村岡勝など、丸玉パチンコ店の従業員十三人から聞いた話を総合したところ、佐川晴雄は丸玉に就職する前、羽曳野《はびきの》市野々上《ののうえ》、あるいは伊賀《いが》附近に住んでいたのではないかという結論を得た。

佐川は無口で同僚とあまり喋ることもなかったが、それでも、以前住んでいたアパートの近くに藤井寺球場があり、その照明灯が見えたこと、球場内の自転車預り所の隣に雨天練習場があり、選手のバッティング練習を覗《のぞ》いたことなどを話したという。

身長百七十センチ、中肉、眼が細く眉《まゆ》は薄い、左の頰にあずき大のほくろ、髪はスポーツ刈り、上の前歯二本に銀冠、年は二十六から八、そんな男が今年の一月末までここに居住していなかったか……私と総長はきのうから藤井寺球場周辺のアパート、マンション、文化住宅等を巡り歩いている——。

藤井寺駅。総長はまとめて買った切符の一枚を私に手渡し、

「今晩、暇か」

「別に予定はありませんけど」

「ほな、わしとこへ来い。よめはんにいうてフグを一本買うてある」

「てっちりですがな。こら楽しみや」

「ひれ酒で一杯、こたえられんで」

「そやけど、何でまたそんな高いもんを」

「今日は伶子《れいこ》の誕生日や」

「えっ……」

頰がゆるんだ。「伶子さん、帰ってるんですか」

「ああ。二日間、休暇をもろてな」

伶子というのは総長の一人娘で、年は確か二十三……いや、今日でめでたく二十四。

ともかく、美人である。私の好みである。ほっそりした顔だちで、眼は切れ長、鼻すじがまっすぐ通り、唇は丸くぽっちゃりしている。

私は今まで二度、伶子を見たことがある。まだ高校生でセーラー服を着ていたのが一度、次は彼女が短大を出て就職をする少し前だった。その時も総長の家に招かれ、お祝いをした。伶子は大手旅行代理店に勤め、今は名古屋支店の寮にいる。

近鉄阿部野橋《あべのばし》駅から地下鉄御堂筋《みどうすじ》線で桃山台《ももやまだい》、住都整備公団竹見台《たけみだい》団地、B棟六〇七号室の総田家に着いたのは八時三十分だった。

総長がチャイムを押す。すぐドアが開いて、「お帰り。……あ、文田さんもごいっしょで」

エプロン姿の奥さんがいう。

「あとでもうひとり来る。……用意は」

「できてます。さ、文田さんもどうぞ中へ」

居間に通された。真中に座敷机、その上にガスコンロと土鍋《どなべ》、フグと野菜を盛った大皿が脇にある。

「あの、これ、伶子さんに」

天王寺《てんのうじ》駅で買ったケーキを差し出す。

「それやったら本人にやって下さい。伶子、伶ちゃん……」

奥さんが呼びかけると、伶子さんが台所から現れ出《い》でた。ゆったりしたオフホワイトのシャツに少し細目のジーンズ、顔に化粧気はなく、長い髪を後ろで束ねている。

「お誕生日おめでとうございます」頭を下げた。

「わあ嬉《うれ》しい。ありがとうございます」

伶子は顔中で笑う。笑顔がまたいい。

「ま、そこへ座れ。ビールや、ビール持って来い」

総長はネクタイを緩め、鍋の前にあぐらをかいた。私は向かい側に膝《ひざ》を揃えて座る。

伶子は台所に戻った。

私は総長にビールを注ぎながら、

「さっきいうてはったでしょ、あとでもうひとり来る、とか。……あれ、誰です」

「係長や」

「川島係長ですか」

「違う」

「まさか、あの……」

「萩原係長や。招《よ》んで悪いか」

「いや、そんなこというてません。けど、何で」

「朝、帳場から家に電話したんや。よめはんにフグ買《こ》うとけ、とな。それを横で聞いてたんが萩原のぼんやった、というわけや」

「えらい図々《ずうずう》しいやおませんか。日頃は大阪の食いもんをばかにしてるくせに」

「係長も淋《さび》しいんや。たったひとり大阪へ来て官舎住まい、たまには家庭料理を食いたいんやろ」

「てっさ、まだですか、てっさ。あいつが来る前にみんな食うといたろ」

「おまえの方がよっぽど図々しいわ」

そこへ、チャイムの音。奥さんが玄関へ走る。ドアが開き、

「本日はお招きにあずかりまして、どうもありがとうございます」

萩原の気どった声。押しかけのくせして何が、お招きにあずかりまして、だ。

奥さんに続いて萩原が居間に入って来た。チャコールグレーの三つ揃いに濃紺のペイズリー柄のネクタイ、同色のポケットチーフを胸にさしている。萩原は私を見て少し驚いたようだが、すぐにいつものすました顔にもどり、「これ、伶子さんにどうぞ」

リボンで飾った四角い包みを差し出す。メロンのようだ。

「さ、お客さんの揃うたところで乾杯や。伶子、こっちへ来い」

総長の一声でてっちり誕生パーティは始まった。私はビールをたて続けにあおった。早く酔いたい気分だった。

——十一時、宴は終った。泊まっていけというのを辞退申し上げて、私と萩原は総田家をあとにした。千里《せんり》一号線を駅に向かってほろほろ歩く。

「いいね、美人だ」

萩原がいう。「その上、気だてもよさそうだ。よく気がついてやさしくて、いい奥さ

んになる」

「そうでもおませんで。わし、あの子が中学生のころからよう知ってるけど、けっこうわがままで気も強い。人は見かけによらんのでっせ」

「そうかな、そうも見えなかったけど」

「悪いことはいわん、あんなん相手にしなはんなや」

「そういわれるとよけいに相手をしたくなる。今度、デートに誘ってみようかな」

「あの子はね、ふだんは名古屋にいてますんや。それに、近々婚約するとかいうてましたわ」

「ほう。明日、総長に訊《き》いてみよう」

「嘘、嘘ですがな。総長につまらんことというたらあきませんで」

「ブンさん、気があるんじゃないの、伶子さんに」

「あほな。あの子はわしの妹みたいなもんや。好き嫌いを超越した仲でっせ」

「じゃ、遠慮はいらないんだ」

「何が」

「ぼくは伶子さんにアタックする。そう決めました」

「あかん、あかん。このわしが許さへん」

「ブンさんのいってること、支離滅裂だね」

「シリが割れていようと、ケツが滅裂であろうと、とにかくあの子に手を出したらあかん。フグにつられてむりやり押しかけて来たくせに、変な色気出しなはんな」

「妙なことをいうね。今朝、総長がぼくにいったんだよ、フグちりをするからぜひ食べに来てくれって」

「何ですて……。それ、嘘やおませんやろな」

「嘘いって何の得になるの」

「そうか……。わし、ひょっとして刺身のツマやったんか。総長もけっこう親バカしてはるんや」

「何をぶつぶついってんの」

「おっ、タクシー来た」

　私は車道に身を乗り出し、大きく手を振った。


「そういや、そんな人おりましたな。名前は石川《いしかわ》、石川春夫《はるお》とかいうてたけど北口《きたぐち》米穀店の主人があごを撫《な》でながらいう。彼は店の裏手にあるアパート、北辰荘《ほくしんそう》のオーナーだ。北辰荘は藤井寺球場の一キロほど南、野々上一丁目にある。

「左の頰っぺたに大きなほくろがあって……そう、上の前歯に銀をはめてましたわ」

「アパートを引き払《はろ》うたん、二月の初めに間違いおませんな」私は勢い込んで訊く。

「二月四日ですわ。あわてて越して行かはったから、よう憶えてます。……兄さんはついこの間までいてたのにね」

「兄さん？……それ、誰です」

「知りまへんのか。石川はん、兄弟でアパートにいてはったんでっせ。二階の続き部屋を借りてね」

「その、兄貴の名前は」

「石川謙一《けんいち》」

「仕事は」

「知りません。毎朝早《は》ようにアパートを出てましたけどな。……ま、作業服を着てはったから、事務職でないことは確かですわ」

「石川謙一さん、正確には、いつ北辰荘を出たんです」

「十一月七日。ライトバンに乗って荷物を運びに来てました」

「ライトバンで荷物をね……」

総長が口を開いた。「で、二人はいつアパートに入居したんです」

「ちょっと待って下さい、帳面に書いてあるし」

いって、北口は店の奥に引っ込んだ。

「当りやな。きのうのフグのご利益《りやく》やで」

軽トラックの荷台に落ちた米粒をひとつふたつ拾いあげて総長がいう。「石川春夫と佐川晴雄、こら間違いなく同一人物や」

「それと、春夫の兄、石川謙一。……ひょっとしたら」

「島本町爆殺事件の被害者。その可能性は充分や」

総長は米粒を指で弾《はじ》き飛ばす。

北口が戻って来た。ノートを繰って、

「今年の一月二十二日に入居契約をしてます。荷物を入れたんは次の日ですやろ」

「石川兄弟、どこから来た、いうてました」

「さあ、そこまでは……」

「石川謙一について知ってること、もっと話してもらえませんか。どんなつまらんことでもよろしいわ」

「ほな、よめはんを呼びますわ。あいつ、野々上の放送局でっさかいな。校長先生の家の猫の食いもんまで知ってまっせ」

「あんた、何いうてんの、人聞きの悪い」

野々上放送局が奥から出て来た。

彼女の話によると、――石川謙一はまじめに働いていた。朝六時半ごろアパートを出て、帰るのは夕方の六時。職種はおそらく土木、建築関係。作業着の右肩に鉄錆《てつさび》が付いているのをよく見た。

謙一は、彼女と出会ったりすると黙って一礼するだけで、自分から口をきくことはなかった。夜はたいてい部屋にいて、飲みに出たりはしなかった。家賃の払いはきちんとしていて、遅れたことはない。アパートの隣人との交際はまったくないようだった――。

「まだ若いのに影の薄い人でしたね。いつも下向いて、暗い顔して、世の中を拗《す》ねてるみたいで。何かわけありやと、私は思てました。あの人、どんな悪いことしましたん」

「いや、別に……」

「いうてくれてもよろしいやんか、減るもんやなし」

「わしらの給料が減りますがな」

「ま、お口のうまい」

奥さんは軽く私を叩《たた》く仕草をし、「ひとつ思い出しました」

「ほう、どんな……」

「石川さんの兄弟にはもうひとり、弟さんがいてはるんですね」

「それは……」

「十一月七日の夕方ですわ。謙一さん、ライトバンに荷物を積んで越して行きはったんやけど、その時、ライトバンを運転してたんが弟さん。眼鏡かけて、紺に赤いボンボンのついた正ちゃん帽をかぶってはりましたわ。あの人だれ、いうたら、いちばん下の弟やと謙一さんは答えました」

「弟、どんな顔してました」

「それが、よう見てないんですわ。弟さん、車から一歩も降りへんかったさかい。部屋の荷物下ろしたん、みんな謙一さんです」

「正ちゃん帽の弟、石川春夫やなかったですか」

「いや、あれは違います。ちゃんとした人相こそ分らへんけど、春夫さんとはまったくの別人。横顔が違いますわ」

「なるほどね、石川は三人兄弟でっか」

総長は呟《つぶや》くようにいい、「謙一と春夫、顔は似てましたか」

「さあ……あんまり似てなかったみたいですね。謙一さんはえらの張った四角い顔。春夫さんはどちらかいうたら細面のやさ男やさかい、ね」

「話は変わるけど、弟の春夫、アパートを出るころ、足に怪我してませんでしたかな。左足に包帯巻いてたと思うんですわ」

「そういえば、そんなこと憶えてますわ。親指の骨にヒビが入ったとかいうて」

「最後にもうひとつ。石川謙一の部屋、今はどないなってます」

「まだ空部屋ですけど」

「すんまへんな、ちょっと見せてもらえませんか」

「どうぞ、どうぞ、こっちです」

奥さんは先に立って歩きながら、「ところで刑事さん」

「何です」

「石川はんたち、どんな事件の犯人ですの」

「このごろ遅いな」

ポットの湯を急須《きゅうす》に注ぎながら、おふくろがいう。

「大きな事件抱えてるんや、仕方ない」

こたつに足を突っ込み、座ぶとんを枕に天井を見ながら私は答える。

「仕事もええけど、ちょっとは自分のことも考えんとあかんで」

「あれ、嫌やで。断っといて」

「またそんなことをいう。会いもせずに断ったら先方さんに失礼やないか」

見合いをせよと、おふくろはしつこくいう。結婚はしてもいいが、するまでのプロセスを考えると、正直わずらわしい。

「今度の休みはいつなんや」

「分らん」

「ほんまに因果な職に就いたもんやな」

「そやけどおふくろ、おれが警官になった時、喜んでたやないか」

「どんな職業であれ、子供が社会に出たのを喜ばへん親がどこにいてる」

「ほうか、おれも立派な社会人か」

「どこが立派や。まだ独り身のくせして」

「…………」

「ほんで、今日はどないやったんや」

「うん、それやけどな」

私は上半身を起こした。

「佐川が以前に住んでたアパート、見つけたんや。佐川には兄弟が二人おって、い」

母ひとり、子、こうして毎晩、おふくろと私はその日あったことを話しあう。師で、おふくろが聞き役。私の教育がよろしいせいか、最近ではおたいていは紋や血液型といった言葉が出て来る。川晴雄であることは疑いの余地がない。それと、石川謙一は名神高速のふくろこれもまず間違いない」

「店の奥さんによると、謙一は受け口であったという。解剖の結果、島本町のその特徴があると鑑定されている。の部屋、見事に空っぽやった。八畳一間に二畳ほどの板間がついた古くさい部屋やけど、汚い雑巾《ぞうきん》とバケツ以外は、マッチ棒の一本、チラシの一枚も残ってへんの」

総長と私は部屋を覗《のぞ》いただけで、上がり込みはしなかった。検証は鑑識に依頼した。「総長がいうには、雑巾は指紋を拭《ふ》いたもんに違いない、いうことやった。そやし、あの部屋から採取できるんはせいぜい髪の毛ぐらいやと思う。それで、おれと総長は明日から石川謙一の勤め先を割り出すことになったんや。総長の意見によると、謙一は鉄筋工をしてたらしい」

「鉄筋工？」

「建設現場で見るやろ、柱や壁に鉄の棒を何本も立てて鳥籠《とりかご》みたいに組んであるとこ」

「見たことあるわ」

「鉄筋工は鉄筋を肩に担いで運ぶ。それで服に錆が付く。謙一もそうやった」

「何でもよう知ってはんねんな、総長はん」

「そら、ま、刑事としては一流……いや、一流半くらいかな。やる気いうのはほとんどないみたいやけど」

「出しゃばったり、人を押しのけたりするのが嫌いなんやろ」

「そんなええもんやない。あれは持って生まれた性格や。……しかし、おれもややこしい職場におるわ。総長はあのとおりの人やし、萩原のぼんは見当はずれのとこでやたらはしゃぎまわる。班長はデコに青筋立てて怒るばっかりやし、ただひとりまともなおれ[illegible]ては苦労の絶え間がない」

[illegible]でええのや。若い時の苦労は買《こ》うてでもせえ、いうやろ」

「来年三十やで」

私は茶[illegible]な。いつの間にかおっさんになってしもて」

「ちゃんと歯磨し[illegible]な。なりとうてなったわけやあるまいし」

「ああ、[illegible]腰を上げ、「寝るわ。明日、六時に起こして」

分ってる」

「それから、寝る前に本読んだらあかんで。眼がわるうなるよって」

「はい、はい……」

総長の読みは的中した。石川謙一は、やはり鉄筋工だった。そして、弟の春夫もまた鉄筋工をしていた。

近鉄南大阪線の鉄材問屋、建築会社を軒並みあたって二日、兄弟の勤め先が判明した。富田林《とんだばやし》市喜志《きし》の大東《だいとう》鉄筋興業。大東の下請けのひとつに橋沢《はしざわ》組という鉄筋工の組があり、春夫は今年の一月二十三日から一月三十日まで、謙一は十一月五日まで、そこで働いていた。仕事の内容は、大東の資材置場兼作業場で鉄筋の切断、曲げ加工をし、それを現場に持ち込んで組み上げるというもの。

親方の橋沢によると、春夫は働き始めてちょうど一週間め、左足に鉄筋を落として親指を骨折、次の日には組をやめた。もともと体つきが華奢《きゃしゃ》で力もそう強くはなく、長続きはしないだろうと思われた。

一方、兄の謙一は組に根を下ろした。彼の働きぶりはひと言でいえばマイペース、可もなく不可もなし。将来も鉄筋工としてやっていくつもりなら、簡単な配筋図など読めるようにならなければならないが、彼に仕事を覚えようという意欲はまったくなかった。いわれたことをそれなりにこなす、ただそれだけだった。陰気、無口、変人、同僚は謙一をそう評した。現場での昼休み、みんなで近くの食堂へ行っても、謙一だけはひとり別の店へ行くという毎日だった。だから、九ヵ月余りをいっしょに働いていながら、謙一のプライベートな面は誰も知らないという。

橋沢組の鉄筋工は五名。れっきとした鉄筋工なら当然、労災保険などに加入しなければならず、謙一の身元も判明すると期待されたが、彼はいわば日雇いのアルバイト。これは謙一自身が望んだことで、親方の橋沢がいくら勧めても、彼は正規の手続きをしようとしなかった。

——結局のところ、石川兄弟の身元を突きとめることはできなかった。

「くそったれ、謙一も春夫も、どこにおってもユーレイやないですか」私はいう。

「そんな興奮するほどのことでもないがな。今の世の中、そういう根なし草でもけっこう暮らして行けるんや」

と、捜査本部のストーブに手をかざしながら、総長はいう。昼食後の休憩である。

「春夫と謙一、どう考えてもほんまの兄弟やおませんな。そのアカの他人の二人が揃いも揃て身元不明……これ、どういうわけですか。それに、あの女は何です。何が悲しいて謙一みたいなやつといっしょにセドリックに乗って黒焦げにされてしもたんです。春夫はどんなふうに謙一と女をたぶらかしたんです。名神を走って、二人はどこへ行くつもりやったんです」

「そんなもん、わしに訊《き》いたって分るかい。どこか遠いところやろ」

熱のこもらぬふうにいって、総長は窓の外を見る。二百メートルほど先に新幹線の高架。小さく長い列車が右から左に流れている。

ドアが開いて、萩原が現れた。私と総長を見て、こちらへ来る。ヘリンボーンのツイードジャケットに緑の無地のウールタイ、シャツはウインドゥペーンのボタンダウン。相も変わらぬ場違いなシティーボーイぶりである。

「しゃれてますな、今日のお召し物。そのクルミボタンがス、テ、キ」

「そうかな、ちょっと派手じゃないかな」

萩原はジャケットのえりをつまみ、まんざらでもないようす。

「六本木《ろっぽんぎ》や原宿《はらじゆく》歩く時はそういう格好《なり》せないかんのですか」

「いまどき、あのあたりを歩いてるのは地方の人ですよ」

「ほな、東京人はどこを歩きますねん」

「どこでもいいじゃないですか。それよりさ、今朝の新聞見た？『名神高速道路爆殺事件に重要参考人』……石川春夫の名が出ていたでしょ」

「それがどうかしましたか」

「そういう言い方はないと思うね。あの記事は捜査の足しになりこそすれ、マイナスにはならない」

「けど、大した効果も望めへん。……係長、何ぞええ考えおませんのか」

「石川謙一の線をたどるほかないのかな」

「どうたどりますねん。謙一にしろ、春夫にしろ、大東鉄筋には履歴書なんぞ出してへんし、米屋のおばさんもあいつらが北辰荘へ入る前の住所を知らん。入居をあっせんした駅前の不動産屋も知らん。要するに、北辰荘以前の二人については調べようがない」

「だからといって、ぼんやり手をこまねいているのもしゃくだな」

「そんなに気が急《せ》くんやったら、川島係長の応援にまわったらどないです」

――川島係長を主任とする原田、吉永《よしなが》たち深町班の五人は遺留品捜査をしている。セドリック内にあった遺留品のうち、捜査本部は、時限爆弾に使用されたトラベルウォッチとダイナマイト、及びガソリンを入れていたポリタンクに焦点を絞った。

ポリタンクは大部分焼失しているが、二次爆発の際飛び散った破片（主に把手《とって》部分）を集め、つなぎ合わせてみると、少なくとも三つ以上あることが確認された。タンクの製造元は堺《さかい》市出島《でじま》の東亜《とうあ》加成工業、販売、卸は大阪市西成《にしなり》区の生田《いくた》樹脂、生田はポリタンクを近畿一円のスーパー、ガソリンスタンドに流していた。川島はタンクの購入客を特定すべく、生田から得た販売リストをもとに調査を進めている。

一方、トラベルウォッチのメーカーはすぐに判明した。マルワ時計のTM－一〇八型、定価五千八百円。これはポリタンクと違い、全国のデパート、時計店などで販売されているが、幸運にも焼け残ったクォーツユニットの刻印からロットナンバーが判明し、その結果、一昨年《おととし》の三月に製造され、主に西日本に出荷された製品のうちのひとつであると確認された。その対象個数は六百。西日本の各府県警察署にTM－一〇八型の写真を添え、捜査の協力を依頼した。原田と吉永は今、所轄捜査員六名とともに大阪府下を歩いている――。

「しかし、ま、考えただけで気が遠なりますな。調べに調べて、やっとリストアップしたものをまたひとつずつ消して行く。たとえ購入客の特定ができたとしても、それが必ずしも犯人につながるとは限らん。つらいとこですわ」

「班の先輩たちが苦労してるっていうのに、よくそんなふうにいえるね」

「そういう係長、自分の分担はどないなってますねん」

「残念ながら、回答いまだなし」

――萩原は「歯」を担当している。被害者二人の歯列表を作成し、それを全国都道府県警察に送った。

「手配後、今日で一週間。一件の回答もないってのはどういうことでしょうね」

「そんなもんあたりまえですがな。頼みもせんのに歯列表を送りつけられて、それをいちいちカルテと照合させるような暇な歯医者がどこの世界にいてます。内容も見ずに破ってポイですわ」

「じゃ、どうしろというんです」

「待つしかおませんやろ、何かの拍子にぽろんと身元が割れるのを」

「何をいいだすかと思ったら、そんな他力《たりき》本願ですか」

萩原は腰に手をやって私を見下ろす。態度が気に入らない。

「よう聞きなはれ」

つい、きつい口調になった。「犯罪捜査というのはね、係長のお得意なペーパーテストとはまるっきり違いますんや。一たす一は二、二たす三は五と、決まりきった答えが出るもんやない。わしら、捜査のプロやいうても所詮《しょせん》は人間や。捜査能力にも限りがある。努力だけで犯人はパクれまへん。ツキと運が要りますんや」

「ぼくは、そうは思わないね。努力すれば必ず道は開ける」

「何を青くさいこというてますねん。世の中の人間すべてが係長みたいに自分の思いどおりに人生を切り開いて来たわけやおませんで」

「その言葉、ぼくとしてはどう解釈すべきなんだろうね」

萩原は私を睨《にら》む。負けじと私も睨みかえす。そこへ、

「家出人捜査、どないなってますんや」

総長が口をはさんだ。「謙一の方はともかく、女の方に保護願が出されてる可能性大でっせ」

萩原は両手で髪をかきあげ、

「そちらの方は時間がかかりそうです。推定身長百五十八。遺留品は、焼けてほとんど判別のつかない古い型の腕時計とコンパクト、部屋の鍵《かぎ》、手がかりが少なすぎます。照合は根気強くしていきますが……」

「こういうの、案外ひょっこりと判明すること多いんですけどな」

小さくいって、総長はまた外を見た。

列車が、今度は左[...]に流れていた。


[...]本を放り出し、眼をつむったちょうどその時、電話が鳴った。

――といいかけて、いないことに気づいた。きのうから地区の婦人会の旅行[...]ている。私はのそのそと寝床から這《は》い出した。居間へ行く。

「[...]い、文田です」

「秋原です」

この夜中に元気いっぱいの溌剌《はつらつ》とした声。受話器を放り出したくなった。

「[...]ます、。現場は此花《このはな》区、伝法《でんぽう》三丁目。阪神《はんしん》電車の伝法駅を南へ五十メートル。八千代[...]の一室で火災、ひとり死亡」

「それは……」

「他殺ですよ、他殺」

「そんなこと分ってますがな。過失事故に捜一が呼ばれるわけあらへん。わしが聞きたいのは、何で深町班が出なあかんかということですわ」

相手が萩原だと、どうしても難癖をつけたくなる。

「被害者は男。推定年齢、二十歳から三十歳。上顎《じょうがく》の中切歯二本に銀冠。名前は田川初《たがわはつ》男《お》」

「了解。…ひょっとして、佐川晴雄……」

「…から電話をしてるんです」

「…行きますわ」

受話器を置き、…部屋中をひっかきまわす。…をとる。靴下ひとつ探すのに、あっちのたんす、こっちの押入…

結局、すぐ行きます、が二十分後になってしまった。

現場はすぐに分った。午後十一時にあと十分。そこだけポツンと高い七階建のマンションを、まだ二重、三重のやじ馬が取り巻いていた。消防車は見あたらない。

…抜け、ロープを跨《また》いで玄関から中に入った。さして広くもないロビーの左横に

「部…

[redacted]屋に誰もいない。

…はロビー奥にあった。前に警備の制服警官がいる。私は手帳を呈示し、

「三〇五号室、エレ…ーを降りた正面です」

「出火は」

「午後八時二十一分。いや、よう燃えました。一時はすごい勢いで窓から火が噴き出してました」

「ほな、延焼は」

「幸い、してません」

「消防車、見んかったけど」

「一時間ほど前にひきあげました」

「ほうか……」

ドアが開いた。私はエレベーターに乗った。気のせいか、中は焦げたような臭いがした。

三階で降りた。狭い廊下は水びたし、歩くとピチャピチャ音がした。

ところどころペイントの剝《は》げた白い壁、三〇五号室の鉄扉のまわりだけが煤《すす》で黒くふちどられている。濃い緑色の鉄扉が今は赤錆《さ》びた茶色に変色し、火勢の強さを思わせた。

扉を引いた。

「こらひどい……」

内部は墨一色だった。煌々《こうこう》としたライトをすべて吸収するかのように、壁も天井もまっ黒、床は波うっている。天井のボードは抜け落ち、滴がしたたり落ちている。部屋のそこここに消防と鑑識の捜査員がいて、炭となった家具や壁の石膏《せっこう》ボードをつき、はがしている。

履いて来るんじゃなかった。

「ブン、こっちや」

奥の方から声がする。総長だ。

私は足許《あしもと》をよく見ながら、つま先立つように歩いた。おろしたてのデザートブーツ、履いて来るんじゃなかった。

「えらい遅かったやないか」

「その、シャツや靴下が」

「おふくろさん、留守か」

「よくご存知で」

「あほな子ほどかわいい。よういうたもんや」

「ところで、錦糸町《きんしちょう》のシティーボーイは」

私は訊《き》いた。

「係長といえ、係長と」

「ほな、係長さんは」

「さっきまでここにおった。今は班長といっしょに此花の消防署や」

「相も変わらず仕事熱心なことで」

「嫌味いうてんとブンも見習え」

「見習うから、もうちょっと詳しいこと教えて下さい」

「被害者の名前は田川初男。ひとり暮らしや。職業はなし。死因は絞殺。電気ごたつのコードが首に巻きついてる」

「で、そのあと、犯人は部屋に火を放って逃走、と。……目撃者は」

「おらへん」

「そら、おかしいな。出火は八時すぎやし、目撃者のひとりやふたり、おるはずです」

「時限発火装置や。犯人はそれをセットしてからフケよった。ごていねいに、ドアに鍵かけてな」

「ほな、フケたんはだいぶ前ですな」

「たぶん、今朝の午前三時、四時。そのあたりやろ」

「その何たら装置いうの、どんなもんです」

「炊飯器なんかに使うタイマーあるやろ。それと、電気コンロを組み合わせたらしい」

「またタイマーですか。名神のやり口と同《おんな》じですな」

「確かによう似とる。この二つの事件、根はいっしょや」

「手がかり、増えそうですな」

「仕事も増えるがな」

「ほんで、その田川初男……いや、佐川晴雄というた方がええんかな。それとも、石川春夫やろか」

「呼び名みたいなもんどうでもええ。どうせみな嘘や」

「ほな、その田川初男、どこにいてます」

「そこや。ブンの後ろ」

私は振り向いた。床は一面、土起こしをしたばかりの畑に墨汁の雨を降らしたようだが、部屋の奥、右隅に凹凸のひときわ高くなった部分があった。私は眼を凝らして、そばに寄った。

——紛れもなく死体だった。仰向《あおむ》きで、炭化、灰化がひどく、指先は白骨になり、一部が失われていた。眼や鼻はほとんど判別ができず、丸い頭はところどころ頭皮がはがれ落ち、黒白のサッカーボールになっていた。首によじれたハリガネのようなものが巻きついているのは、さっき総長がいった電気コードだろう。被覆が焼けて失くなり、銅線だけが残っている。

(わし、あんたが謙一を殺したもんやとばっかり思てたんでっせ。そやのに、同じようにまっ黒け。いったいぜんたいどないなってますねん)

小さく問いかけ、私は胸の中で手を合わせた。


十一月十六日、朝、東此花署第二会議室。正面の黒板の前に折りたたみ式の長テーブルが三脚、こちら側にパイプ椅子が二十数脚、会場の準備はすでに完了していた。私と総長は早めに来て、最前列に席をとった。

「寒いな、え。ストーブくらい入れたらどないや」

総長はたばこを咥《くわ》えていう。私はマッチを擦って、

「わし、少々寒い方がよろしいわ。温《ぬく》いと、すぐ居眠りしてしまう」

「ブンはどこででも眠れるからええ。わしら、この年になると眠とうても眠られへん」

いって、総長がけむりを吐いた時、

「早いね、もう来てたの」

と、後ろからあの東京弁。

「ここ、いいかな」

萩原は勧めもしないのに、私の隣に腰を下ろし、「やはり衝撃的ですね」

しゃくれたあごを突き出していう。

「何がですか」総長が応じる。

「名神高速道路で乗用車爆発、今度はマンションでガス爆発。展開が派手な上に、二つの事件は裏でつながっている。これはやはりおもしろい事件ですよ」

「仕事がおもしろい……。そら、よろしいな。羨《うらや》ましい」

総長は興味なさそうに横を向く。話の継ぎ穂を失った萩原は私の肩を叩《たた》き、

「まず被害者の特定だね。田川初男イコール石川春夫だろうし、身元が割れさえしたら、二つの事件の捜査は一挙に進展する」

「そうはいうけどね係長、田川の身元、ちっとやそっとでは割れませんで。田川、実際のとこは名なしのゴンベエやし、あのひどい焼け方や。面も指紋もおませんがな」

昨夜、マンション入居の際の被害者の賃貸契約書、――京都府綴喜《つづき》郡田辺《たなべ》町春日丘二丁目八の一、田川初男――をもとに、所轄署に身元の照会を依頼したところ、該当者なしの回答を得た。第一、田辺町に春日丘という地名がなかった。そこで対象を田辺町全体に広げて、田川初男という人物を捜してもらったが、それも徒労に終った。被害者は偽名を使ってマンションに入居していたようだ。

「こうして田川がどこにいても自分の身元を偽るには裏によほど深い理由《わけ》がある。だから、今後の捜査方針としてはですね、田川の交友関係を中心に――」

萩原は喋《しゃべ》り続ける。私は時々あいづちを打つが、話の内容は半分も聞いていない。

パイプ椅子がぽつぽつと埋まり、ほぼ満席となって、幹部連中が部屋に入って来た。班長の深町、係長の川島、東此花署の署長と副署長、刑事課長、計五人がテーブルの向こうに陣取る。いわば員数外の萩原見習係長は私たちヒラ捜査員とともにこちら側だ。

午前十時、捜査報告は始まった。最初に副署長が立つ。

「昨夜、午後八時二十一分、此花区伝法三丁目二十の八千代マンションにおいて火災発生、焼跡から死体が発見されました。他殺です。そこで本件を殺人放火事件とし、ここ東此花署に捜査本部を設置します」

手短にいって座った。

次に深町が立った。両手をテーブルにつき、

「初めに、解剖結果から報告する。被害者の死因は絞殺。後ろから電気コードで首を絞

められた。死亡推定日時は十一月八日から十日。少々腐りかけの上にあのとおりの丸焼けやから、これ以上幅を縮めることはできん。……つまり、犯人は一週間ほど前に被害者を殺して逃走。そして昨日、再度あの部屋に戻り、タイマーをセットしたのち、現場をあとにしたものと推定される。……ここまでで、何か質問は」

ポケットからハンカチを出し、深町は額を拭《ぬぐ》う。

「被害者は島本町事件の参考人佐川晴雄と同一人物ですか」

東此花署捜査員が発言した。

「上顎《じょうがく》の中切歯二本に銀冠。左足親指に、ここ一年以内に生じたらしい骨折痕《こん》。それと、田川が八千代マンションに入居したんが今年の四月一日。佐川が神戸新開地の新寿荘を引き払うたんが三月三十一日。……田川初男イコール佐川晴雄。そう断定して差し支えない」

「死体に油をかけた、とか聞きましたけど」別の捜査員が訊いた。

「ガスクロマトグラフの分析結果によると、かけたんは灯油や。石油ストーブのタンクが部屋の隅にころがってた。コンロとタイマーの燃え残ったプレートやコードの芯《しん》は死体のそばにあった」

「そのコンロとタイマー、犯人が持ち込んだもんですか」くだらないことを訊く。

深町は大きく息をつき、

「あのな、それを調べるのが君らの仕事と違うんか」

低い声でいう。捜査員は俯《うつむ》いて黙り込んだ。

深町はひとつ空咳《からせき》をして、

「被害者の田川初男やけど、旧住所の所轄に身元を照会したところ、――。死体はあのとおり、ひどい状態やし、部屋は燃えて指紋の採取も不能。というわけで、とりあえずは歯列を洗うほか身元を特定する手段《てだて》がない。それと、あの部屋には家財道具らしきものが……」

話しながら、黒板にマンションの簡単な間取りを描いた。2DK、入ってすぐ左側がバスルームとトイレ、右側にダイニングキッチン、奥に四畳半の和室と十畳のリビングルーム。

「和室には、小さい洋服だんすと整理だんすが一棹《さお》ずつと、電気ごたつ、ふとん。ダイニングには二人用の食卓。台所には冷蔵庫。リビングにはテレビと石油ストーブ。要するに、生活するに最低限必要なものしかない。田川の入居は今年の四月やから、もう七ヵ月になるんやけど、それにしては家具類が少ない。焼け崩れたたんすから出て来たんは服や下着類だけ。アルバムや手紙といった身元確認につながるものはいっさいないし。犯人が持って逃げた可能性大やな」

「ほな、室内を物色した形跡が……」後ろから質問。

「そう、確かにあった。たんすは開けっ放し、抽斗《ひきだし》の中はグチャグチャ。押入れの衣装函《ばこ》から冷蔵庫の中まで徹底的に荒らされてた」

「金目のもんは」

「もちろん、ない。……ないけど、これは金めあての犯行やない。元パチンコ店員の隠し持っとる金なんぞ、たかが知れとる」

深町はファイルの間から一枚の紙を抜き出して、「川さん、これ、黒板に書き写してくれへんか。このへんで、ひとつまとめをつけとかないかんやろ」

川島は立ち上がり、チョークを使い始めた。


一月二十三日。
▼石川謙一、春夫の兄弟が、羽曳野市野々上のアパート北辰荘に入居。二人は富田林市喜志の大東鉄筋興業（橋沢組）に勤める。
一月三十日。
▼春夫、前日に左足親指を骨折。大東をやめる。
二月三日。
▼春夫、神戸市兵庫区新開地の丸玉パチンコ店に就職。履歴書の名は佐川晴雄。
二月四日。
▼北辰荘を引き払い、荷物を新開地のアパート新寿荘へ。
三月三十一日。
▼佐川晴雄、丸玉パチンコ店をやめる。

四月一日。
▼新寿荘の荷物を、大阪市此花区伝法の八千代マンションへ。賃貸契約書の名は田川初男。
十一月五日。
▼石川謙一、大東鉄筋興業をやめる。
十一月七日。
▼謙一、北辰荘を出る。荷物を運ぶため、北辰荘の前に駐めたライトバンの中にいちばん下の弟がいた。弟は眼鏡をかけ、紺に赤いボンボンのついた正ちゃん帽をかぶっていた。
十一月九日。
▼午前三時二分。三島郡島本町の名神高速道路上でセドリックが爆発。男女が焼死。このうち、男の方は石川謙一と断定された。
十一月十五日。
▼午後八時二十一分。八千代マンション三〇五号室において出火。焼けあとから田川初男の死体が発見された。田川の死亡推定日時は七ないし五日前。
「と、今までに摑《つか》んだことを、こうやって時間経過に沿ってまとめてみた」
深町は黒板を眺めながら満足げにうなずき、「謙一にしろ春夫にしろ、ここまで身元を隠し通そうとするからには、裏に何らかの犯罪が絡んでる。名神で死んだ女についても、いまだに家族や知り合いから何の連絡も接触もないところをみると、これはそうひどい推論ではないと思う。で、その犯罪がどういう性質《たち》のものであるかは、今はまったく分らん。しかし、これらはいずれ捜査が進展して行く上で必ず明らかになっていく。今後の捜査方針としては、まず第一はいうまでもなく、被害者三人の身元の特定。それと、北辰荘の前で目撃された、いわゆるいちばん下の弟。春夫が死んだ今となっては、こいつが唯一の生き残りやし、また、この男を引きさえしたら、事件の全容は摑める。そこでひとつ、手がかりらしきものがあるんやが……石川春夫、つまり田川初男は死ぬ直前にカキ鍋《なべ》を食うとるんや」

「カキ鍋……」

二、三の捜査員が呟《つぶや》いた。

「被害者の胃の中から出たんや。カキ、ハクサイ、エノキ、豆腐、ネギ。食後一時間から二時間いうとこやな。それと、血中のアルコール濃度は〇・一五パーセント、ほろ酔いや。カキ鍋をつつきながら酒を飲む……たぶん、田川は誰かといっしょやった。そこで、わしの考えとしては、――」

ふと横を見ると、萩原はメモ帳を取り出して何やら熱心に書き込んでいる。覗《のぞ》き込む。

〈カキ、ハクサイ、エノキ――〉

こいつ、あほじゃなかろか。

「そう、年は二十七、八。少し痩《や》せ型で、頭髪は長めの七三分け。左の頬にあずき大のほくろがあり、上の前歯二本に銀冠を装着しています。その時はおそらく茶色の革ジャンパーを着ていたはずです」

萩原がメモ帳片手に訊《たず》ねる。

「さあ、覚えありませんな」

小料理屋のおやじは首を傾げて答えた。

店を出た。此花区千鳥橋《ちどりばし》、商店街のアーケード下を、萩原、総長、私の三人は並んで歩く。

捜査報告のあと、具体的な捜査分担が決められ、総長と私には萩原係長指揮のもと、カキ鍋を洗えとの指示があった。四貫島《しかんじま》から千鳥橋へと、我々はすでに二十軒以上の店を訊ね歩いている。

「ピンボケでもいい。写真があればね……」

萩原はいう。田川初男の人相、特徴、服装は、マンションの住人や電気、ガスの集金人から聞いた情報を整理したものだ。

「わしらにイメージのないものを他人様《ひと》に話してきかせるのは、難しおまんな」

他人事《ひとごと》のように総長はいう。

「こういう訊《き》き込みはほんと疲れるよ」

「何か食いまひょか。わし、腹減った」

「あそこに手打ちのうどん屋がありまっせ」と、私。

垢染《あかじ》みたのれんをくぐり、窓際に席をとった。

「だけど、さすが大阪だね、カキを食わせる店がごまんとある。東京じゃ、こうはいかない」おしぼりを使いながら、萩原がいった。

「ほう。どない違いますねん」総長が訊く。

「いわゆる鍋料理ってのはね、座敷に腰を据えて熱燗《あつかん》でも傾けながら食べるものでしょ。しかるに大阪はどうです。名前だけは料亭、割烹《かっぽう》と称する大衆食堂が掃いて捨てるほどあり、その小さな店の波打った合板のカウンターに、縁の欠けた小さな土鍋や粗末なアルミ鍋を置いて、カキが五つ、六つ入ったのを一人前だけ食べる。それでもカキ鍋には違いないんだからおそれいるよね、まったく」

長々と喋《しゃべ》ったのを聞けば、これは明らかに大阪を見下した発言だ。

カチンときた私は、

「へえ……ほな、東京ではカキをひとりで食うたらあきまへんのか」

「そうはいってないよ。大阪じゃ安直に好きなものが好きなだけ食べられる。そして、安い。そこが羨《うらや》ましいと思うんだ。味はどうだか分らないけど」

「自分の金で食うんや、どんな食い方しようと勝手ですがな」

「だけど、ものを食べるにはやはりムードというものがね……」

いいかけたところへうどんが来た。私はさっそく箸《はし》をつける。それを萩原は横目で見ながら、

「きつねうどんね。ぼくは苦手だ」

「何いうてますねん。これこそ大阪の味ですがな」

「それ、妙に甘ったるいでしょ」

「甘《あも》うないきつねうどん、あったら食うてみたい」

「出汁《だし》そのものも味が薄い。まるで病人食だ」

「わし、東京のそばやうどんこそ食う気がしませんな。やたらまっ黒で塩辛《かろ》うて。醤油《しょうゆ》に黒砂糖とインスタントコーヒーぶち込んで三日も四日も煮つめたような出汁や」

「勇気ある発言だね」

萩原がテーブルに身を乗り出したところへ、ざるそばと鴨なんばんが来た。休戦。萩原は箸を割り、両手でチャッチャッとこすり合わせる。

「へえ、東京ではそうな風にするのが作法でっか」

「これは単なる癖」

「随分とお上品で」

「腹減ってんでしょ。黙って食えば」

萩原はそばの下の方にほんの少しつゆをつけ、一気にすする。することなすこと、いちいちカンにさわる。

「盛り、うまいですか」

「まあね」萩原は唇を歪《ゆが》める。

大阪へ来た当初、萩原はざるそばを「盛り」といっていた。いつだったか、ある店で盛りを注文したのはいいが、セロファン包装の味付け海苔《のり》が出て来たことがあった。店のおやじがモリをノリと聞いたらしい。以来、萩原は絶対に「盛り」とはいわない。

食べ終った。

「行きまひょか」

伝票を持ち、総長は腰を浮かす。

「あ、それはいい。ぼくが払います」

萩原は伝票をひったくり、小走りでレジの前に行き、内ポケットから札入れを出す。いつもこうだ。大した給料ももらっていないのに勘定は必ずひとりで持とうとする。で、結局、萩原が払う。やつの唯一の美点だ。総長はともかく、私には最初から払う意思などない。

千鳥橋から西九条《にしくじょう》、四十数軒の店を歩いて一日は暮れた。収穫はなかった。

東此花署に戻って報告を済ませ、総長といっしょに帰途につく。環状線西九条駅に向から道すがら、

「ブン、もうええ加減にせえ」総長がいう。

「え……何をです」

「ぼんと角突《つの》きあわせることや。お前ら二人を見てると、わし、頭が割れそうになる」

「そやかて、あいつ生意気です。行儀見習の青二才のくせして」

「あと半年かそこらで遠い天上界に帰って行くお人や。それまで我慢せい」

「ほな何ですか、あいつはお釈迦《しやか》さんですか、西王母《せいおうぼ》ですか。わしら孫悟空はあいつの掌《てのひら》の上でおとなしくおっちんしてんといかんのですか。石猿にも意地というもんがあるんでっせ」

「また、わけの分らんことをいう。相手は警部補で係長。一応は上司やで」

「年は下ですがな」

「ほな、なおさらや。ブンの方が年上なんやから折れんかい」

「安物の兄弟喧嘩《げんか》やあるまいし、年がちょっと上やからいうて抑圧ばっかりされてたら、終《しま》いには非行に走りまっせ」

「そらええ、走ってみい。三十の不良少年いうのもまた一興や」

「まだ二十九です」

「いちいち訂正するな」

「とにかく、わし、あいつの東京権威主義が反吐《へど》の出るほど嫌いですねん。何かといや、東京を笠《かさ》に着て大阪をばかにする」

「そら、ブンの考えすぎや。コンプレックスの裏返しと違うか」

「総長までそんなことといわはる。大阪人のプライドを持って下さい」

「そんなもん、元からあるかい。わしゃ丹波《たんば》の産じゃ。……けど、ブンも大阪人なら、ちゃんと損得勘定せないかんで。一文の得にもならん喧嘩はせんことや」

「えらい老成してはりますねんな」

「達観というてくれ」

駅に着いた。時計を見上げれば午後九時五十分、当分はこんな毎日が続くだろう。

「さ、早よう帰って熱い風呂《ふろ》に入ろ」

いって、総長は小さく身を震わせた。


――そして、三日。


「ね、総長、この事件、案外あっさりとかたがつくような気しませんか」

南《みなみ》区歌舞伎座裏の喫茶店、冷めたコーヒーを飲みほし、私は話しかけた。総長はさっきからマンガに見入っている。返事をしない。

「ね、総長」もう一度いった。

「何や、うるさい。総長、総長と。わしら、どういう種類の人間かいなと疑われるやないか」

「あの田川、どう考えても、まともな人間やおませんな」

「まともやないから殺されたんやろ」

「そらそうですけど、やっぱりちょっと変わってまっせ」

捜査の結果、田川初男の日常がかなり明らかになった。マンションの住人や近所の連中に聞いた話を総合すると、

――田川は昼ごろ起き出し、まずマンションから東へ二百メートルほど行った「淳《じゅん》」という喫茶店に現れる。そこでスポーツ新聞に眼を通しながら、コーヒーとサンドイッチやトーストといった軽い食事を摂《と》り、三十分ほどして店を出る。店のマスターやウエイトレスとはあまり話をしない。窓際の隅のシートにひとり座って、新聞に見入っていることが多かったという。昼時、店が込んで相席を頼んだりすると、たとえ食事の途中であっても田川は黙って席を立ち、出て行った。だからといって機嫌を悪くしたようでもなく、次の日はまた同じ席に座り、同じようにスポーツ新聞を読んでいる。何となく薄気味悪いといって、ウエイトレスは田川を嫌がった。けれど、別に害になるわけでもなく、毎日七、八百円の売り上げに寄与してくれるので、少なくともマスターにとっては良い客であった。

淳を出たあと、田川は千鳥橋まで歩き、商店街の中の「優勝会館」「零戦」「スイート」といったパチンコ屋へ行く。そこで日が暮れるまで玉を弾《はじ》く。田川はよく負けた。だから、パチプロではない。負けて悔しがる風でもなく、たまに勝っても嬉《うれ》しそうな顔をするでもなく、黙然と台に向かっていた。

週に一、二度、田川は競艇をした。住之江《すみのえ》か尼崎《あまがさき》、場内に一日いれば十万近くの金をスッてしまうと、顔見知りのパチンコ店従業員にいっていた。

そのようにして時を過ごし、田川は八千代マンションに帰った。女といっしょだったり、部屋に客が訪れたりすることはなかった。外泊は月に二、三度あったようだが、どこで何をしていたかは分らない。

マンションの部屋代は月に六万八千円。支払いはきちっとしていた。

解剖による田川の年齢は二十五ないし三十歳。歯の摩滅度と頭蓋骨《ずがいこつ》縫合の癒着消失状態等で推定した。

田川の身元はいまだ不明。いちおう近畿一円の同姓同名を全員あたってみたが、消息不明者はいなかった。捜索保護願の出ている家出人等について、年齢、人相特徴が田川に近いものは現在調査中。また、焼け残った冷蔵庫の中、缶ビール等から採取された指紋は、最終的に該当者なし。

それら調査と並行して、田川を知る人たちに前歴者の顔写真も見せている。その一種閉鎖的日常と、職がないにもかかわらず金まわりが良かったことからみて、彼が犯罪者である可能性は充分にあったし、指紋が必ずしも田川のものだとは断定できないからである。

遺留品について、電気コンロとタイマーはメーカー、型番等を確認し、現在出どころをあたっている。これは犯人が部屋に持ち込んだものであろうと推定される。

田川が絞殺された日時については、八千代マンション住人から、かなり確度の高い情報が寄せられた。三〇八号室に住むホステス、津田《つだ》裕子《ゆうこ》。彼女の話によると、――十一月九日、午前四時、マンションに帰り着き、三階でエレベーターを降りた途端、はちあわせをした男がいる。男は瞬間的に後ろを向いたため、顔は見なかったが、頭に正ちゃん帽をかぶっていたことは鮮明に憶えている。紺地に細い一本の白いライン、ボンボンは赤だった。そしてもうひとつ、どちらの方かは憶えていないが、男は足をひきずるようにして歩いていた——。

捜査本部は色めきたった。赤いボンボンのついた紺の正ちゃん帽……北辰荘のライトバンの男である。剖検による田川の死亡推定日時は十一月八日から十日。津田裕子の証言から推すと、田川は九日午前三時ごろ殺されたことになる。犯人は、いちばん下の弟。そして、弟は足が不自由——。

「けど、無理もおませんな。男が二人、カキ鍋《なべ》を食うた。ひとりは革ジャンパー、もうひとりは正ちゃん帽。足が不自由やいうても、歩きながらカキつつくわけやないし、店の中で帽子をかぶってるとも思えん。そんなもん、憶えとけいう方が無理ですわ。それに第一、田川のやつ、正ちゃん帽といっしょにカキ食うたとは限らへん」

「かというて、何もせんわけにはいかんやろ。これがわしらの仕事、飯のタネや」

総長と私は相も変わらずカキ鍋を洗い、同時に弟の足跡も追っている。此花区、福島《ふくしま》区、西《にし》区はすでに訊《き》き込みを終え、今は南区を歩いている。田川がカキを食べた店を探しあてることができれば、彼の死亡直前の行動が明らかになるし、もしその正ちゃん帽といっしょであれば、同時にやつの足跡も摑《つか》むことができるかもしれないというわけだ。

「そろそろ行きましょか。今日中にあと二十軒はまわらんと」

私は腰を浮かす。総長は顔を上げもせず、

「ちょっと待て。あと十分や」

「ええ年してそんなもん読んで」

「『文福茶釜《ぶんぶくちゃがま》の大冒険』……おもしろいがな」

「好きにしなはれ」

私は腰を下ろし、たばこに火を点《つ》けた。テーブルの下から週刊誌を抜き出して読む——。三分の一ほど読んだ時、

「おいブン何してんねん。早ようせんと日が暮れるぞ」

マンガを放り出し、総長はのっそりと席を立った。

「もう……ほんまに勝手なんやから」

あわててあとを追う。

南区には料亭が六十、あと割烹《かっぽう》、小料理屋を入れると千軒近くの店があり、その大半がカキを扱っている。

「この大阪だけで、年間どれくらいのカキを消費しとるんですかね」

「そら莫大《ばくだい》な量やろ。このわしでも百や二百は食う」

「カキもええ迷惑ですな。人間様に食われるために生まれて来たわけやあるまいに」

「しゃあない。旨《うま》い身を持ってしもた不幸や」

コートのポケットに両手を突っ込み、総長はゆらゆら先を行く。

ダイナマイトの出どころが判明した。香川県木田郡庵治町《きだぐんあじちょう》のシオエという石材会社。一年ほど前、ここの火薬貯蔵庫から盗み出されたものではないかとの連絡が香川県警から入ったのである。

十一月二十日、朝、総長と私は深町に指示され、庵治に向かった。庵治は高松市の東約十キロ、瀬戸内海に突き出した半島の突端に位置している。

新幹線で岡山、宇野《うの》線に乗り換えて玉野《たまの》市宇野、宇高国道フェリーで高松、高松からはバスを利用した。庵治に着いたのは午後三時、半日がかりの長旅だった――。

「ああしんど、何でわしらばっかりがこんな遠いとこへ遣《や》らされるんですかね」

バスを降りて、私はいった。総長は腰を叩《たた》きながら、

「こういうのも気分転換にはええがな。体の節々は痛いけど」

「確かに、空気はよろしいな」

道のすぐ下は磯、その向こうに海が見えた。風はほとんどない。

五分ほど歩いた。山側の道路沿いに鉄骨スレート葺《ぶ》きの大きなグレーの建物。緑色のペイントでシオエ石材と書かれている。入口にまわった。作業員がひとり、一メートル四方の平らな石を切削機にセットし、半分に切っていた。ひどく大きな音だ。

「事務所どこですか、事務所」

大声で訊いた。作業員は振り向き、天井を指さした。

入口横の外部階段を上り、ドアを押した。事務所には机が四つ、紺のカーディガンを着た初老の男が電話をしていた。男は我々を見て、ひょいと一礼し、またあとで連絡すると手短にいって、受話器を置いた。

「大阪の刑事さんですね。塩江《しおえ》と申します。……どうぞ、こちらです」

塩江は先に立って、衝立《ついたて》の向こうに総長と私を案内した。床がギシギシいう。

「ダイナマイト、何本盗られたんです」

ソファに腰を下ろすなり、総長が訊いた。

「二十本か、三十本です」

「ちゃんとした本数判りませんのか」

「いや、申しわけありません。それで志度《しど》署の刑事さんにはえろう叱られました」

塩江は深々と頭を下げ、ぽつりぽつりと事情を話し始めた。

――庵治は石の産地である。採れるのはきめの細かい良質の御影《みかげ》石で、特に庵治石と呼ばれ、墓石や建築材料として日本各地に出荷されている。

石を切り出す方法は、石目に沿って等間隔の穴を開けておき、そこに黒色火薬を詰めて爆破するというもの。石目を読むのにはかなりの年季が要るが、爆破作業自体は非常に簡単で、黒色火薬に電気雷管を差し込み、それをコードで起爆装置につなぎ、あとはスイッチをひねるだけ。ダイナマイトは破砕力が強すぎるのでほとんど使わない。

黒色火薬とダイナマイト及び電気雷管は、ブロック積みの貯蔵庫に収納し、大型の南京錠で施錠している。

石の切り出し、つまり発破はだいたい三ヵ月に一度、この前は九月の下旬だった――。

「去年の暮れ、十二月十五日です。貯蔵庫へ火薬を出しに行ったんですが、そしたら錠が切れてまして」

「どんなふうに」

「あれは金鋸《かなのこ》を使うたんですな。U字形の金具を、差し込みの手前で切ってました。そのあと、またカンヌキにひっかけてたから、ちょっと見たところでは壊れてるのが分らんかったんです」

「現場、見せてもらえませんかね」

「ええ。どうぞ」

塩江は立ち上がり、事務机の抽斗《ひきだし》からキーを取り出してポケットに入れた。事務所を出る。

加工場から百メートルほど山側に入ったところが石の切り出し場だった。見上げるほど高い壁が垂直に切り立ち、白い石の地肌を露出していた。壁のふもとには幅五メートル、高さ四メートル、小山のような石が地面にめり込んでいた。

「これ、あそこから出したんです」

塩江は壁の上の方を指さす。そこには小さな四角の穴が開いていた。穴と切り出された石を見較べて、改めて壁面の高さと大きささを実感した。

「こんなばかでかいもんが上から落ちて来るんですか。怖いでしょうな」私はいった。

「地響きがします。一キロ離れていても感じます」

「すごいもんですな」総長も同意する。

貯蔵庫は石切り場のすぐ手前、右側にあった。塩江のいったとおり、壁はブロック積みだが屋根はペラペラのトタン板、扉は赤錆《さ》びた薄い鉄板でどう見ても掘っ立て小屋としか思えない。扉には真新しい南京錠が付いていた。

塩江はキーを差し込み、錠を外した。

中には黒色火薬の一キロ入り丸缶が十数個と、ダイナマイトが十数本あった。あとは電気雷管の木箱が二つと、コードを巻きつけたリールが三つ。携帯ラジオのようなものもあった。

「あれ何です」

総長が訊いた。

「起爆装置です」

塩江はラジオを手にとって総長に渡した。

「これ、どういう仕掛けになってます」

「仕掛けというほどの大げさなものと違います。中に電池が入っていて、スイッチをひねったら電流が流れるだけ」

「ほな、素人でも簡単にダイナマイトを爆発させることできますな」

「ま、そういわれれば、そのとおりです」

総長の質問の真意が分らない塩江は訝《いぶか》しげな顔をする。

「さっき、ダイナマイトはあんまり使わへんというてはったけど、ほな、何でここにダイナマイトがあるんです」

「土を吹き飛ばしたり、クズ石を割ったり、用途は色々あります」

「なるほどね。それで、こういった火薬類の購入方法ですけど、どないなってます」

「その都度、取扱い店から買います」

「書類なんかは」

「もちろん、要ります。必要量を計算して購入申込書に書き込みます」

「すると、計算上は余分な火薬類はない、いうことになりますな」

「それはそうですけど、一回の発破で全部使うわけやないし、予定量以下で済むこともありますから」

「それで、火薬類が余る。盗まれたダイナマイトや雷管の本数も正確には分らへん、と」

「はい、そうです」

小さく答えて塩江は下を向く。予想はしていたが、火薬類の管理がかなり杜撰《ずさん》であることを知る。

「あれ以来、火薬類の管理には充分気を遣《つこ》うてます」

「それが、一年も経って、今回は爆殺事件に使われてしもた。えらい迷惑でんな」

「お言葉ですが刑事さん、うちのダイナマイトがそうであるとは必ずしもいいされんでしょ」

「そら、ま、そのとおりではあるけど、盗まれたという事実は曲げようがない」

「ほんとに、困ったもんですわ」

塩江は天を仰ぎ、ためいきをついた。


「――と、こういう具合ですねん」

朝、総長は、きのう庵治で得た情報を深町に伝えた。

「で、見込みは」

深町はデスク上に広げた書類に眼を向けたまま、口早にいう。毛の薄い頭頂部が光っている。

「帰りに志度署へ寄ってはみたんですけど、あんまり期待はできません。貯蔵庫、いつ破られたんかも分らんし、もちろん目撃者もいてません。指紋なんぞないし、ま、どうしようもおませんな」

「そうか、分った」

「ほな、これで」

深町のデスクを離れかけて、

「ちょっと待て。君ら、今日はどこや」

「ミナミの料理屋。あと一週間はかかりますやろ」

「ふむ……ほな、早よう行け」

島本署を出た。

「何ですねんあの態度。人を香川くんだりまで遣っといて、ご苦労さんのひと言くらいあってしかるべきや」私は口を尖《とが》らせる。

「ブンも文句が多いな。何ぞいや、そないしてぶうたれる。よめはん来《け》えへんぞ」

「よめはんとあのハゲとどない関係がありますねん」

「おっ、いうたな。班長のこと、ハゲというたな」

「あきませんか」

「かまへん。もっといえ」

4

朝、捜査本部に顔を出した途端、深町に呼ばれた。

「今日は尼へ行け」

「はあ……」

「兵庫県警から連絡があったんや。南武庫之荘《みなみむこのそう》のマンションに女がおって、もう二週間近くも部屋に帰ってへんらしい」

「行方が分らんのですな」

「いちおうあたってみてくれ。詳細は尼崎北署の福島《ふくしま》いう防犯係に聞け」

「了解」

深町のデスクを離れた。脱いだばかりのコートを着る。ドアを押しかけたところへ、

「ブン、ちょっと待て。鑑識へ寄って鍵《かぎ》持って行け。あのセドリックの中にあった鍵」

はい、と眼で答えて部屋を出た。


尼崎北署に着いたのは午前九時、福島巡査部長は大部屋にいた。

「元はといえば、高知県警からの調査依頼ですわ。高知の室戸《むろと》に女の家があるんやけど、母親が何回電話しても、娘がおらへんし、どないなってるんか心配や、調べてくれへんかと、警察にいうたらしい」

福島はしわがれ声でゆっくり話す。

「それで」

「放っとくわけにもいかんし、外勤をひとり連れてマンションへ行きましたがな。管理人にわけいうて女の……名前、中村多江《なかむらたえ》といいます、中村の部屋を見せてもろた」

「室内のようすは」

「若い娘さんの部屋やし、詳しいに見たわけやないけど、別に変わったとこはなかったですな」

「ほな、何で、うちの帳場に」

「名神高速道路の死体、女の方はまだ何の手がかりもないんでっしゃろ。中村多江が姿を見せんようになって二週間やし……」

「島本町の事件とちょうど日にちが合う、いうことですな」

「ま、そういうことですわ。ちょっと気になったもんやから電話入れたんです」

「それはおおきにありがとうございます」

皮肉のつもりでいった。この時点で、私は福島の話に興味をなくしていた。若い女が二週間、部屋に戻らないからといって、そう騒ぎたてるほどの大事ではない。男といっしょに旅行でもしているのだろう。

「どないします。マンション覗《のぞ》いてみますか。わしもつきあいまっせ」

「ええ、そないします」

私は重い腰を上げた。

塚口《つかぐち》から阪急に乗り、武庫之荘で降りた。南へ歩く。附近はところどころにまだ畑の残る静かな住宅街だった。バス通りを右に入って、

「あれですわ、グリーンハイツ」

福島が指さす。四階建の白い小さなマンションだった。

中村多江の部屋は一階五号室。福島はドアを引いた。開かない。

「管理人、呼んで来まっさ」

「ちょっと待って下さい」

私は福島をひきとめ、ポケットからハンカチ包みを取り出した。包みを開く。つやのない赤錆《あかさび》色の鍵があった。

鍵穴に鍵をあて、さした。すんなり入った。トクンとひとつ心臓が鳴った。

鍵をまわす。手ごたえがあってカチャリと音がした。頭が熱くなった。

ドアを引く。開いた。

膝《ひざ》が震え始めた。


私の報告は捜査本部を色めきたたせるに充分な重さがあった。連絡して一時間もしないうちに、グリーンハイツには深町と府警鑑識課の五名が現れ、総長と萩原、捜査本部員三名が顔を出し、此花からは川島係長も来た。手分けして附近の訊《き》き込みにあたる。

私は部屋の検証に立ち会った。1DK、手前に四畳半のダイニングキッチン、奥に八畳の居間兼寝室。鑑識課員五人は指紋採取や各種斑痕《はんこん》の検査に余念がない。

窓際の白い机、私は写真入りの額を手にとった。赤の半そでブラウス、花柄のロングスカート、肩まである長い髪、中村多江が笑っている。後ろはガードレールと数本の立木、青い空、どこかの山のドライブウェイらしい。シャッターを押したのは石川謙一か、それとも二人を殺した犯人か。

「ブン、やっと見つけたな」総長に肩を叩《たた》かれた。

「ほんま、やっと見つけましたわ」

「これで捜査の的が絞れる」

「中村多江。今度こそユーレイやおません」

「どれどれ……」

総長は写真を覗き込んで、「美人やがな」

小さくいった。


十一月二十三日、午後一時、捜査会議が招集された。捜査が沈滞したり、今後の方針に大きな転換を与える新たな事実が表出した時、捜査会議は開かれる。今回は中村多江発見がその新事実にあたる。

最初に此花の事件について川島から型通りの捜査報告があった。

田川初男の身元はまだ割れていない。歯列の照合は此花区の歯科医院を終え、現在は港《みなと》区、福島区を捜査中。田川のモンタージュ写真は完成、先日近畿一円の警察本部に配布した。カキ鍋《なべ》を食べた店はまだ判明せず。タイマー及び電気コンロの出どころは不明。その他、遺留品に関して新しい情報はなし——。

川島が座るのを待って、深町が口を切った。

「昨日、十一月二十二日午前、島本町の名神高速道路爆殺事件について、被害者二人のうち女性の身元が判明した。中村多江、二十二歳。現住所は尼崎市南武庫之荘二丁目、グリーンハイツ一〇五。本籍は高知県室戸市室津《むろつ》。ファクスで女の歯列を高知県警に送ったんやけど、今朝その返事があって、島本町の死体は中村多江であると確認された。中村は学生。洋裁の専門学校に行ってる。西宮市 桜谷町《さくらだにちょう》の西宮モード学院の一年生や」

「一年生にしてはえらい年食うてますな」吉永がいった。

「高校を卒業していったんは就職した。けど、洋裁を勉強したいいうて、高知からこっちへ出て来た。将来はパターンナーとかいう仕事をするつもりやったらしい」

「何です。そのパターンナーとかいうの」

「平たくいうたら、服の裁断屋。デザイナーの描いた絵を見て生地の裁断をするんや」

「中村多江の日常は」堤が訊いた。

「月曜から金曜までは、午前八時にグリーンハイツを出て、――」

八時四十分から十二時四十分まで阪急西宮北口駅前の不動産屋で電話番。昼食後、モード学院へ。午後六時、学院を出て、夕食。そのあと、近くの喫茶店、チェリーでパートのウエイトレス。十時閉店、十一時前後には帰宅。土曜と日曜は自室で課題の制作。実家には八月のお盆以来帰っていない。

「今後は、中村の交友関係を洗うことに捜査の主眼を置く。そうすりゃ、石川謙一の身元も割れる。意気を新たにしてがんばってくれ」

深町は力強い声で報告を締めくくった。

その後、捜査に関する細かな打ち合わせや情報交換が行われ、午後三時ちょうど、会議は終った。捜査員はそれぞれ指示を受けて八方へ散る。私は西宮へ。情けないことに萩原がいっしょだ。


「ええ。そういうわけで、午前中は中村さん、午後は園田《そのだ》というこの近所のおばさんが手伝いに来てくれてました」

マルエイ不動産の社長、坂井《さかい》栄造《えいぞう》がいう。西宮北口駅前の商店街を五十メートルほど北へ入ったところに店はあった。五坪ほどの小さなスペースに事務机が二つと応接セット、窓とガラス扉には隙間なくチラシが貼ってある。

「仕事の内容は」萩原が訊く。

「電話番が主でした。お客さんが来はった時は、お茶を出したりもします」

「中村さんの仕事ぶりは」

「その点はもう文句なし。電話の受け答えもしっかりしてるし、愛想もよろしい。二日に一ぺんくらいは花を持って来て生けてくれるし、雑巾《ぞうきん》がけもこまめにしてくれました。それに第一、べっぴんさんですがな。あんなええアルバイト、ちょっとおりませんな。昼から来るおばはんとはえらい違いですわ」

坂井はよく喋《しゃべ》る。五十すぎの脂ぎった二重あご、ハンカチでしきりに首筋を拭《ぬぐ》う。

「中村さん、いつからここに」

「今年の六月ですわ。表のパート募集の貼り紙見て、ひょっこり入って来たんです。時間給は七百円。あの子、モード学院の学生やし、うちの店が学校へ行く途中にあって便利やからいうてね。……何やこんなこと話してたら情けのうなりますな。あんな優しい子が殺されてしもたやて。どこのどいつがそんなひどいことしましたんや」

「我々はそれが知りたくてここへ来てるんです」

「早よう捕まえて下さいや。私にできることやったら何でもしまっせ」

「中村さんの交友関係はどうでした……つまり、男がいたとか」

「そら、あれだけのべっぴんさんや……おりましたがな」

それまでとはうってかわった不機嫌そうな顔で、坂井は答えた。「あれは九月の初めやったかな、あの子に電話がかかって来たんですわ」

「ほう。それで」

「私が受話器とったんです。そしたら男の声で、中村さん出して下さい、ですわ。あの子、ちょっと話してすぐここを出て行きました。一時間ほどして戻って来たんやけど、それがもう顔がまっ青でね」

「まっ青？」

「ほんまにあれは尋常やなかったですわ。ほんで、今日は気分悪いから帰らしてください、といいますんや。あれはね、男と喧嘩《けんか》したに違いおません」

「それは、正確にはいつのことです」

「さあ、いつですやろ……」

坂井は立ち上がり、デスクの抽斗《ひきだし》をごそごそしていたが、「――ありました。九月八日ですわ」

ノートを手にこちらへ来て、それをテーブルの上に広げた。パートタイマー用の出勤簿であろう、日付と出退の時刻が細かい数字で書かれている。坂井はノートの該当箇所を指で押さえ、

「これこのとおり、中村さんは九月八日早退、九日、十日欠勤となってます。あの子が休むやて、珍しいことですわ」

「電話の男の声は」

「さあ、どうやろ。ぼそぼそと聞きとりにくい喋り方でした」

「中村さん、九月十一日にはここへ来たんですな。ようすはどないでした」私が訊いた。

「覚えありませんな。ということは、別に変わったようすはなかったんですやろ」

「男のことで何か話しましたか」

「私、そういう野暮なこと、訊《たず》ねたりしまへん。そやけど、今は訊いとったら良かったと思います。あの子があんなひどいめにあうやて、考えてもみんかったさかい」

「その後、男から連絡は」

「おません」

「島本町事件の前日、十一月八日やけど、中村さんは」

「ちゃんと朝から昼まで来てくれてます」

「中村多江は十一月九日の早朝、死亡しました。それ以降は当然ここに来てへんから無断欠勤ということになるんやけど、そのことについて坂井さんはどない思いました」

「どないも思てません。無断欠勤と違いますがな」

「えっ？」

「八日の晩、そう八時ごろでしたかな、あの子から電話がありました。母親の具合が悪いから、しばらく田舎へ帰る、いうてね。それで私……」

「今朝の新聞見るまで、彼女の死を知らんかった」

「そういうことです。ほんまにかわいそうにね」

坂井は大きく息をついてソファにもたれ込む。

萩原は私に眼で合図して、

「忙しいところをありがとうございました。何かあったら、また寄せてもらいます」

型通りの挨拶《あいさつ》をして、マルエイ不動産を出た。商店街を歩きながら、

「どないです、係長。中村多江に電話をかけてきた男、わしには何となく分るような気がしますわ」

「石川謙一でしょ」

「ピンポーン。正解」

「やめなさいよ、そういうの」

「はあ……」

「ピンポーンだって、いい年して恥ずかしくないの」

こやつ、またケンカを売る気だ。

「何が恥ずかしいんです」

「そういう低次元の流行《はや》り言葉を無批判に受け入れ、なおかつ行使してみせる。程度を疑われるよ」

「ピンポンごときでそこまでいうことおませんやろ。わし、ひょいと口にしただけですがな」

「それが良くないんだよ。短絡的思考形態だ」

「へえ、えらい複雑怪奇な頭してはりまんねんな。そういうの、大阪ではええかっこしいというんでっせ。人間、ホンネでものいわなあきまへん」

「こりゃ驚きだ。ブンさんの口からそういうことを聞くとは思いもよらなかったね」

萩原はゆっくりこちらに向き直って、「ホンネとタテマエを最もうまく使い分けるの、どういう人種だか教えてあげようか」

「おもろい。教えてもらいましょか」

「ぼくが大阪へ来て、最初にとまどったのが、『考えときまっさ』って言葉。あれは、決して肯定してるんじゃない。否定なんだ。イエス、ノーをはっきりさせず、どちらともとれる言い方をして、そういう曖昧《あいまい》な部分にホンネとタテマエを巧みに織り交ぜて相手を煙《けむ》にまく。ずるいね、卑怯《ひきょう》だね」

「何いうてますねん。相手を傷つけまいとする思いやりですがな」

「ばかばかしい。何が思いやりだ」

「よう聞きなはれや。大阪弁いうのはね、非常に高度な洗練された言葉ですねん。ちょっとした言いまわしの中に深い深い含蓄がある。それを理解できへんのは東京弁が進化の遅れた野蛮な言語であるという証明にほかならん」

「相も変わらぬ視野の狭い発言だね。あなた、現実逃避の癖《へき》があるんじゃないの」

「その気どった喋り方やめなはれ。訛《なま》ってる」

「こりゃいい。方言を喋る人から訛ってるっていわれちゃった」

「またそれをいう。どこが方言ですねん、どこが」

「じゃ、教えてあげよう。そもそも共通語のもとになったのは東京の山の手言葉だ」

「へえ、そうでっか」

私はあごを突き出し、「わしは喋り言葉まで規制しようとするその東京至上主義が気に入りまへんな」

「規制などしていない。上京した地方の人はあくまでも自分の意思で共通語を喋《しゃべ》ろうとするんだ」

「それは地方の人やのうて、田舎の人。顔が東京を向いてますねん。情けないことに自分の訛りを恥じて直そうとする。それを東京人は同化させようとする。いじめですわ」

「ああいえばこういう。自説を正当化させるためにはどんな事象でも持ち出す。そのしたたかさが大阪人の真骨頂なんだ」

萩原もけっこう興奮しているらしく、しつこく反論して来る。私はひとつ間をおいて、

「ピンポーンで思い出したけど、係長、高校では卓球部やったんですな」

「そうだよ。それがどうかしたの」

「わしの高校の時、卓球部の友達がおってね、そいつ、めちゃくちゃあほなやつでしてん。ある日、女の子をびっくりさせたろいうて、ピンポン玉を二つに割って眼にはめてね、自転車に乗って物陰から飛び出したんはええのやけど、女の子がえらいびっくりして自転車を蹴とばしたんですわ。ほんでそいつ、頭からドブに突っ込んで体中ドロドロ。鼻の頭は擦りむくし、デコに大きなコブこしらえるし、おまけにあとで校長室に呼ばれてえらい説教食らうしで、さんざんなめにおうてましたわ。ほんま、あほであほでどうしようもないあほやったけど、そいつの名前ね、萩原いいますねん、萩原真二《しんじ》。……懐かしいな。今ごろどないしとるんやろ」

ははは、と私はさも楽しそうに笑ってみせる。

「ブンさん……」

萩原は表情を変えない。

「何です」

「おもしろい話をありがとう」

次の訊《き》き込み場所、西宮モード学院へ行くまで、萩原と私は口をきかなかった。

——午後五時三十分、西宮モード学院。受付で学生課長を待つ間、若い女子学生がひっきりなしにそばを通る。みんなデザイナーの卵らしくファッションは千差万別。この季節に膝上《ひざうえ》二十センチのミニがいたりして、思わず尻尾《しっぽ》振ってついて行きそうになる。

学生課長が来た。先に立って我々を応接室に案内する。

ソファに萩原と並んで座った。名刺の交換をしたあと、萩原が用件を告げた。課長は考えて、

「担任を呼びます。その方が話が早い」

口早にいって部屋の電話をとった。

担任教師はすぐに現れ、学生課長の横に腰を下ろした。三十代前半の女性、化粧は濃いが目鼻だちのくっきりしたなかなかの美人だ。甘い香水の匂いがする。

「事件のことはご存知だと思います。さっそくですが、中村多江さんはどんな学生だったでしょう」

萩原が訊く。担任はすぐには答えず、しばらく下を向いていたが、

「とにかく、まじめでしたね。講義は熱心に聞いていたし、作品は遅れずに提出したし、欠席、遅刻もほとんどありません。年が上だということもあってクラスのみんなのお姉

さん、という存在でした。技術的にも優秀な生徒でしたのに」

「中村さん、学校を休んだのはいつからです」

私が訊いた。担任は黒表紙のノートを繰って、

「十一月八日です」

「七日までは」

「休んでいません」

「九月の八日はどうです」

「お待ち下さい。……確かに欠席していますね。九月八日、九日、十日と」

「なるほど」

これはマルエイ不動産を早退、欠勤した日と合致している。

「中村さんに親しい友達はいましたか」

「そうですね……」

担任は揃えていた足を斜めに崩した。タイトスカートのスリットが大きく割れて、ついそちらの方に眼が行ってしまう。

「さっきも申し上げましたように、中村さんはみんなのお姉さんのような存在でしたから、特に誰かと親しいということはなかったように思いますが、あえてあげれば――」

担任は三人の女子学生の名をいった。それを萩原は素早く書き取り、

「男の友達はどうでしょう。ご存知ありませんか。たとえば、学校の帰り、いっしょに

歩いているのを見たと、その程度のことでもいいんですが」

「中村さんについて、そういった記憶はありません。残念ですが」

「さっきおっしゃった三人の学生さん、今日は学校に？」

「来ています。呼びましょうか」

「ええ、お願いします」

担任と学生課長は応接室を出て行った。

「ええ女ですな。あんな先生ならわしも洋裁してみたい」

「洋裁なんか習って何をするの」

「ネクタイでも縫いましょかね」

「ぼくは、その口を縫うのかと思っちゃった」

「何ですて」

そこへノックの音。女子学生が三人揃って現れた。みんなそれなりに個性的でかわいく、何より、若い。若いというのはいい。

萩原は三人を座らせ、中村多江について細かな質問をした。すると、ひとりが、謙一らしき人物を見たことがあるという。

――あれは一ヵ月くらい前です。授業が終って中村さんといっしょに学校を出ました。雨が降ってました。中村さんの傘に入れてもろて、夙川《しゅくがわ》の駅まで歩きました。駅に着いて、中村さん、「今日はちょっと用事あるし、ここで」とかいうんです。いつもは武庫之荘まで同じ電車に乗ります。で、改札口のとこで中村さんと別れたんやけど、私、彼女の傘を持ってることに気がついてすぐに追いかけたんです。中村さんは駅前のケーキ屋さんの前にいて、車に乗り込むとこでした。車を運転してはったん、男の人です。横顔で分りました。中村さん、ふだんから男の人の話なんかせえへんし、ちょっと意外な感じがしました。それでよう憶えてます——。

岡野《おかの》という女子学生はひと言ひと言を区切るようにゆっくり話した。

「男を見たのはその一度だけですか」萩原がいう。

「そう、その一回きりです」

「で、岡野さん、中村さんには？」

「次の日、傘を返した時、訊きました。あの車の人、誰ですかと。ほな、中村さんはバツ悪そうに、親戚《しんせき》やとかいうてました。何となく気まずい感じがして、それ以上は何も訊いてません」

「車の色や車種は憶えていますか」

「白っぽい色のいかつい大きな車でした」

「いかつい車……」

「ふつうのセダンと違います。形はライトバンみたいで、とても背が高いんです」

そこまで聞いて、私はふと思いつき、

「その車、前のバンパーのとこに糸巻きみたいな機械、つけてなかったかな」

訊《たず》ねてみた。糸巻きとは、ウインチのことだ。

「ええ、ついてました。確かに」岡野は答えた。

私には分った。車はランドクルーザーだ。色はベージュ。総長といっしょに富田林の大東鉄筋興業へ行った時に見た。組の親方、橋沢の車だ。

中村多江の男は石川謙一、まず間違いない。謙一は橋沢からランドクルーザーを借りたのだ。事情聴取が終り次第、橋沢に電話を入れて確認しよう。

「その大きな車やったら、私も見たことあるわ」沢井《さわい》という女子学生がいった。

「半月ほど前です。私、制作が遅うなって九時ごろ学校を出ました。チェリーいう喫茶店の前に来かかった時、そこからひょいと中村さんが出て来て、小走りで向こうへ行きました。声をかける暇はありませんでした。二十メートルほど先に車が駐まってて、中村さんが乗るとすぐに発進しました。……それだけです」

「なるほどね。いや、ありがとうございました」

萩原は組んでいた脚を元に戻し、「念のため、連絡先を教えて下さい。あなたがたのお家の電話番号を」

メモ帳とボールペンを構えて、言った。

「ほんまにかわいそうにな。顔こそ見えんけど、おふくろさん、声を押し殺して泣いてるのがよう分るんや」

午後十時、東神戸フェリー埠頭《ふとう》待合室のベンチに座り、総長は嘆息する。今日、総長は電話で中村多江の母親から事情を訊いたという。

「おふくろさんがぽつりぽつりいうには、十一月の七日、多江から電話があったんやて。卒業に備えて、学校で集中制作があるし、しばらく下宿には帰られへん。連絡はこっちからするし、心配せんでもええという内容やった。ところがどっこい一週間過ぎても十日経っても、多江から何の連絡もない。こんなことは初めてやし、おふくろさんは心配になってモード学院に問い合わせてみた。ほな、集中制作なんぞない。下宿に電話しても誰も出ん。それで二十日、しびれをきらして警察に相談に行ったというわけや」

「おふくろさん、もっと早ようにそうしてくれたら良かったのに」

「まさか、娘が死んでるやて思うかい」

「悪い虫でもついてると思たんですかな」

「確かに虫がついてたがな。あげくは虫の巻き添え食うて、火の中に入ってしもた」

「虫と多江が知りおうたきっかけは」

「そんなもん、遠い室戸の母親が知るわけない。……ほいで、ブンの方こそどないやねん。今日は西宮で訊《き》き込みしたんやろ」

「多江に関しては大したネタがおませんな。まじめで、クラスのみんなに慕われてて、どことういうて変わったとこのない模範的な学生です。……けど、男はおりました」

「石川謙一、やな」

「ええ。大東鉄筋の橋沢から裏をとったんやけど、謙一、九月の八日から十日までの三日間、仕事に出てません。これは、多江がモード学院を休んだ日と一致してます」

「二人で温泉へでも行ったんやろ」

「橋沢は謙一に、時々ランドクルーザーを貸してます。これがモード学院の生徒に目撃されとるんです」

「多江は友達に、男の話は」

「ついぞしたことがないそうです」

「何でそんなに男の存在を隠したがるんや。二十二いうたら恋愛ごっこがいちばん楽しい時分やで。好きな男の話ぐらいしてみたいがな」

「そのわけは謙一の方にありそうですな」

「多江ほどの器量やったら謙一みたいなややこしい男、相手にせんでもええのにな」

「ややこしい方がええとかいう物好き、世間にはようけいてまっせ」

「ブンもそのクチか」

「あほな。わし、ややこしいのは嫌でっせ。ふつうの結婚がしたい」

「そうか、やっぱり結婚したいか」

「ま、相手によりけりですけどね」

「萩原のぼんはどないなんやろ……東京に女いてるんやろか」

「そら、おりまっせ、十人も二十人も。あいつ、顔に似合わず女には手が早い。今日もモード学院の女生徒の電話番号訊きまくってましたわ。下心、見え見えでっせ。あんなやつと結婚したら、よめはん苦労のしっ放しや」

「ぼんも案外ワルなんやな」

「ワルもワル、この間も自慢してましたがな、大学の四年間で少なくとも二十人は斬ったとかいうて」

「それ、ほんまか」

「ほんまです。あいつ二重人格やし、総長の前ではええこぶってますんや」

「伶子にいうとかなあかんな」

「な、何ですて、伶子さんがどないかしたんですか」

私は身を乗り出した。

「どないもしてへん。気にするな」

総長は眼をそらす。

「水くさい。総長は隠しごとするんですか」

「うん……」

総長は鼻の頭をひとかきして、「実はな、きのうの晩、伶子から電話があったんや」

「ほう……それで」

「萩原のぼんから手紙が来たんやて」

「そらけしからん、大いにけしからん。未婚の婦女子に手紙なんぞ出したらあかん。で、内容は」

「この間の誕生パーティは楽しかったと、それだけや」

「返事、絶対に出したらあきませんで。ヴァンパイアの毒牙《どくが》にかかる」

「それは伶子の勝手や。そこまで干渉することできへん」

「親には子を守る義務があります」

「手紙ひとつにえらいこだわるやないか。おまえ、どこぞで痛いめにおうたことあるのと違うか」

「わしは純真清楚《せいそ》。ウブやからこそ、こうやっていまだ自由の身です」

「要するに、もてへんだけやないか」

と、その時、アナウンスがあった。乗船開始である。

モード学院から捜査本部へ戻って、私は深町に呼ばれた。聞けば、総長といっしょに今晩のフェリーで室戸へ行けとの指示だった。中村多江に関してより詳しい情報を得るのが目的である。

私は家にとって返し、着替えや洗面用具をバッグに詰めてあたふたとフェリー埠頭に急いだ。晩飯を食う暇はなかった。下っ端は二十四時間ぶっとおしでこき使われる——。

十一月二十三日、午後十一時零分発、フェリー「むろと」に、総長と私は乗った。後部二等船室。まわりはほとんどが釣り客だった。みんながみんな、セーターやシャツの上にポケットだらけのフィッシングベストをはおり、帽子にはバッジを山と付けている。その申し合わせたような類型的労働者風ファッションは、あらゆるスポーツ、レジャーの中で最もセンスのないものだと、以前から私は思っている。

「何が楽しいて釣りなんかするんですか」

渓流釣りの好きな総長に訊いた。

「そら難しい質問やで。趣味、嗜好《しこう》に理由はないからな」総長はピーナッツをひとつ口に放り込み、「わし、丹波の篠山《ささやま》で育った。そやから、子供の頃は毎日のように近くの川へ遊びに行った。イワナ、ハヤ、ヤマメ……よう釣れたな」

「釣った魚はどうします」

「食うんやがな。旨いで」

「食うのが目的なら、魚屋で買うた方が安上がりでしょ」

「ブンにはロマンがない」

「釣りはロマンですか」

「そう、ロマンや」

「ほな、あの班長はどないですねん。ロマンの塊ですか」

深町が総長以上の釣りバカだということを思い出した。

「わしにいわしたら、班長の釣りには品というもんがない。食える魚やったら何でもええ。ボラやハゲ釣って喜ぶの、あの人だけや。この間なんか、エイまで食うたとかいうてたがな。それも刺身で」

「ようやりますな」

「まるで原始人やで。明らかに進化が遅れとる」

「今度、班長に訊いてみよ、エイの味」

「要らんことすな。わしにとばっちりが来る」

総長は缶ビールを飲みほして、「くだくだいうてんと早よう寝よ。明日も忙しい」

毛布にくるまった。

私も横になる。釣り客の話し声が耳について、なかなか眠れなかった――。


午前四時十分、船は高知県東洋町《とうようちょう》、甲浦港《かんのうら》に着いた。

まっ暗、身を切るような寒さ。総長と私はタラップを下り、プレハブ造りの待合所に入った。

時刻表を見れば、バスの始発は四時四十五分、室戸着は五時四十八分である。

「困ったもんですな。こんな朝早ようから中村家へ行くわけにはいきませんやろ」

「次のバス、何時や」

「七時です」

「しゃあない。それまで時間待ちや」

総長はコートのえりを立て、長椅子に深く背をもたせかけて丸くなった。待合所は暖房が効いて寒くはない。

——七時、バスに乗った。出発。私たち以外の乗客は、五人の釣り人と三人の潮灼《や》けした顔の老人。みんな待合所にいた連中だ。

左は太平洋、右は急峻《きゅうしゅん》な岩肌、国道五五号線の曲がりくねった道をバスは走る。総長は腕を組み、首を傾げてこっくりこっくりやっている。揺れがひどいのによく眠れるものだ。

野根《のね》川、佐喜浜《さきはま》川を越えた。空が白んできた。

三津《みつ》を過ぎて道は大きく右にカーブする。室戸岬、遠く水平線の向こうに赤い太陽が見えた。いい光景だった。

岬を越してすぐ、室津でバスを降りた。

「さてと……今日も一日、はりきってまいりまひょ」

総長は大きく伸びをした。

五五号線を左に折れ、旧街道に入った。

「津照寺《しんしょうじ》、あれですね」

遠く山の上、民家の屋根越しに鐘楼らしき建物が見える。中村多江の実家は西国二十五番札所、津照寺の南隣だと聞いている。

「すぐ行きますか」

「先、腹ごしらえしよ」

ちょうど通りかかった食堂に入った。

五百円のめざし定食。それを食べている間、総長は口をきかなかった。多江の母親にどう話を切り出すかを考えていたのだろう。もちろん、母親は娘の死を知っている。多江と対面するため、大阪へ来るともいった。いったが、深町はそれを断った。黒焦げの、それも解剖後の死体を、年老いた母親に見せることなどできない。

総長は茶を飲みながら、

「こういう訊《き》き込み、やっぱり嫌やな。何べんやっても慣れるということがない」

「ほんまにね」

「けど、訊くべきことは訊かんならん。行くで」

食堂を出た。

室津商工会館の真向かい、路地のような狭い遍路道を上る。津照寺山門に突きあたって右、高いブロック塀の家がそれだった。

〈中村加枝《かえ》〉、表札を確認して中に入った。玄関の引き戸を開け、奥に向かって声をかけた。はい、と意外に若い女の声で返事があった——。

「すみません、遠いところをせっかく来ていただいたのに」

玄関横の応接間、奥の方を見やって、中村規子《のりこ》がいう。

「いや、いや、無理もおません。どうぞお気を遣わんように」

総長は頭を下げる。規子は多江の義姉で、年は三十二、夫の隆《たかし》と南国市《なんこく》に住んでいるが、二日前からこちらに来て泊まっている。加枝はきのう総長と電話で話したあと、寝込んでしまったという。無理もない。

「最初に訊きにくいことから訊きます。……多江さんに男がいたような覚えは」

「ありません。もしそんな人がいれば、あの子のことですから、必ず私たちにいってくれたはずです。尼崎へ行ってからも、――」

規子は中村家の事情をよく知っていた。総長の訊くことにていねいに答える。多江と直接の血のつながりがないためか、さほど感情的にもならず、淡々とした応対ではある。

「尼崎へ行くまでの多江さんの生活について教えてくれませんか」

「どこからお話ししたらいいでしょう」

「高校を卒業してからで結構です」

「分りました」

規子はうなずいて、「多江は就職しました。就職先は高知市の洋装店。駅前のレビアンという店です。半ば住み込みのような感じで、――」

レビアンの経営者が借りた近くのアパートに、同僚といっしょに住んでいた。休日は毎木曜日、月に二、三度は室津へ帰って来た。給料は手取りで九万円。うち二万円を母親に渡していた。

レビアンに勤めて二年、多江に恋人ができた。経営者の甥《おい》にあたる男性で、職業は船員。五百トンくらいの小さな貨物船の航海士だった。将来はあの人と結婚したいと、多江はいっていた。ところが今年の一月、その船員が死んでしまった。海難事故だった。足摺岬《あしずりみさき》の沖で船が沈没してしまったのである。

多江は悲しい。高知にいると恋人を思い出すのでつらいといい、西宮の洋裁専門学校を受験、入学した。武庫之荘のマンションは学校の紹介だった。入学金や授業料の権利金などは、レビアンで働いていた貯金を充てた。

アルバイトが忙しいといって、多江は二日間しか室津にいなかった。は室津で過ごすといっていた。

とね、多江さんが高知を出たのには、そういうわけがあったんですか」

は深くうなずき、「よう分りました。今日はおおきにありがとうございました」

重に礼をいって立ち上がった。

中村家をあとにした。坂を下りながら、

「かわいそうなもんですな。恋人に死なれ、故郷を離れて、今度は自分が死んでしもた。不幸は不幸を呼ぶとかいうけど、ほんまですな」

「えらい悟ったようなことというやないか」

「そもそもは、恋人が船員なんかしてたんが悪いんですわ。船に乗ってへんかったら死ぬこともなかったし、多江は幸せな結婚をして高知で機嫌よう暮らしてた」

「そんなことといいだしたらきりがない。『もし』や『たら』の世界には、警察なんぞ要らん」

遍路道を下りて、商工会館の前に出た。

「さ、次は高知。レビアンとかいう洋服屋や」


室戸から高知市へはバスを利用した。鉄道はない。

土佐《とさ》湾沿いの国道五五号線を二時間。そのほとんどを私はうつらうつらして過ごした。

総長は移り行く外の景色を眺めていた。

終点の高知に着いたのは午後一時、眠い目をこすりながらバスを降りた。

「やたら広いやないか。どっち行ってええやらさっぱり分らん」

「ほんまにね」

国鉄高知駅周辺は都会だった。当然のことながら「駅前のレビアン」といった程度の希薄な情報で、めざす洋装店を探しあてられはしない。

長と私は近くの公衆電話コーナーで電話帳を繰った。レビアンという洋装店は、は町と伊勢崎《いせざき》町にあった。はりまや町のレビアンに電話をすると、そこは確かに中前働いていた店だった。場所は高知駅から目と鼻の先だという。

へ歩いて五分、江《え》ノ口《くち》川を渡って二筋めを左に入ったところに「ブティった。間口約十メートル、余計な装飾物のない、全面に白い磁器タイルを貼ったのシンプルなしゃれた外装である。

店内に入った。広いわりには陳列商品が少なく、殺風景な感じだった。客はいない。

厚化粧の女の子に訊くと、オーナーは二階にいると答えた。

フィッティングルーム横の、段ボール箱を山と積んだ狭い階段を上り、事務室のドアをノックした——。

「はい、そうです。三年間ここで働いてくれました。まじめないい子でしたのに」

レビアンのオーナーは、五十年輩の、昔は相当の美人だったと思われるご婦人で、名前は鎌田良子《かまたよしこ》。中村多江の件は既に知っていた。

「中村さんとのつきあいはいつごろまで」

「そうですね。店をやめてからは会っていませんね」

「ほな、中村さんの男友達は」

「もちろん知りません」

「この店にいた当時、恋人がいたとか聞きましたけど、ご存知ですか」

「知っているも何も。その恋人は私の甥です。私が紹介しました」

「ほな、中村さんがこの店をやめたんは、その甥ごさんが亡くならはったから」

「ええ……」良子は沈鬱《ちんうつ》な表情を見せて黙り込んだ。

総長は少し間をおいて、

「その、差し支えなかったら、甥ごさんの名前を教えてもらえませんか」

「藤沢政和《ふじさわまさかず》といいます。政和の母親が私の主人の姉で……。今になって思えば、多江ちゃんに政和を紹介したのが良かったかどうか……」

「海難事故について何か聞いてはりますか」

「ええ。多少のことは」

「いつですか。政和さんの乗ってはった船が沈んだん」

「一月十三日の夜です」

「船の名前は」

「第二昭栄丸《しょうえいまる》」

「ほな、あの、ソ連原潜の……」

総長の驚いた顔。「昭栄丸事件」には、私も覚えがある。

――当初、第二昭栄丸の沈没原因は判らなかった。事故当夜の現場海域の天候は雨、少し時化《しけ》模様。かといって、船舶の航行に格別の支障があるというものではなかった。沈没の前、第二昭栄丸からの救難要請やSOS打電はなかった。何の前触れもなく、突然、昭栄丸は沈んだのである。生存者はいない。

事故原因を探るうち、一部マスコミには、昭栄丸は潜水艦に当て逃げされたのではないかという説が浮かんで来た。昭和五十六年四月、鹿児島県下甑島《しもこしきしま》南西の東シナ海において日本の貨物船がアメリカ原潜と衝突したという事例があったからである。この時、貨物船は沈没。乗組員十五名のうち十三名がゴムボートで漂流中、自衛隊の護衛艦に発見、救助された。原潜は衝突後、一時浮上したが、貨物船乗組員の救助もせず、再び潜行していったという。

第二昭栄丸の場合、相手はアメリカの潜水艦ではない。アメリカ側から海上保安庁に事故の連絡はなかったし、海上自衛隊幕僚監部に情報も入っていなかった。そこで、衝突相手はソ連の原潜……そんな憶測が生じた。もちろん、このような憶測をソ連側に糾《ただ》すことはできないし、糾したからといってソ連が肯定するはずもなかった。これはもう政治、国際防衛レベルの問題になる。ただ一時期、関係筋にソ連原潜当て逃げ説があったことは確かである。

以上のような経過をたどりつつ、海難審判庁は、第二昭栄丸沈没の原因を、積荷の荷崩れによる瞬間的な転覆であると裁定し、事件は決着した――。

「鎌田さん、昭栄丸の乗組員は何人でしたかね」

「六人です」

「わしの記憶では、乗組員六人のうち、死亡は三人。あとの三人は確か、行方不明でしたな」

「はい」

「あの、つかぬことを訊《き》きますけど……藤沢さん、えらのはった四角い顔で、受け口やなかったですか」

「そうです。よくご存知ですね」

「そうでっか。やっぱりそうでしたか」

総長はあごを撫《な》でながら、小さくいった。

5

レビアンを出た私たちは高知日報本社を訪れた。第二昭栄丸事件を調べたいというと、高知日報は快く依頼に応じてくれた。

私たちはまず資料室に案内された。手分けして、今年一月十四日以降の新聞を閲覧する。地元だけあって、ほぼ連日、事件は掲載されていた。

——一月十四日夕刊。

貨物船沈没、六人不明。

十四日午前六時、高知県土佐清水《とさしみず》市足摺岬の南東約三十キロの海上で、和歌山県海草《かいそう》郡下津《しもつ》町、紀和《きわ》海運所属のタンカー紀章丸《きしょうまる》（畑茂行《はたしげゆき》船長）の乗組員が、船舶の燃料油と思われる油の帯を発見。附近海域には、船舶内装材の木片等が多数浮遊しており、船長は状況を第五管区海上保安本部に連絡した。保安本部からは巡視艇「天風《あまかぜ》」が現場海域に急行。午前十一時、救命ブイを拾得した。ブイに書かれた船名から、沈没した船は、大阪市港区築港《ちっこう》、辰光《しんこう》海運（浜口慶造《はまぐちけいぞう》社長）所属、正木嘉一郎《まさきかいちろう》さん（高知県安芸《あき》郡奈半利《なはり》町）所有の貨物船、第二昭栄丸（四九八トン）と判明。北沢真治《きたざわしんじ》船長以下乗組員六名の行方がわからず、捜索を続けている。調べによると、第二昭栄丸は一月十三日午前十時、和歌山市松江《まつえ》の興南《こうなん》化学和歌山工場で化成肥料千六百トンを積み、和歌山北港を出港、宮崎県延岡《のべおか》に向かう途中、十四日午前二時ごろ現場海域にさしかかったものと思われる。気象庁の観測によると、同日午前二時の現場附近の天候は雨で、北北西の風十メートル。海上はうねりが大きかった。第二昭栄丸の沈没原因について、海上保安本部は、積んでいた肥料の荷崩れによる転覆、あるいは他の大型船舶と衝突したためではないかとみている。

――一月十五日、朝刊。

第二昭栄丸、乗組員の救助絶望。

十四日未明、足摺岬南東約三十キロの海上で沈没した貨物船、第二昭栄丸（四九八トン）の乗組員六人はまだ行方がわからず、生存は絶望視されている。第五管区海上保安本部によると、乗組員は、――

――一月十五日、夕刊。

第二昭栄丸の三人、死亡確認。

第五管区海上保安本部に入った連絡によると、巡視艇「天風」は第二昭栄丸の乗組員六人のうち三人の遺体を発見、引き上げた。死亡したのは、船長、北沢真治さん（五八）、機関長、木谷修《きたにおさむ》さん（四五）、航海士、鳥井和昌《とりいかずまさ》さん（三七）と確認された。残る乗組員の機関士、竹尾真《たけおまこと》さん（二六）、航海士、藤沢政和さん（二八）、機関士、宮本英治《みやもとえいじ》さん（三九）はまだ発見されていない。

——一月十八日、朝刊。

一月十四日未明、足摺岬沖で貨物船第二昭栄丸が沈没した事故について、海上保安庁は、状況から、第二昭栄丸が潜水艦に衝突した可能性もあるとして本格的な原因究明を始めた。

同庁によると、現場は足摺岬の南東約三十キロの海上で、領海十二カイリの日本にとっては公海上。このため海上保安庁では、ソ連などの原潜が航行していた可能性もあるとして、現場状況を詳しく調べるとともに、——。

「臭うな」ぽつりと、総長がいう。

「臭いますね」私は応じる。「未発見の乗組員は三人、このうち二人の年齢が一致します。竹尾と田川初男、藤沢と石川謙一」

「わし、聞いたことがある。船舶事故に対して支払われる損害保険金は莫大《ばくだい》な額らしい。第二昭栄丸の一件が保険金狙いの偽装海難事故やと考えたら……」

「竹尾と藤沢は死んでへんかった……」

「あの二人が身元を隠してた理由も分る」

「犬も歩けば棒にあたる。わしら、どえらいもんにぶちあたったんかもしれませんね」

「面が欲しいな、乗組員全員の」

新聞に載っているのは、船長北沢真治の小さな顔写真だけだ。

「わし、もろて来ますわ」

「ブンは待っとれ」

　いうなり、総長は資料室を出て行き、五分ほどして戻って来た。

「残念ながら写真はなし。けど、三人の住所は聞いた。竹尾は須崎《すさき》、藤沢は中村《なかむら》、宮本は大分県の津久見《つくみ》や。それと、昭栄丸の船主の名前と住所も確かめた。正木嘉一郎、安芸郡奈半利町に住んでる」

「安芸やったら今からでも行けますな」

「そら、あかん」

「どうして」

「急《せ》いてはことをし損ずる。もしこれがほんまに偽装海難事故やったとして、正木の描《か》いた図《え》なら、わしら、最初《はな》から本丸へ攻め込むことになる。それに今、わしらの考えてることはあくまでも推測にすぎん。未発見の乗組員三人は、ほんまに海の底に沈んだんかもしれん。写真を手に入れて確証を摑《つか》むまではむやみに動きまわらんことや。そやから、わしらはこれから保険会社へ行く。たぶん、億単位の損害保険金が下りてるはずやし、正木がそれをどうしたか調べる価値は充分にある」

「なるほど……」

「ブン、保険会社の名前と所在地を調べて来い。それから、この新聞をコピーしてもらえ。五部ほど、な」

「第二昭栄丸の件はよく憶えております。私の担当でしたから」

高知市本町《ほんまち》、住東《すみとう》海上火災保険高知支社の応接室。海損部課長の小沢《おざわ》がいう。色の浅黒い精悍《せいかん》な顔つきの男だ。年は四十を少し過ぎたところか。

「お支払いした金額は四億円。絶対全損です」

「何です……その、絶対全損とかいうのは」

メモ帳とボールペンを手に、総長が訊く。

「船が完全に沈没して引き上げ不可能な場合をそういいます。対して、引き上げ可能ではあるけれど、その費用が船価より高く、船体を回収してもペイしない場合を推定全損と呼びます。第二昭栄丸は足摺岬沖の海底七百メートル地点に沈みましたから」

「絶対全損、ということですな」

「そうです」

小沢はソファに浅く腰を下ろし、膝《ひざ》に両手をつけて答える。

「四億円という金額は妥当なものですか」

「はっきりいって、少し高いかもしれません。第二昭栄丸は建造後七年の船でしたから、沈没時の船体価額は……そうですね、三億三、四千万といったところですか」

「四億円と三億三千万。保険契約時に査定はせえへんのですか」

「それはもちろんします。しますが、契約金額はそれが法外な高額でない限り、船主さんからの申し入れによって決定するのが普通ですから」

「それで七千万円もの開きがあると……」

「普通、損害保険契約を結ぶのは船の新造時です。その時点で船体価額と契約金額はほぼ一致しています。その後は一年ごとに契約を更新するんですが、どうしても船体の減価率の方が契約金額の減少率を上回ってしまいがちです。船の耐用年数は十四、五年ですから、それ以降はスクラップ価です」

「昭栄丸が建造された時の船体価額は」

「あの船は四九《よんきゅう》だから、約六億五千万円です」

「その、四九いうのは」

「五百トン未満の船をそう呼びます。どの船も四百九十八トンとか四百九十九トンというぎりぎりの排水量で建造していますから」

「それは税金対策か何かの理由で」

「いえ、海技免状の関係です。四九の場合は、船長で乙種二等航海士、機関長で乙種二等機関士以上の海技免状保持者が乗り組んでいる必要があります。ちなみに、五百トンを超える船は各々、乙種一等以上でなければ船を運行することはできません」

「乗組員の数は」

「有資格者が甲板部で二人、機関部で二人以上。四九カーゴで、総員六、七名というのが一般的です」

「カーゴて何です」私が口をはさむと、

「失礼。我々は貨物船のことをカーゴと呼びます」

と、小沢はいう。応答が早い。

「保険料は何ぼです」総長が訊《き》く。

「料率は契約金額に対して年間三パーセント弱です。それを四分割で支払っていただきます」

「昭栄丸は」

「一昨年は一千万円でした」

「一千万とはえらい大金ですな」

総長は一服吸いつけて、「昭栄丸について、沈没原因の調査はせんかったんですか。保険会社独自で」

「もちろん、しました。それが我々海損部の主要業務ですから」

「で、結果は」

「荷崩れによる瞬間的な転覆。海難審判庁の裁定と同じです」

「荷崩れの具体的状況を説明してもらえますか」

「昭栄丸は千六百トンの貨物を積載していました。五十キロ袋詰めの化成肥料をパレット積みにしていたんです。パレットというのは、フォークリフトやクレーンの爪が差し込めるように中空になった平らな荷台のことです。このパレットの上に肥料の袋を積み、またその上にパレットを積み、と何層にも積み上げてからシートカバーを掛け、最後にラッシングという締め具で全体を固定させます。興南化学和歌山工場の作業員に聞いたところでは、昭栄丸の場合、艙口《そうこう》より上にパレットがはみ出していましたし、船艙《せんそう》内の左右舷側《げんそく》部にかなり大きな空間があったということです。つまり貨物を均一に積載せず、縦方向に高く積み上げたのが悪かったようです」

「悪いと知りつつ、何でそんな積み方をしたんです」

「貨物船の艙口は船艙に較べて広くありません。舷側部に積んだ貨物は出し入れが面倒です」

「いずこも同じ省力化の手抜き仕事……」

総長が呟くようにいい、「で、海損部としてはこの事故に対して何も感じへんかったんですか」

「と、おっしゃいますと」

「要するに、疑惑。例えば、保険金めあての海難詐欺」

「それはないでしょうね」

小沢は言下に否定する。「過去の事例をみますと、保険金詐欺の場合、乗組員は全員必ず助かっています。べた凪《なぎ》の晴れた日に何の前触れもなく、突然船が沈み、乗組員は水と食料をたっぷり積んだ救命ボートで近くを漂流しているんです。あとで調べますと、乗組員同士口裏を合わせてはいるんですが、必ずボロが出ます。一時はこの種の詐欺事件が横行して苦りきったものです」

「それはどういう手口です」

「東南アジア船籍の五千トンクラスの散積船《ばらづみせん》がよく沈みましたね。積荷はフカのヒレとかクラゲといった海産物で、これらをスクラップ同然の船に載せて港を出ます。そして東シナ海や南西諸島沖で、積荷を待機させていた他の船に移し、空のスクラップ船を沈めます。積荷は香港あたりのブラックマーケットで換金するんです。この場合、船体そのものにはほとんど保険価値がないから、狙いは主として積荷の方になります」

「ほな、第二昭栄丸の場合は」

「乗組員は全員死亡していますし、積荷の肥料はそう高価なものでもなく、まして換金などできません」

「船を沈めるメリットはほとんどない、いうことですな」

総長はたばこを揉《も》み消し、「四億円はいつ支払いました」

「三月二日。事故の四十七日後です」

「受け取り人は正木嘉一郎ですな」

「そうです」

「船主と船会社はどういう関係です」

「一概にはいえませんが、辰光海運と正木さんの場合は、年間チャーター契約を結んでいたようです」

「それは……」

「いわゆる固定用船契約。運搬した貨物の数量に関係なく、毎月一定の用船料を辰光海運は正木氏に支払う。これを受けて正木氏は乗組員を雇い、荷を運ぶ。簡単にいえば、そういうことです」

「船員の給料は船主が払うんですな」

「そうです。船を動かす上での支出はすべて船主が負担します。任意の損害保険の他に、強制の船員保険、そして乗組員の食費など」

「ほな、船員に対する保障は船員保険で？」

「ええ。死亡時には二千五百万円が支払われます。これは、船員個々の生命保険とは重複しません」

「分りました。いろいろと、どうも」

総長はメモ帳を置き、「最後にひとつ。積荷の肥料に対する賠償は誰がしたんです」

「誰もしていません。堪航性《たんこう》のないこと……つまり、船が航海に堪えられる状態ではないことが証明されない限り、航海過失に関して船主は荷主に責任を負いません」

「それやったら、千六百トンの肥料代は興南化学の丸損でっか」

「いえ。荷主は積荷に対して保険をかけていますから、実質的損失はありません」

「保険、保険、保険、保険……。最終的に損をしてるのは、いったい誰ですねん」

午後四時少し前、総長と私は住東海上火災をあとにした。小沢には我々が訪れたことを口外しないようかたく口止めをした。このことが辰光海運や正木嘉一郎の耳に入るのは何かと不都合だ。

「総長はどう思います。受け取った保険金が四億円で船体価格が三億三千万。たった七千万のために六人もの人間が死にますかね」

「死体、三つしか上がってへんがな」

「そら、そうですけど……」

「ブン、おまえ、海損部の課長に洗脳されたんと違うか」

「そんなことおません」

「ほな、余計なこと考えるな。さ、行くぞ。今日中に写真を手に入れるんや」

——高知駅までタクシーを飛ばした。

土讃《どさん》本線下り、十六時十分発の普通列車にぎりぎり間にあった。これを逃すと次は十七時三分まで須崎行きはない。乗った途端、列車は動き出した。

私と総長は四人がけのボックス席に向かいあって座った。車内は空《す》いている。

「腹減りましたな。駅弁、売ってないんやろか」

「たったの一時間半や、我慢せい」

「総長は腹減ってませんのか」

「わしも人間や。腹ぐらい減る」

「あーあ。わし、寝ますわ」

コートのえりを立て、シートに深くもたれ込んだが、腹がグーグー鳴って、まったく眠れなかった――。

午後五時二十一分、須崎の二つ手前、多ノ郷《おおのごう》という駅に降りた。いかにも鄙《ひな》びた感じの小さな駅舎、風が強い。駅前にタクシーが一台駐《と》まっていた。

「坂内《さかうち》へ行きたいんやけど、ここから何分ぐらいやろ」

私は声をかけた。

「十五分、かね」

ぼっそりと運転手はいい、手で後ろのドアを開けた。

坂内は浦《うら》ノ内《うち》湾の最奥部にある海沿いの集落だった。

総長と私は公民館の前でタクシーを降りた。このすぐ裏手にあるのが第二昭栄丸の機関士、竹尾真の家だと聞いた。

竹尾家には母親らしい五十年輩の女性がいた。畑仕事から帰って来たばかりなのか、玄関先で長靴に付いた土を払い落としているところだった。

「すんません。こちら、竹尾さんのお宅ですね」総長はいう。

母親は訝《いぶか》しげな顔を我々に向けた。

「わしら、こういうもんですねん」

総長は名刺を差し出し、海難事故の事後処理で竹尾真の写真が必要なのだと説明した。

後ろで聞いていた私は、少し後ろめたい気がした。

母親は家の中に引っ込み、しばらくして出て来た。写真を総長に手渡す。

総長は写真に一瞥《いちべつ》をくれ、私に差し出した。それは船で撮ったものらしく、背景に丸窓の白いブリッジがあり、竹尾真は濃紺の作業服上下を着て手摺《てすり》にもたれ、笑っている。髪は五分刈り。眼は細く、眉《まゆ》は薄い。左の頬にあずき大のほくろ、上の前歯二本に銀冠。

竹尾真は、田川初男だった。

「写真、お借りします。あとでまた送り返しますから」

竹尾家をあとにした。

待たせてあったタクシーに乗り、須崎駅へ向かう。

「総長……」

「何や」

「やりましたな。とうとう突きとめましたな」

「ああ……」

「次は」

「いうまでもない。中村や」

「その前に、ひとつ頼みがありますねん」

「いうてみい」

「須崎に着いたら、飯食いましょうな」

──須崎駅前の食堂で、私はカレーライスとうどん、総長はそばを食べた。

十九時三十二分、須崎発、あしずり七号に乗った。終点中村着は二十一時十五分、今日はよく動く。

十一月二十五日、私と総長は九時二十分高知発ANA四〇六便に搭乗した。大阪着は十時十五分、島本署捜査本部に帰り着いたのは正午少し前だった。

総長は竹尾真と藤沢政和の写真を深町に渡し、高知での捜査状況を報告した。

「──と、以上です。で、確認は」

「午前中に済ました。間違いない、藤沢政和は石川謙一、竹尾真は田川初男やった」

──きのうの夜、私と総長は中村市のホテルから、藤沢と竹尾の写真をファクスで島本署に送った。それを受けて、捜査員は、藤井寺、富田林、神戸新開地、伝法に散った。北辰荘の家主、大東鉄筋興業の橋沢、丸玉パチンコ店の店長、八千代マンションの住人など、石川兄弟と田川初男を知るすべての人間に藤沢と竹尾の面を見せた──。

「それともうひとつ、最新情報がある」

「何です」

「竹尾がカキ鍋《なべ》を食うた店が判明した。きのう、東此花署の探偵が捜しあてたんや」

「誰です、どんな男といっしょやったんです。正ちゃん帽、かぶってましたか」

「そう急《せ》くな。話はゆっくり聞け」

――十一月八日、午後十一時、南区三津寺《みつでら》町の小料理屋、海幸《うみさち》。ここに、田川初男らしい頬にあずき大のほくろのある男がひとりで現れたという。

その、薄茶の革ジャンパーを着た男は、カウンターの一番奥に席をとって、カキ鍋を肴《さかな》に熱燗《あつかん》を三、四本飲み、午前零時ごろ、店を出て行った。飲んでいる間、男はひと言もものをいわず、しきりに腕の時計を覗《のぞ》き込んでいたのが印象に残っていると、海幸の主人とその奥さんは語った――。

「そいつ、上の前歯はどないです。銀冠、装着してましたか」私は訊《き》いた。

「そこまでは分らん。けど、年は二十代後半。ちょっと痩《や》せ気味で、服と外見的特徴はぴったり一致する。竹尾真とみて差し支えはないやろ」

「竹尾が時間を気にしてたということは、店を出たあと、どこぞで正ちゃん帽と会う約束をしてたんかもしれませんな」

総長がいう。「ほいで、いっしょに伝法のマンションへ帰り、一杯機嫌で寝込んだとこを殺された。カキの消化具合からみて、死んだんは午前二時前後……」

「ま、そういうこっちゃな」

「わしら、これからどない動きます」

「それは捜査会議の席上でいう」

深町は壁の時計を見上げて、「昼飯、食うて来いや」

「会議、何時からです」

「十二時半」

「あと十五分しかおませんがな」

「パンと牛乳やったら五分で食える」

「わし、パン嫌いですねん」

いって総長はこちらを向き、顔をしかめてみせた。

「というわけで、名神高速道路の被害者は中村多江と藤沢政和、此花区伝法の被害者は竹尾真であると判明した」

深町は説明を終え、そう結論づけた。

島本署大会議室。名神高速道路爆殺事件と八千代マンション殺人放火事件、両捜査本部員のほぼ全員が集まっている。

「石川兄弟にはもうひとり、弟とかいうのがおりましたな。どないなってます」

島本署の捜査員がいった。

「それが分ったら苦労はせん。……けど、あてはある」

「あて……」

「第二昭栄丸の機関士、宮本英治、こいつがたぶんそうや」

「宮本、年は三十九ですやろ」

「年は関係ない。北辰荘のおばさんに、あれが一番下の弟やというたんは藤沢や。おばさん、正ちゃん帽をかぶった男がライトバンの運転席に座ってるのを遠くから見ただけや。それに、この正ちゃん帽の男は八千代マンションでもホステスに目撃されとる」

「宮本の面は」

「大分県警に依頼した。写真を送ってくれる」

「ちょっとすんまへんな」

東此花署の応援捜査員が手をあげた。ぼさぼさ頭をひとかきして、

「何やごちゃごちゃとこんがらかって、わし、もひとつぴんと来まへんのや」

「さっきから何べんも説明しとるがな」深町は眉根《まゆね》を寄せる。

「けど、分らんもんは分りまへんな」

三十人もの刑事が集まると、中にこういうのみ込みの悪いのが必ずいる。かなりの古株だし、出世などとうの昔に諦《あきら》めているから、上を上とも思わない。それに、所轄捜査員には本部捜査を手伝わされているという意識がある。たまたま署の管内で事件が発生し、そのおかげで望みもしない捜査本部に投入された。当然ハードワークになるし、捜査は本部捜査員中心で、自分たちはそのお手伝い。事件が解決したところで功績は班のもの。おもしろかろうはずがない。

「このあたりで人間の動きと時間的経過をまとめてみてはいかがでしょう」

今までおとなしかった萩原が口をはさんだ。深町の返事も聞かずに席を立ち、黒板の前に行く。中学、高校の頃もあんなふうに自発的に立ち上がり、いい子ちゃんぶりをひ

けらかせていたのだろう。
萩原はチョークを使い始めた。それを、深町は腕を組み、不機嫌そうに眺めている。
▼一月十四日――第二昭栄丸沈没。乗組員六人のうち、竹尾真、藤沢政和、宮本英治が行方不明（他の三人は遺体発見）。
▼一月二十三日――藤沢政和、竹尾真、羽曳野市野々上のアパート北辰荘に入居。
▼二月四日――竹尾、北辰荘を出る。神戸新開地へ。
▼三月二日――第二昭栄丸の船体保険金、四億円、支払い（住東海上火災から船主、正木嘉一郎へ）。
▼三月二十五日――中村多江、尼崎市南武庫之荘のマンション、グリーンハイツに入居（四月十日から、西宮市の西宮モード学院に通い始めた）。
▼三月三十一日――竹尾、丸玉パチンコ店をやめる。
▼四月一日――竹尾、大阪市此花区伝法の八千代マンションに入居。
▼九月八日――中村多江、バイト先の西宮北口、マルエイ不動産に男の声で電話があり、外出。その後、早退（男は藤沢ではないかと考えられる。多江は死んだと思っていた恋人に会い、ひどく驚いた）。多江、九月十日まで、マルエイ不動産と西宮モード学院を休んだ（以後、十一月まで、多江は何度か藤沢に会っていた。大東鉄筋興業、橋沢の所有とみられるランドクルーザーがモード学院の生徒により、目撃

されている)。
▼十一月七日——多江から高知県室戸市の母親に電話。しばらくの間、下宿には帰らないといった。
▼十一月七日——藤沢政和、北辰荘を出た。ライトバンの中に弟(宮本英治?)がいた。弟は眼鏡をかけ、紺に赤のボンボンのついた正ちゃん帽をかぶっていた。
▼十一月九日——午前三時、三島郡島本町の名神高速道路上でセドリックが爆発。藤沢政和、中村多江、死亡。
▼十一月九日——午前四時、此花区伝法の八千代マンションにて、三〇八号室に住むホステスが、廊下で正ちゃん帽の男を目撃(死亡推定日から、この時、竹尾は殺されたのではないかと考えられる)。
▼十一月十五日——午後八時二十一分、八千代マンション三〇五号室において火災発生。焼け跡から竹尾真の死体が発見された。

「概《おおむ》ね、こういった流れになるんじゃないでしょうか」

書き終えて、萩原は指先のチョークの粉をハンカチでていねいに拭《ぬぐ》った。

「狙いはやっぱり正ちゃん帽ですな」

川島が黒板を見ながらいう。「昭栄丸の事故以来、竹尾、藤沢、宮本の三人は名前を偽って地下に潜った。潜りはしたけど三人の間が切れることはない。お互い連絡をとりおうてたやろから、宮本は竹尾と藤沢の動きを熟知してた。そやから、二人を殺すことができるんは宮本しかおらん。動機はたぶん、金」

川島はもう宮本が犯人だと決めつけている。

「第二昭栄丸の沈没事故で動いた金が四億円。こいつが保険金めあての狂言やと考えたら、正木は四億円のうちかなりの額を生き残った三人の乗組員に分けてるはずです。宮本が竹尾と藤沢の金を狙《ねろ》うたとして何の不思議もおません」

「昭栄丸沈没が詐欺やとは決めつけられませんで。事実、三人もの乗組員が犠牲になってますがな」

原田がいった。「それに、昭栄丸の当時の船価は約三億三千万。正木が得るのは、実質的には七千万円です」

「千円、二千円のために人ひとり殺すようなやつ、世間にはぎょうさんおるで」

「けど、これはそんな粗暴事犯やおません」

「それ、何を理由にいうとるんや」

「別に、理由は……」

原田は苦しそうに言い澱《よど》む。

「もうええ」

深町が立ち上がった。「第二昭栄丸沈没が故意になされたもんかどうか、その結論は急ぐ必要ない。それより、今大事なんは、宮本を引くことや。竹尾と藤沢が、最初藤井寺に住んでたことから考えて、宮本もその近辺、つまり、松原《まつばら》、羽曳野、富田林あたりに潜ってた可能性が強い。……手分けして歩くんや。宮本の足取りを追うんや。それと並行して、もうひとつは、第二昭栄丸の船主、正木嘉一郎の身辺調査。経済状態から交友関係、細大洩《も》らさず調べ上げること。ある程度の目処《めど》がつくまで、昭栄丸の件は記者連中には洩らすな。それで、具体的な段取りとしては、――」

その後一時間ほどかかって、詳細な捜査方法、人員配置等が検討され、会議が終ったのは午後三時近くになっていた。

私はもうくたくただった。口をきく気力もなかった。体中に染みついた汗と脂で窒息しそうだった。

港区の西端、築港海岸通り。港湾合同庁舎を北へ五十メートルほど行ったバス通り沿いに辰光海運はあった。

木造瓦葺《かわらぶ》きの二階建、しもたやの一室を改装して床に塩ビタイルを貼り、事務机と応接セット、電話を二本入れて、そこを事務室にしていた。アルミドアの上に取り付けた〈有限会社　辰光海運〉の真鍮《しんちゅう》の看板が見にくく、それらしい事務所ビルを思い描いていた私と総長はしばらく附近を探し歩いた。

「――そういうわけで、第二昭栄丸の保険に関することは、私は何も知りません」

辰光海運社長、浜口慶造がいう。年は五十前後、少し肥《ふと》り気味の赤ら顔にツルの細いメタルフレームの眼鏡、髪は深町と同じくらい薄い。それを、一九に分けている。

「オペレーターというのは文字どおり用船会社。船をチャーターして荷を運ぶか、運賃収入を得る。……ただそれだけです。船主が船員にいくら給料を払っているか、どんな保険に入り、掛け金、契約保険金はいくらか……、私どもの知ったことではありません」

浜口はソファに浅く腰かけ、膝《ひざ》を組んだり揃えたり、ハンカチで顔を拭ってみたり、せわしなげに話す。事務室にはもうひとり、紺の上っぱりを着たおばさんがいて、机に向かってそろばんを弾《はじ》きながら、耳をそばだてているようす。

「それやったら、受け取った保険金を、正木さんがどう遣うたかも……」

「そう。申しわけないが、知りません。それ相応の保険金を受け取ったのなら、こちらに少しはまわしてくれてもよさそうなものなんですが」

「と、いわはるのは」

「興南化学の仕事です。あの事故以来、契約を打ち切られました」

「失礼ですけど、何ぼほどの契約でした」

「年間、一億五千万円。売り上げの三分の一がなくなりました」

いって、浜口は事務所内を見まわす。三つある事務机のうち、上に何もない机を指さして、

「ひとり、やめてもろたんです。給料払えんようになりましてね」

「この会社、何人いてはります」

「二人です。私と、そこにいてる経理担当の松本《まつもと》さん」

紺上着のおばさんは松本というらしい。

「辰光海運は何隻の船動かしてます」

「それが、今はたったの三隻……」

いって、浜口は奥の壁を見た。アルミの額が五枚掛けてある。額の中には、進水したばかりなのだろう、色とりどりの小さな旗をマストいっぱいに飾りつけた船の写真。各々、下に進水年月日と船名が書かれている。

「あれでっか、第二昭栄丸」

左から三枚めの写真がそうだった。船体は濃い緑色、ブリッジは白、ハッチの前後部からクレーンのアームが斜めに伸びている。

「五百トンほどやと聞いてたし、小さい船と思てたら、えらい立派ですがな」

「全長六十六メートル、幅十一メートル。載貨重量、千六百トン。主機、千三百五十馬力。時速、十一・五ノット。……小船とはいえませんね」

「そんな大きい船がころっと沈むて、怖いもんですな。原因はやっぱり荷崩れでっか」

「そうとしか考えられませんね。でなければ、あんなふうに瞬間的には沈みません。衝突とか座礁なら、徐々に浸水するから、救命ボートを準備したり、無線で救助を要請することもできます」

「そら、確かに理屈でんな」

総長は小さくうなずき、「船主の正木さんはどういう人です」

ふいに訊《き》く。

「どういう人、とは」

「その、例えば、気難しい人とか、ちゃらんぽらんやとか……」

「ひと言でいえば、まじめな苦労人ですね。十五、六の頃から船に乗って一所懸命働いて金を貯め、最初は五十トンくらいの小さな船からだんだん大きな船に買い換えて……ま、典型的な一隻《いっぱい》船主です」

「辰光海運とはいつから」

「もう十年以上になりますか、第一昭栄丸の頃からのつきあいです」

「第一昭栄丸？」

「三百トンの貨物船です。八年前、その船を売って、第二昭栄丸を建造しました」

「正木さん、第二昭栄丸には乗らんかったんですか」

「それは……」

「自分が乗り組んだら、船員の給料ひとり分、浮きますがな」

「正木さんは高血圧で一度倒れました」

「それ、いつのことです」

「二年前、ですか」

「ほな、それまでは第二昭栄丸に乗ってたんですな」

「ええ、いわゆる船主船長でした」

「ということはつまり、正木さんが船を降りて約一年後、例の海難事故が起きた……こういうことですな」

「ええ。そうです」

「浜口さん、第二昭栄丸の乗組員を知ってますか」

「ま、ちょっとは」

「機関士の宮本英治さんは」

「知ってます。昭栄丸の定期検査はいつも大阪ですから、その時、話をしたことあります」

「宮本さん、左ききやったそうですな。それと、足が不自由やった」

「左ききかどうかは知らんけど、足は確かにそうでした」

——大分県警からの報告により、宮本英治の特徴は全捜査員が知っている。十三年前、宮本は津久美の砂利船に乗っていた。ウインチを操作していてワイヤーに巻き込まれ、右足の膝《しつ》関節をつぶしたという。

「宮本さん、歩く時は」

「ほんのちょっとだけやけど、足を引きずるようにしてました。膝が曲がりにくいみたいでね」

浜口は答え、「それはそうと刑事さん、何でそんなこと訊きはるんです」

「それは、さっきもいうたように海難審判の事後処理で……」

「海上保安庁や審判庁の係官ではなく、捜査一課の刑事さんが海難事故のことを調べに来はったとはね」

「………」総長は視線を浜口からそらして何も答えない。

しばらくの沈黙のあと、

「ま、深くは穿鑿《せんさく》しますまい」

浜口は両手を膝にあてて上体を起こし、「捜査上の秘密というやつでしょうから」

ひとつ嫌味をいって大儀そうに立ち上がった。もう帰ってくれという意思表示だった。

6

「さ、帰りましょ。今日はもうくたくたや。結局、昼飯も食われへんかった」

辰光海運を出るなり、そういった。

「わし、木津川《きづがわ》ドックへ行く」

「えっ、ほんまに行くつもりですか」

「しゃあない。楽しい楽しいおデートや」

デートの相手はあの萩原警部補。捜査会議後、部屋を出る時、総長は萩原に呼び止められ、午後五時、大正区難波島《なんばじま》の木津川ドックへ来てくれといわれた。時間がなかったので用件は聞かなかった。総長は生返事をしたまま、萩原と別れた。

「ね、総長、いっしょに帰りましょうな。わし、あいつの顔見とうないんですわ」

「ブンはひとりで帰れ。わし、ブンと係長をいっしょにしとうない。おまえら二人を見てると気が狂いそうになる。……けど、何かおもしろいことがありそうや。待ち合わせ場所が木津川ドックいうのが気に入った」

木津川ドックは第二昭栄丸を建造した造船所である。

「そんなこというたら、わし、すんなり帰れませんがな」

「ややこしいやつや。好きにせい」

総長は手を邪険に振った。


弁天町《べんてん》から国鉄環状線に乗った。大正駅に着いたのは午後五時、約束の時間を過ぎていた。駅前でタクシーを拾い、ワンメーターで難波島に到着した。

附近は、鉄工所に段ボール工場、資材倉庫などの建ち並ぶ典型的な工業地区だった。頻繁に走り過ぎる大型トラックが砂ぼこりを舞い上げる。そういえばここ二週間近く雨が降っていない。

高いコンクリート塀の途切れたところ、スライディング式の大きなゲートのそばに萩原がいた。コートのえりを立て、寒そうに身を縮めている。

萩原は総長と私を認めてこちらに走り寄り、

「ありがとう、来てくれたんですね」と、鼻声でいう。

「係長のせっかくのお招きや、来んわけにはいきませんやろ。……で、用件は」

「ぜひ聞いてもらいたい……いや、見てもらいたいものがあって。こちらです」

萩原は五十センチほど開いたゲートの隙間を抜け、中に入って行った。

入ってすぐ左、鉄骨スレート葺《ぶ》きの建物があった。二階建、下は吹き抜けの資材置場になっている。

「ちょっと待ってて下さい」

いって、萩原は赤錆《さ》びた階段を上る。二階が事務所になっているようだ。

しばらくして、萩原が階段を下りて来た。後ろにグレーの作業服上下を着た背の低い眼鏡。年は総長と同じくらいか。

「紹介します。こちら、木津川ドックの専務、富永《とみなが》さん」

「府警捜査一課の総田です。こっちは文田」

「どうも」私は富永の眼を見て一礼する。

「ほな、行きましょか」

富永はしわがれ声でいい、先に立って歩き始めた。

「どこ行きますねん」

私は萩原のコートの袖《そで》を引いて小さく訊く。萩原はさも面倒そうにこちらを向き、

「船ですよ、船の見学」

「そんなもん見学してどないしますねん」

「文句いってないで、ついて来りゃ分ります」

いうことなすことといちいち気に障る。

木津川ドックはけっこう広かった。敷地は約千坪、ほぼ正方形で、南北と西側がコンクリート塀に囲まれている。東側は木津川、敷地全体が川に向かってゆるやかに傾斜している。船台にはタグボート一艘《そう》と百トンくらいの貨物船が一隻、ライトをあてられ、ゴーグルと防じんマスクの作業員が藻やフジツボの付着した船底をグラインダーで削っていた。錆《さび》と船底塗料の粉で上半身が赤茶色に染まっている。

川沿いの堤防の上に立った。こちら側に小さな艀《はしけ》、その向こうに貨物船が一隻、並んで繋留《けいりゅう》されている。

「あっちが日東丸《にっとうまる》。定期検査の船台待ちですわ」

富永がいう。「総トンは四百九十六。五年前、うちで造りました。今日はあの船を見てもらいます」

「どこから上がります」

「あそこです。歩み板がありますやろ」

船の艫《とも》、ブリッジのすぐ後ろと堤防との間に長さ約五メートル、幅三十センチほどの板が架けられている。

富永はひょいひょいと歩み板を渡り、日東丸のデッキに降り立った。続いて総長、そして私。歩み板が撓《たわ》んで背中が冷やっとした。水面は四メートルほど下にある。落ちてもケガをすることはないだろうが、この寒空に水泳などしたくない。水はどんより濁った灰褐色で、黒いタールの付いた塵《ごみ》がいっぱい浮いている。

「どないしました、係長」

総長の声で後ろをふり返った。萩原が歩み板の向こうでもじもじしている。こいつはおもしろい。

「そんなとこで何してますねん。怖いんですか」

声をかけた。「怖いんやったら怖いと、正直にいいなはれ」

「怖くなんかない」

「ほな、早ようこっちに来たらどうです」

「行くよ。行きますよ」

萩原は歩み板の上に乗った。中腰で背中を丸め、両手で板の端を摑《つか》みながら這《は》うように進んで来る。まるでチンパンジーだ。私は下を向いて思いきり笑った。声は出さない。出せば総長に叱られる。

萩原はデッキに降り立った。暑くもないのにハンカチで額を拭《ぬぐ》う。

「ご苦労さんでしたな。それ、冷汗ですか」

萩原は返事をしない。黙って私の顔を睨《にら》みつけているところをみれば、かなり怒っているようだ。これ以上刺激するのは危ない。

「さ、どこから案内しましょ」富永がいう。

「機関室からお願いします」と萩原。

「ほな、こっちへどうぞ」

富永はブリッジ後ろの、煙突のすぐ下の鉄扉を開けた。

これはあとで富永から聞いたのだが、四九貨物船の場合、居住区は三層になっている。最上層がいわゆるブリッジで、操船のための舵輪《だりん》やレーダースクリーンなどがあるところ。二層めが船長室、機関長室、器具倉庫などで、この二つが船の本体から建ち上がったように見える部分。第三層は船員の個室と調理場と食堂、トイレなどで、最下層が機関室となっている。四九ともなればディーゼル主機本体の高さが三メートル近くあるため、機関室もまた二層になっていることが多いという――。

「そやから、四九の船いうのは五階建のビルやと思たらよろしいんですわ。ここがその一階」

薄暗い機関室の底、鈍く光る主機を見上げて富永がいう。

「それにしても、どでかいエンジンでんな。これ何馬力です」総長が訊《き》く。

「千四百馬力。水冷六気筒です」

「高そうやな……何ぼくらいします」

すぐ値段を訊くのが総長の癖だ。

「馬力あたり四万円やから、五千六百万ほどですか」

「おそろしい。こんなエンジン一基がね」

総長は鉄の塊を撫《な》でさする。

「ところで、富永さん」萩原がいった。「つかぬことをおうかがいしますが、この船を沈めようとした場合、どうすればいいんでしょう」

「沈める？　何のために」

「いや、それはさっきお話ししたように」

「捜査上の必要があって、ということですか」

「ま、そういうわけです」

「そんな奥歯にもののはさまったような言い方せんでもよろしいがな。例の海難事故ですやろ、高知の足摺岬沖。第二昭栄丸はうちで造ったんやから、それくらいの察しはつきます」

「…………」

「おたくさんらがどういう事件の捜査をしてはるかは分らんけど、わしらみたいな昭和ひと桁《けた》生まれは、若いもんと違《ちご》て警察に協力的でっせ。何せ、お上は怖いもんやいう感覚がありまっさかいにな」

富永は笑い、「こっち来て下さいな」

と、我々を船尾の方に誘った。主機の最後部、直径一・五メートルほどもあるフライホイールのあたりを指さして、

「直接には見えんけど、この鉄板の下にスタンチューブいう太いパイプがあって、長さは約四メートル、中に直径十インチのシャフトが通ってます。で、シャフトはスクリューにつながってる。つまり、シャフトの先端は船体の外に出てるということです。ほな、何でスタンチューブから浸水せえへんのか。……グランドいうてスクリューシャフトのパッキンの締め具があるんですわ」

「じゃ、そのグランドを外せば……」

「水が噴き出て来ますわな」

「それで船はまたたく間に沈没すると」

「いや、そんなすぐには沈みません。何ぼスタンチューブが太いいうても、そこにはシャフトが通ってるんです。水はチューブとシャフトの隙間から入って来るんやし、機関室が水びたしになるにはだいぶ時間がかかります」

「もっと早く船を沈める方法は」

「そうですな……」

富永はあごに手をやり、「キングストンバルブを開ける手もありますわ」

「それは」

「エンジンの冷却水の取り入れ口についてるバルブです。こいつを開けて、配管を外したら、水が噴き出る。……けど、この取り入れ口は直径二インチほどしかないからね、水の量はスクリューシャフトから入るのと似たりよったりやないですか」

「キングストンバルブを開け、グランドを外せば、何時間で船は沈みますか」

「こらまた、難しい質問ですな。わし、そんなこと考えたこともおませんさかいにね。けど、三時間や四時間では沈んだりしませんやろ」

「船主部分や船艙《せんそう》にバルブ類はないんですか」

「おません。船体のあちこちに穴が開いてたら危のうてかなわん」

「それもそうですね」

呟《つぶや》くようにいって萩原は小さく笑う。

「すんまへんな。わしの答え、ご期待にそわんかったみたいですな」

「いえ、そんなことは……」

「しかし、ま、グランドとバルブをいじったら、いずれにしても船は沈みますわ。機関室に浸水したら船が傾く。傾きがひどうなったら、荷が崩れる。それで、いったん荷崩れが起きたら、船はあっという間に転覆し、沈没する。……要するに、転覆させるまでが勝負なんですわ。偽装沈没の場合、いざ浸水が始まったら一時《いっとき》も早よう船を処分せないかんやろからね」

「グランドとキングストンバルブを操作する以外に荷崩れを誘発させる方法は」

「さあ、どうですやろ……」

富永は俯《うつむ》いて首筋を撫でていたが、「ちょっと考えつきませんな」

申しわけなさそうにいう。

けますか」

萩原はいい、「最後にもうひとつだけお願いがあります。救命ボートを見せていただ

「おやすいご用や。ほな、上へ行きましょか」

富永がそういい終る前に、私は階段の手摺《てすり》に手をかけていた。こんな薄暗く狭苦しいところはもうたくさんだ。


外へ出た。川のドブのようなにおいが鼻をつく。

午後六時、日はすっかり暮れていた。遠く一キロほど北、鉄橋を渡る電車の灯《あか》りが見える。環状線だ。


富永はいったんブリッジへ上がり、後部デッキに我々を案内した。煙突のすぐ横、手摺のこちら側にドラム缶形の白いカプセル。H鋼をX形に組んだ高い脚の上に横向きに据え付けられていた。大きく〈救助筏《いかだ》〉とペイントで書かれている。


「筏いうても、中に入ってるのはゴムボートです」

「繭みたいですな。蝶々《ちょうちょう》でも出て来そうや」

総長は腰を折り、カプセルに顔を近づけて、「これ、何です」

横腹の突起を触ろうとする。

「あ、それをいろたらあきません。そのピンを抜いたら、容器が二つに割れてボートが飛び出します」

　富水は慌てて制止する。

　総長は手を引っ込めて、

「繭やのうて、びっくり箱でしたんか。しかし、出て来るんがゴムボートやったら、膨らまさなあきませんやろ」

「炭酸ガスボンベがついているんです。海面に落ちたボートは自動的に膨らみます」

「ほう、そら便利な仕掛けや」

「救命ボートはこれひとつだけですか」

　萩原が訊いた。富永はふり向いて、

「伝馬船《てんません》もあります」

「伝馬船？」

「あれですわ」

　煙突をはさんで反対側、手摺の向こうに二本のL形支柱が立っていて、そこに長さ四メートルくらいの小船が吊《つ》り下げられている。

「本船が港に停泊してるような時は、あの伝馬船で陸《おか》との往き来をするんです。もちろん、緊急用にも使います」

「伝馬船の材質は何ですか」

「木が多いですな。最近はプラスチックも増えてます」

「浸水した場合、プラスチック製の伝馬船は沈みますか」

「沈むでしょ。小型のディーゼルエンジンが載ってるから」

「昭栄丸の伝馬船は木造ですか」

「プラスチックでした」

私には萩原の質問の意図が分らない。伝馬船が浮こうが沈もうが、事件そのものには何の関係もない。このくそ寒いのにくだらぬ時間つぶしはやめてくれ。私は伸びをして、

「ああ、腹減った」

小さく、しかし聞こえるように呟いた。萩原が腕の時計を見る。

「もう、こんな時間だ。そろそろ失礼しないと」

「どうです、お役に立ちましたか」

と、富永。

「それはもう充分に。ありがとうございました」

「ほな、最後にわしの方からひとつだけ」

「はあ……」

「例の昭栄丸事故、ひょっとして偽装やと疑うてはるのと違いますか」

「いえ、それは……」

「キングストンバルブがどうの、グランドがこうのと……。わし、素人やないし、ぴんと来ますがな」

「…………」

「違いますな。あれは偽装やおませんん。船いうもんはそうそう簡単に沈むもんやない。それにわし、船主の正木さんよう知ってるけど、そんな大それたことのできる人やおません」

「富永さん」

萩原は真顔になり、「昭栄丸の件は誰にも口外しないで下さい。お願いします」

深く頭を下げた。


木津川ドックをあとにした。タクシーを拾い、大正駅。駅前の焼肉屋に入った。靴を脱ぎ、座敷に座る。肉の焼けるにおいが腹にしみる。私はミノとセンマイ、総長はタンとレバー、萩原はロースを注文した。

「こういうとこ来て、お上品なもん食うてたらあきませんで」私は萩原にいう。

「何を食おうとぼくの勝手でしょ」

「わしは親切でいうてますねん。焼肉屋でロースいうのは通《つう》やおません」

「大阪じゃゲテモノ食いを通っていうの」

「かわいそうに、東京地方のお人は味覚の幅がせまい」

「大阪地方の人にそういわれりゃ世話ないね」

「わし、学生のころ、何回か東京へ行ったことありますねん。ほんであちこちでいろんなもん食うたけど、何せ味つけがどぎつい。そのええ例が肉じゃがですわ。醬油《しょうゆ》と砂糖を仇《かたき》のように放りこむから卒倒しそうになるくらい甘辛い。食に関する限り、東京は偉大なる田舎ですな」

「肉じゃがひとつをネタにしていっぱしのグルメ気取りじゃないか。刑事なんかやめて料理評論家にでも転向すれば」

「できるもんならなってみたいですな。年がら年中ええもん食い歩いて、うまい、まずいと適当なことを言いふらしてたらそれでゼニになるんやから、こんな気楽な商売あらへん。日本は平和や。……けど、わしは」

言いかけたところへ皿が来た。センマイを鉄板にのせる。

「ああ嬉《うれ》し。やっと晩飯にありつける。今日はほんま腹ぺこぺこや。わけもわからんとこ、あちこち引きずりまわされたからね」

「その言い方、ひっかかるね。ぼくはブンさんにまで木津川ドックへ来てくれとはいってない」

「そういう論法はずるいですな。総長を呼んだらわしも来る。分りきったことですわ。それに、あの貨物船見学会、いったいどういう意味ですねん。船の沈ませ方をしつこう訊《き》いて、富永にボロ出しましたやないか」

「あれは確かにぼくの勇み足だったかもしれない。でも、得るところは大いにあった」

「おもしろい。その得るところとやらを教えてもらいましょか」

私は上着を脱ぎ、膝《ひざ》を乗り出した。

総長は黙って我々のやりとりを聞いている。

萩原は眼鏡を押し上げて、

「昭栄丸沈没について、ぼくには二つの疑問がある。それは、乗組員六人のうち、三人までが死亡したという事実だ。これが保険金めあての偽装事故なら、なぜ、三人もの死者がでたのだろうか。そして、生き残った三人、すなわち藤沢、竹尾、宮本はなぜ身元を隠し、地下に潜行しなければならなかったのか。その理由がぼくには理解できない」

「あほくさ。そんなもん分りきったことや。藤沢ら三人が地下に潜ったという事実があったからこそ、あの事故が偽装やないかと疑われてますんや。そうでないのなら、あいつら三人、英雄づらして新聞社のインタビューに答えてますわ。零下何度、酷寒の海から生還した海の男、とかいうてね」

「それはぼくの疑問に対する的確な回答になっていない。昭栄丸事故が偽装であるか否かは、宮本たち三人の潜行とは直接の関連性がない。故意に船を沈めたからといって、彼らが逃げ隠れする必然性はどこにもない」

「すると何でっか、係長は、あの昭栄丸沈没は突発事故やというんですか」

「そうはいっていない。あれは故意による偽装沈没だ」

「えらい自信ありげなお言葉でんな」

「ブンさんは宮本たちが消息を絶った理由、どう考えてるの」

「そんなもん簡単や。事情聴取を怖れたからですわ」

「事情聴取？」

「わし、高知の損害保険会社で聞きましたがな。この海運不況の時代、偽装沈没は相当数発生しとるんやけど、成功した例はほとんどない。それは、乗組員がボロを出すからやと。何ぼ綿密な計画を練って口裏合わせたところで、保安庁や保険会社を騙《だま》しおおすことできへん。まがりなりにも相手は取調べのプロや。事情聴取を受けたが最後、すべては水の泡になる」

「そのすべてという言葉は撤回してほしいね。実はきのう、ぼくは北浜《きたはま》の損保会社へ行った。で、ここ数年の海上事故発生件数と保険金支払い状況を聞いた。……驚くなかれ、詐欺の疑いをかけられつつ保険金支払いを受けた沈没事故が全体の三パーセント近くもあった。それはなぜか……。物証がないからですよ。水深六十メートル以上の海底に沈んだ船は引き上げることができないし、仮に上げてもその費用の方が高くつく。だから乗組員の証言に疑惑を抱きつつも、損保会社は保険金を支払わざるをえない。つまるところ、事情聴取は事故原因解明のための絶対要素とはなりえないということなんだ」

「ああいえばこういう。ほな係長、あんたいったい何が原因で藤沢ら三人が逃亡生活を送るようになったと考えますねん」

私は口を尖《とが》らせる。萩原はロースをひっくりかえしながら、

「船長北沢以下、三人の死亡。それ以外の理由は考えられないね」

「すると何でっか、船長ら三人は宮本や藤沢に殺されたというんでっか」

「そう、そのとおり。だからこそ、宮本たちは昭栄丸沈没のあと地下に潜った」

「ほう、こらまた大胆なご意見や。想像力が異常に発達してはる。わしら凡人には思いもつかん」

「ブン、うるさい。黙って係長のいうこと聞け」総長がいう。

萩原はひとつうなずいて、

「今日、お二人に木津川ドックまでご足労願ったのはね、船を沈没させる具体的方法を聞いてほしかったからなんです。……キングストンバルブとグランド、この両方を操作しても船が沈むまでに四時間以上を要する。それだけの時間的余裕があれば、伝馬船《てんません》を降ろし、救命ボートを用意し、乗組員は全員避難できるはずです。なのに、船長たち三人は死んでしまった。これはどう考えてもおかしい。理屈に合わない。……三人は殺されたんだ。宮本たちが海に放り込んだに違いない」

「目的は何です」と、総長。

「金、でしょうね。分け前が倍になる」

総長が相手だと、萩原のものいいは急にていねいになる。

「それは、正木の指図で？」

「さあ、そこまでは分りません。正木には無断で、三人が結託してことに及んだのかもしれないし、ひょっとすると宮本の単独犯行なのかもしれません」

「なるほど、おもろい話や」

総長はふんふんと首をひねっていたが、「ま、とりあえず食いまひょ。いつまでも喋《しゃべ》ってたら肉が焦げてしまう」

「ほんまや。腹が減ってはチンポコ立たん。係長も食いなはれ、そのおロ、ー、ス、を」

私はミノをほおばった。うまい。シコシコした歯ざわりが何ともいえない。

——食った。腹いっぱい食った。焼肉は店によって味の開きの大きい料理だが、この店は当りだった。肉にほどよく脂がのって、タレにこくがあった。私はタンとミノを一人前ずつ、生レバーを一皿追加注文し、仕上げにクッパを食べた。久しぶりに充実した晩飯だった。脚を投げ出し、間仕切りに背中をもたせかけていると瞼《まぶた》が重くなる。

「それで係長、これからどないするつもりです」

たばこを揉《も》み消し、総長がいった。「宮本や藤沢が他の三人を海に放り込んだ……。新説や。説得力もある。あるけど、それはあくまでも仮説に過ぎん。大事なんは、その仮説をどう証明するかということでっせ」

「そのとおり。総長のおっしゃるとおりです」

萩原はあっさり肯定し、「またお二人は高知へ行くんですね」

「行きまっせ。班長の命令や」

「ぼくも連れてって下さい」

「そら、かまへんけど……」

「深町さんの許可はもらいました」

「な、何ですて」

間仕切りの桟で頭を打った。痛い。

7

「起きんかいな。七時やで」

遠くにおふくろの声を聞いた。

「これ浩和《ひろかず》、もう起きんと間にあわへんで」

眼が覚めた。枕許《まくらもと》におふくろが座っている。手には湯呑《ゆの》み。

私は起き上がり、まだ朦朧《もうろう》とした状態で茶を飲んだ。

「ヒエーッ、酸《す》っぱ」

見ると、中に大きな梅干が沈んでいた。

「眼、覚めたやろ」

「覚めた。しっかり覚めた」

「おまえ、二時ごろまで起きてたな。何してたんや」

「何もしてへん」

「手紙を書いてたやろ」

「えっ……。見てたんか」

「おまえのことなら何でも分る。手紙、誰に出すんや」

「誰でもええやろ」

「その顔はラブレターやな。字、間違うてないか」

「ちゃんと辞書ひいた」

「よっしゃ。がんばるんやで」

「ああ……」

「今日はどないするんや」

「高知へ行く」

「高知？　一昨日《おととい》、帰って来たばっかりやないか」

「そんなん関係ない。バッグは」

「まだ玄関に置きっ放し。中の汚れ物は洗《あろ》うといたで」

「着替え、また詰めて。飯食うたらすぐに出るよって」

　パジャマのボタンを外した。書き上げた手紙は上着の内ポケットに入れてある。相手はもちろん、総田伶子。萩原に後れをとってはならない。

「もうこないなったら一時《いっとき》も早よう正木に会わんならん」

「正木は事故の一年前に船を降りた……。意味深ですね」

「高血圧か。口実にするには便利な病気ですわ」

「いずれ病院へ行って、裏をとらなきゃいけませんね」

総長と萩原のやりとり。それを聞くでもなく聞かぬでもなく、私はぼんやり窓の外を眺めている。綿を敷きつめたような雲海がどこまでも続いている。

十時十五分、高知空港着。十分ほどバスを待って乗る。めざすは安芸郡奈半利町大《おお》ノ浜《はま》。安芸市と室戸市のちょうど真中、土佐湾に注ぐ奈半利川を海沿いに五キロほど東へ行ったあたりだ。

「正木は家におりますかね」総長にいった。

「隠居の身や。別に行くとこないやろ」

「五十五いうたら、総長と同じような年ですがな。隠居するにはまだ早い」

「誰が五十五じゃ。わしゃまだ三やぞ」

「えらいすんませんな」

年のことをいうと総長はすぐ怒る。いつも私を三十男呼ばわりするくせに、だ。

大ノ浜に着いた。バスを降りる。左は山、右は磯、国道を歩く。海風をまともに受けて、寒い。コートのえりをかきあわせた。総長と萩原も首をすくめ、丸くなっている。岬をまわった。それまで海に迫っていた山裾《やますそ》が後退し、開けたところに出た。民家が十数軒あった。

正木嘉一郎宅は、三軒めだった。風除《よ》けの厚い石垣塀。二本の石の門柱の上に、おそらく船の部品だろう、真鍮《しんちゆう》製のランプが取り付けられている。ランプはまだ金属質の輝きを残し、それが後ろの古びた母屋《おもや》にそぐわない。

中に入った。塀の内側は砂利敷きで、飛び石の両側に花木らしい鉢植えが並んでいる。総長はそこだけアルミ製の真新しい引き戸を開けて、

「すんません、誰かいてはりますか」

奥に向かって声をかけた。ほどなくして現れたのは小柄な五十年輩の婦人。ひっつめ髪に白いものが目立つ。見慣れぬ三人連れがのっそり玄関に立っているのを見て、少したじろいだようすだ。

総長は名刺を手渡し、正木嘉一郎さんに会いたいと告げた。驚いたのはご婦人で、

「大阪の刑事さんが、いったい何のご用です」

「すんまへん。それはまだいえんのです。捜査上、必要であるとだけ、ご理解下さい」

「はあ……」

不承不承といった感じで、婦人——名は克子《かっこ》という——はうなずく。その仕草に不自然なところはない。嘉一郎の犯罪をおそらくは知らないのだろう。

「主人ならもうじき帰って来よります」

「どこか、お出かけで」

「この沖で魚を釣ってますが」

「魚？」

「今はそれだけが楽しみなんです」

克子は正木の日常を語り始めた。

第二昭栄丸の沈没以来、正木嘉一郎は人が変わった。海上保安本部による事情聴取、海難審判庁に対する海難報告書の作成及び届け出、各種保険金受け取りのための書類作成、提出など、ひととおりの後処理を終えて、張りつめた気持ちがいっぺんに緩んだのか、正木は日がな一日家に閉じこもり、呆《ほう》けたようにただじっと座り込んでいることが多くなった。死亡した乗組員に対する呵責《かしやく》の念が正木の心を虚《うつ》ろにしているようだった。正木にこれといった趣味はなく、また克子との間に子供もないため、彼には気晴らしといったものがまったくなかった。この人は自殺するかもしれないとさえ、克子は思った。はらはらのしどおしだった。

そんな正木が五月のある日、釣りをするといいだした。そのために釣り船を貰うともいう。克子は一も二もなく賛成した。

船が届くまでの間、正木は小型船舶操縦免許取得のための講習会に通った。免許は簡単にとれた。

ひと月後、船が来た。ＦＲＰ製、二十馬力のディーゼルエンジンを載《つ》んだ〇・七トンの釣り船だった。

正木は魚釣りに没頭した。釣れようと釣れまいと、よほどの時化《しけ》か大雨でない限り沖へ出た。朝食後、菓子パンとお茶の入ったポットをミニサイクルのカゴに放り込み、正木は船着き場のある隣村の中《なか》ノ浜《はま》漁港へ向かう。そして、帰ってくるのは午後三時。

「ほんま、判で押したような毎日です」

「ほな、まだ三時間以上待たなあきませんな」

時計を見ながら、総長はいう。そこへ、

「奥さん……」と、萩《き》原。「事故で受け取った保険金ですが、どう遣われました」

硬く真剣な表情で訊く。

こいつ、あほじゃなかろか――。あまりにも本質的であざとい質問だ。少なくとも大阪の探偵はこんな不粋な訊き方はしない。のらりくらり外濠《そとぼり》から埋めて行く。私が克子の立場なら、後ろめたいところがあろうとなかろうと、こんな直截《ちょくせつ》でプライベートな質問には答えない。

しかし、克子は気を悪くしたふうもなく、

「すみません。お金のことは主人しか知らんのです」

「それはどういうわけで」

「私は毎月決まったお金を主人からもらうだけです。会社からもろてたチャーター料も、船員さんの給料も、何も知りません。主人は古い人やから、女がそういうことに口出しするの嫌うんです」

克子は申しわけなさそうに答えた。

総長は一歩前に出て、

「分りました。ややこしいことというてえらいすんませんでした。また三時すぎにでも出直しますわ」

　最後をはしょるようにいって深くお辞儀をし、踵《きびす》を返す。私と萩原も頭を下げ、あとに続く。

　門柱の手前で、総長はふと立ち止まり、

「あ、そうそう、ご主人の釣り船は何ちゅう名前でしたかな」ふり返って訊く。

「まさき丸、です」

「ご主人、今日もいつもと同じ時間に家を出たんですな」

「いえ、今日は朝ごはんを食べずに出ました」

「それ、何時です」

「五時ちょっと過ぎですか。外はまだまっ暗でした」

「何ぞ変わった魚でも釣ろと思て？」

「電話があったんです、きのう」

「電話……」

「高知の銀行の人です。船に乗せてくれ、とかいうて。主人、安芸まで船で迎えに行きました」

「ほな、今日はちょっと遅うなるかもしれませんな」総長は笑いながらいった。

　正木家をあとにした我々は国道を東へ歩く。中ノ浜漁港で、帰ってくる正木を待とうという肚《はら》だ。

「どうだろ、あの奥さん」萩原が訊く。

「わしの心証はシロでんな」

「ブンさんはどう思う」

「わしも、シロ。そういう係長は」

「うーん」

唸《うな》るだけで、萩原は返事をしない。かなり鈍い。

中ノ浜は大ノ浜より随分大きな集落だった。家は五、六十軒。国道沿いの岸壁からコンクリート造りのL字形の防波堤が海に突き出し、その内側の入り江に十数隻の中型漁船が繋《つな》がれている。そのうち、一トン未満の釣り船は三隻。漁船よりひとまわりもふたまわりも小さい。「まさき丸」は見あたらず、代わりに青いミニサイクルが防波堤の付け根の、少し広くなった道路沿いにぽつんと一台駐められていた。後ろの泥よけに住所、名前はない。前のカゴは空っぽ。

「ちょっと確かめて来ます」

萩原は国道の向こう側、二十メートルほど先の雑貨屋へ走った。中へ入る。

しばらくして、萩原は駆け戻って来た。

「この自転車は正木のものです。あの店の主人がいうには、正木は毎朝八時すぎ、自転車で中ノ浜に来る。そして、船に乗って沖へ向かい、帰って来るのは三時前。時々、店に寄って、釣れた小魚をくれるそうです」

「今日は正木の顔を見てないんですやろ」

「そう。店を開けた時には自転車が置いてあったそうです」

総長はあごに手をやり、

「どないします、これから。ここで正木が帰って来るのを待ちまひょか」

「ここは寒いよ。だからといって、正木家にいるのも何だし。そうだ、あの雑貨屋で待たせてもらいましょう」

「そらあきまへん。このむさくるしい三人連れが中に入ったら、店の主人が迷惑します。世間話のひとつもせなあかんし、わしらが刑事やいうこと、分ってしまいますがな」

「主人は知ってますよ、ぼくたちが刑事だってこと」

「えっ？」

「さっき訊き込みの時、手帳を見せたもの」

「係長、あんた、水戸のご老公でっか」

私はいった。「印籠《いんろう》とチンポコは、どこででも振りまわすもんやおませんで」

「何をいってんだ、くだらない」萩原は気色《けしき》ばむ。

「考えてもみなはれ。この片田舎に大阪の刑事が三人も来て、正木のことを嗅《か》ぎまわってると知ったら、土地の人はどういう反応します？　えらい噂になりまっせ。それも尾ひれ端《は》ひれが山ほどついて、捜査の障害になることおびただしい。自転車の持ち主が誰かと訊くくらい、いちいち手帳なんぞ見せんでもできまっしゃろ」

「そういうのは労力の無駄、時間の浪費だね。まずこちらの身分を明かし、しかるのちに相手の話を聞く。それがフェアーなやり方だ」

「フェアーは結構やけど、時と場所を考えなはれ」

「考えたくないね、そんなの」

「まず、その東京弁から直さんとあきませんな。土地の人間でないことがいっぺんにばれてしまう」

「じゃ、ブンさんも直したらどうなの、その上品な大阪弁」

「えらいからむやおませんか、え」

「それはこちらの言い分だ」

「この際、はっきりいうとくけど、係長、あんたね……」

いいかけた時、

「ああ、寒む」

と、総長のしわがれ声。「こんな吹きさらしのとこにおったら風邪ひいてしまう。ここへ来る途中、左の雑木林の奥に古ぼけた祠《ほこら》がありましたやろ。あこからやったら、正木が自転車乗って帰るとこ、よう見えまっせ」

いうなり、総長は歩き始めた。

祠から国道までは約十メートル、格子の隙間から外のようすはよく見える。時おりバスやトラックが通りすぎるだけで、ほかに注意をひくものはない。午後二時五十分。そろそろ正木の現れる時刻だ。

　私は眼を外にやったまま、手さぐりで抜き出したたばこに火を点《つ》けて、

「わし、こんなシーン、どこぞで見た覚えありまっせ。『椿三十郎』の冒頭の場面ですわ。こういうガタピシのやしろに藩士が集まって密議をこらしますねん。で、そこを目付のさし向けた一隊に囲まれる。助けるのが椿三十郎で、あの頃は三船も若かったし、ほんま、かっこよかった」

「あれはもうひとつだね」

　と、膝《ひざ》小僧抱えて奥の壁にもたれた萩原。「椿三十郎よりは『七人の侍』がいい。断然いい。黒沢の最高傑作だ」

「そんなもん誰が決めますねん。人の好き好きですがな」

「ぼくはこう見えても映画にはうるさいんだ」

「うるさいのは映画だけにしなはれ」

「それ、どういう意味」

「とにかく、七人の侍よりは椿三十郎の方がよろしい」

「いや、七人の侍」

「三十郎」

　引っ込みがつかない、ムキになっているのは自分でもよく分っているが、萩原が相手

だとついこうなってしまう。唯我独尊、傲岸不遜《ごうがんふそん》な態度が我慢ならない。

七人、三十郎と、なおも角を突きあわせているところへ、

「もうええ加減にしてくれへんかな」

と、総長。「わし、このごろ、めっきり白髪が増えたんやけど、その理由、分ったような気がするわ」

いって、腕の時計に眼をやり、「そろそろ三時や。ブン、ちょいとようすを見て来い。それから、帳場に連絡」

「了解」

私は外に飛び出した。

防波堤にまだ自転車はあった。まさき丸は帰っていない。遠くの沖の方を見渡すが、こちらに向かって来る船はない。

私は雑貨屋まで走り、赤電話の前に立った。ダイヤルを回す。十円硬貨は二十枚近くある。二度の呼び出し音のあと、相手が出た。

「はい、捜査本部」

深町だ。

「文田です」

「ブンか。どうや、そっちは」

「正木を張ってます。正木は、――」

「そうか、分った。総長のいうとおり動け」

「帳場の方はどうです」

「ついさっき、高知県警から連絡が入った。八千代マンションの被害者の歯列と、須崎の歯科医院にあった竹尾真のカルテが一致した」

「はい」

受話器を握りしめ、頭を下げた。田川初男は竹尾真、そして、石川謙一は藤沢政和――これらの事実を突き止める端緒となったのが、私と総長の高知行きであったことを思えば、やはり感慨はある。

「他は特にない。がんばってくれ」

深町はいい、それで電話が切れた。十円硬貨もなくなった。

祠へ戻り、船着き場のようすと、電話の内容を総長に報告した。ああそうか、と総長はひと言いったきり、あとは黙ってたばこをくゆらせていた。

――三時三十分。自転車はそのままだった。まさき丸も帰って来ない。

――四時。状況は変わらない。

「こらあかん。正木のやつ、帰って来んかもしれんぞ」

つと立ち上がり、総長がいう。「わしらが保険会社や辰光海運へ行ったことを、正木はどこぞで嗅ぎつけよったんや。それで、船に乗ってフケた」

「きのう、電話をかけて来たとかいう高知の銀行員は、ひょっとして宮本英治じゃないのかな」

「その可能性、ありますな」

「正木は船に乗ってるし、直接大ノ浜に帰ることができますわ」

「どうしよう、総長」萩原の不安そうな顔。

「係長は船着き場。わしとブンは大ノ浜」

肩で格子戸を開け、総長は外へ飛び出した。

——私は走った。国道を、磯伝いに海を見ながら走った。日は遠く水平線の上にあり、海も空も朱に染まっていた。釣り船は見えない。大ノ浜まで来てふり返ると、総長の姿はなかった。途中まではぜいぜいいいながらもついて来ていたのだが。

私はなおもガードレール沿いを走り、念のため岬の向こう側まで行ってみた。やはり、船はなかった。

また大ノ浜に戻った。総長はガードレールにもたれて、肩で息をしていた。

「あきません。どこにも見あたりませんわ」

「こいつはやっかいなことになりそうや」

互いにしかめっ面を突き合わせているところへ、

「刑事さん」

と、呼びかける声。走り寄って来たのは正木克子だった。

「主人、まだ帰って来んのです」

「……遅いですな」

総長はこともなげにいう。祠で張込みをしていたことなど、おくびにも出さない。

「こんなこと、今までにないんです。私、中ノ浜まで行ってきます」

「その前に奥さん、ご主人といっしょに船に乗ってる人て、誰です」

「新土佐相銀の坂本《さかもと》さんです」

「了解。さ、行きましょ、わしも中ノ浜までつきあいまっさ」

総長はそういい、「ブンはここでお留守番、ええな」

と、眼くばせする。私は黙ってうなずいた。

総長と克子の後ろ姿が薄闇の向こうに消えるのを待って、私は正木家の門をくぐった。足音のしないよう、飛び石の上をそっと歩き、玄関へ。戸に耳をあて、中のようすをうかがう。二分、三分……何も聞こえない。

ゆっくりゆっくり戸をすべらせた。入る。

三和土《たたき》からまっすぐ奥に廊下が延び、突きあたりが台所。廊下の両側に部屋が二つずつ。かなり暗いが、明かりはついていない。物音もしない。

私は靴を脱ぎ、上にあがった。廊下の壁掛け式電話をとる。一〇四にかけて、新土佐相互銀行の電話番号を訊《き》いた。

――午後六時、総長と克子が戻って来た。二人とも疲れたようすで、特に克子はかなり憔悴《しょうすい》していた。

こんなところでは何やし、中で休んで下さい、という克子の勧めで、私と総長は客間に通された。和室の八畳、がっしりした座卓と大きな仏壇があった。

総長は仏壇に向かって手を合わせたあと、

「ご主人、ほんまにどないしはったんやろね」

茶を運んで来た克子にいった。

「今日は凪《なぎ》やし、万が一のことはないと思うんですけど……」克子の沈痛な表情。

「ま、とりあえず待ちまひょ。そのうち帰って来はりまっしゃろ」

はい――小さく答えて、克子は部屋を出て行った。

総長は茶をひとすすりして、

「どうやった、銀行員」

「おりました。新土佐相銀国分寺《こくぶんじ》支店に坂本英久《ひでひさ》いうのが」

「何じゃい、スカか」

「ところがどっこい、坂本は支店におりました。念のため本人に訊いてみたけど、正木嘉一郎てな人物は知らんというてました。正木のやつ、ほんまにフケたみたいです」

「くそったれ、一足違いや」

「奥さん、何も知りませんね」

「わし、さっきまでいっしょにおったけど、あの顔と言葉に嘘はない」

「ところで、萩原のぼんは」

「中ノ浜漁港で張ってる」

「そらよろしい。あいつ、ブルブル震えてまっせ」

「あと一時間ほどしたらブンと交代。ええな」

「そんなあほな」

「人を呪わば穴二つ。文句をいうな」

「わし、総長のこと、見直しました」

「何やて」

「ほんま、心の広い公平なお人です」

――午後八時、正木は帰って来ない。彼の逃走を確信した総長は、深町に連絡をとって、大阪府警から高知県警に、正木嘉一郎を見つけ次第、身柄を拘束するよう依頼した。

一方、大分県津久見市には川島と原田、吉永がいる。今は宮本英治の家で張込みをしている。

高知県安芸、大分県津久見、捜査の主体は大阪から他県に移った。

電話――。

ふっと我にかえった。

「どないします、でますか」

訊いた。総長は二つ折りの座ぶとんを枕にして横になっている。

午前九時、正木家にいるのは私と総長の二人だけだ。克子は夜が明けるとすぐ、中ノ浜で正木を待つといい、萩原といっしょに家を出て行った。克子は昼まで待って正木が帰って来なければ、克子は警察と海上保安本部に夫の捜索保護を願い出るつもりだ。

電話は鳴り続けている。

「ねえ、総長、どないするんです」

電話をとるのはいいが、相手が正木嘉一郎ならどうする。どんな応対をすればいい。

「ええい、いつまでもジリジリとやかましい」

やおら総長は起き上がった。こたつから這《は》い出て廊下へ行く。電話は壁掛け式だ。

「もしもし――はあ――なるほど。わし?……大阪府警の――」

言葉と話しぶりからみて、相手は嘉一郎ではない。
二、三分話して、総長は座敷に戻って来た。座ぶとんにあぐらをかいて、
「ブン、えらいこっちゃで」

「誰からです、今の電話」

「驚くなかれ、徳島県警」

「何ですて」

「見つかったんや、まさき丸」

「へえ、どこで」

「徳島県海部《かいふ》郡海南《かいなん》町。そこに大里《おおざと》の松原いうのがある。高知との県境から十キロほど北へ行ったとこや。まさき丸は大里の浜に乗りあげてた」

「ということは、正木のやつ、船で徳島まで逃げよったんですな」

「ああ……」

「どないしました。元気おませんな」

「まさき丸が見つかったんはええんやけど、船の中にな、あったんや」

「何が」

「死体」

「へっ……」

「人相、推定年齢からみて、どうやら、正木嘉一郎らしい。……正木、死んでたんや」

「死因は何です」

「剖検はまだやけど、殴殺。後ろから頭を殴られたらしい。これから現場へ行く」

「奥さん、どないしますの」

「もちろん連れて行く。奥さんに死体の確認をしてほしいとのお達しや。これも行きがかりや。協力せなしゃあないやろ」

「奥さんにはどう切り出します、だんなの死んだこと」

「それやがな、うっとうしいのは……」

いって、総長は私を上目遣いに見る。私はあわてて手を振り、

「あかん、あかん。いやでっせ。そんなこと奥さんにようしいいません」

「人生、山あり谷あり。時には気に染まんこともやらんといかんで」

「そんなもん、総長がしはったらよろしい」

「あほ、わしゃ、山ばっかり歩きたい人間じゃ」

「ほな何でっか、わしには谷ばっかり歩け、いうんですか」

「そこまでおおげさにいうことないやろ」

ぶつぶついいながら、総長はポケットからマッチを取り出した。中から二本のマッチ棒を抜き、一本を折る。いったん後ろにまわした手を差し出し、

「さ、ひけ。折れたんをひいた方が奥さんにいう」

「何の因果でこんなことせないかんのやろ」

私はマッチ棒をひいた。折れていた。

「ブン、おまえの負けや」

「その前に総長、手を広げてみて下さい」

「何をいうんや」

「ええから、広げて下さいな」

「くそっ」

広げた総長の掌の中にも折れたマッチ棒があった。

「ほんま、油断も隙もあったもんやない」

「もうええ。早よう中ノ浜へ行って、ぼんと奥さん、呼んで来い」

海南町へ行くには車を利用するほかない。

総長、萩原、正木克子、私の四人はタクシーで徳島へ向かった。国道五五号線を南下し、室戸岬をまわって、東洋町から甲浦。海南町に着いたのは十一時三十分、延々二時間の旅だった。その間、克子はじっと下を向いたまま、ひと言もものをいわなかった。膝《ひざ》に置いた拳《こぶし》が時おりぐっと握りしめられていた。タクシーの運転手に話を聞かれたくないせいもあったが、四人とも黙りこくったままで、何とも気づまりな二時間だった。

現場はすぐに分った。海部川を渡ってすぐ、国道を右に折れ、川に沿って一キロほど下ると、広大な松林に行きあたった。大里の松原だ。狭い地道を左に進めば、墓地を過ぎたところに、二台のパトカーと三台の警察車輛《しやりよう》。松林の中には十数人の捜査員がいて、遺留品等の捜索にあたっている。

克子を車に残し、私たち三人は外に出た。

総長は警備の制服警官に手帳を呈示した。警官は先に立って私たちを案内する。

松林の小径《こみち》を抜けると、そこはコンクリートの堤防になっていた。高さ、一メートル、私は堤防の上に立った。

広い。とても広い砂浜だった。堤防から波打ち際まで奥行きが百メートル、幅は三キロ、いや、四キロはある。そのちょうど真中あたりに小さく白い船。干潮なのだろう、まさき丸は波打ち際から五メートルほどこちらに乗り上げ、少し傾いていた。こちらの堤防の切れ目——約二百メートルごとに、堤防には人ひとり通れるくらいの切れ目があり、そこから石積みの階段を下りて二メートル下の浜に立つことができる——からまさき丸まで、砂浜を杭《くい》と二本のロープで区切り、幅三メートルのまっすぐな道が作られている。中は立入り禁止だ。

「何です、あれ」

「見て分らんか。足跡や」

「ほな、まさき丸、誰ぞがここまで乗りつけたんですな」

「そう。犯人は船を降りて、この堤防まで歩いた。雨は降ってたけど、下は砂やから足跡は消えん」

「なるほどね」

浜に下りて歩いた。雨はやんでいる。

まさき丸は艫《とも》に小さなキャビンを備えたプラスチック製の釣り船だった。そばにカッパを着た三人の男がいる。

「すんまへんな、責任者、どなたです」総長が訊《き》くと、

「大阪の総田さんですね」

三人のうち、いちばん年かさのがっしりした男が答えた。

男は徳島県警本部の森《もり》と名乗り、

「検視を終えて、遺体は徳島大に向かってます」

「いつごろ着きます」

「出たのが一時間ほど前だから、あと四、五十分というところですか」

森は時計を見ながら答える。

「仏さんの身体的特徴、着衣は」

「年は五十すぎ。身長百六十二。やや痩《や》せ気味。首のうしろにやけどの痕《あと》。左上膊《じょうはく》部に一円玉くらいのアザ。それと、——」

あとは聞くまでもない。死体の特徴は克子から聞いていたものとすべて合致する。

「死亡推定日時、いつです」

「きのう、午前三時から九時までの間です」

克子がいうには、正木は五時ちょっと過ぎに家を出たから、時間の幅はもっと縮まる。

「殺害現場、判りますか」

「たぶん、この船です。キャビン内部に大量の血が付着してます」

「ほな、死体はキャビンの中に」

「いや、生簀《いけす》のすぐ後ろにありました。俯《うつぶ》せで、上に帆布がかかってました」

「凶器は」

「未発見。硬い棒状のものです。それと、被害者は後ろから左側頭部を殴られてます。犯人は左ききやないかと、検視官はいうてました」

「左ききね……」総長は大きくうなずいて、「死体が発見された時間は」

「今朝の午前六時五十分です」

「それまでに船を見た者は」

「附近の訊き込みもしていますが、今のところ目撃者はありません」

「まさき丸がここに乗りあげたんは、きのうの晩から今日の明け方にかけて、ということですな」

「ま、そうでしょうね」

「正木が死んだんは、きのうの午前五時半ごろから九時。船頭のおらん船がこの浜に流れつく可能性は」

「ありませんね。夕方から夜半にかけて、この沖の潮の流れは北東向き。つまり反対方向です」

「ほな、あれは間違いなく犯人の足跡ですな」

総長は砂浜のロープで区画されたところを指さす。

「ええ。死体の発見者はこの近くに住む細田《ほそだ》という老人なんですが、我々がここへ来た時、船と防潮堤をつなぐ足跡は三本だけで、うち二本が細田さんの足跡です」

「指紋はどうです。採取できましたか」萩原が訊いた。

「犯人は手袋をしていたようですな。ま、見て下さい」

森はまさき丸の船端に手をかけて乗り込んだ。我々三人も上がる。

船板の上には、イカリ、ロープ、ブイ、タモ、長い柄のついた杓《しゃく》などが散乱していた。生簀のすぐ後ろ、キャビンとの間にグレーの帆布。この下に死体があったのだろう。

艫にまわった。キャビンはせまい。一・五メートル四方、小さなガラス窓に囲まれたプラスチックの箱である。キャビン内の床は甲板より三十センチほど低いが、その分屋根も低いので、中腰にならないと天井に頭があたる。赤いビニール張りのシートが二つ横に並んでいて、右側が操縦席。前にステアリング、右の壁際にスロットルレバー。レバーは「エンジン停止」の位置にある。

「ここですな、現場」総長がいう。

床の上に茶色に変色した直径四十センチほどの血だまりがあった。ステアリングや計器盤、壁面やガラスにも血が飛び散ってこびりついている。

「手袋は革でしょう。軍手じゃない」

萩原がスロットルレバー近くの壁を指さしていう。そこには、長さ五センチの茶色の平行線が四本と、そのすぐ右側に少し太く短い線。左手の手袋に付着した血を擦《なす》り付けた痕だ。線の掠《かす》れた部分に繊維状の痕跡《こんせき》がないため、これは萩原のいうとおり革手袋だろう。

「他に何ぞおませんか。犯人の特定につながりそうなもんは」

ふり向いて、総長は森に訊いた。

「今のところは、あの足跡だけです」

「そばで見せてもらいまひょか」

船を降りた。

ロープを跨《また》ぎ越し、屈《かが》む。砂の粒子は粗く、足跡はただの楕円《だえん》形のすり鉢だった。

「ブン……」総長が耳許《みみもと》で囁《ささや》く。

「何です」

「よう見てみい。右の足、引きずっとるぞ」

いわれて気がついた。足跡の右側だけがつま先の部分が崩れ、砂を蹴《け》散《ち》らしたようになっている。

「宮本、ですな」

「そや。あいつは足が不自由や」

「宮本は左きき。そして、この足跡は……」

「決まりやな」

「何かありましたか」

森が声をかけて来た。「その足跡、特徴があるでしょ」

「へえ……どんな」

「総田さんほどのお人が気づきませんか」

森は二度、三度、首をたてに振り、小さく笑いながら、「おたくさんらの扱うてはる島本町と此花の事件。それと、この正木殺し。流れは上の方から聞いてます」

「そうでっか、聞いてはりまっか」

総長もにこやかに応じる。なかなかの狸だ。

徳島県警はどこまで知っているのか——これからが本格的な肚《はら》の探りあいだ。森がまだ摑《つか》んでいないことまでこちらから積極的に知らせる必要はないし、だからといって、何も教えないというわけにもいかない。相手の協力は最大限求めるが、こちらの情報はできれば渡したくない。そのあたりの匙《さじ》加減が難しい。仮に、正木殺しの犯人を徳島県警が逮捕して、その犯人が藤沢や竹尾殺しまで吐いたとなれば、府警深町班の面目は丸つぶれとなる。

「ところで、正木克子さんはどちらです」あたりを見まわして森はいう。

「あの松林の向こうですわ。タクシーの中で待ってもろてます」

「それやったら、そろそろ行きましょか。徳島大まで、わしもつきあいますわ。奥さんにはいろいろ訊《たず》ねたいこともあるし、総田さんにも教えてもらうことたくさんありますからね」

「改まって教えるほどのネタ、わしら持ってませんで」

「向こうに着くまで、時間はたっぷりあります。ま、持ちつ持たれつの精神で捜査協力に励みましょうや」

牽制《けんせい》して、森は歩き始めた。彼も総長に負けず劣らずの狸だ。だてに県警捜一の飯を食ってはいない。

——徳島市蔵本《くらもと》町、徳島大学医学部法医学教室。海南町大里で発見された死体は、妻克子により、正木嘉一郎であると確認されたのち、ただちに司法解剖に付された。
死亡推定日時——十一月二十七日、午前六時から九時。
死亡原因——左側頭部頭蓋《ずがいこつ》骨陥没骨折による脳挫滅。
正木は左側頭部を殴られた。そして、宮本英治は左ききである——。

「ブン、あったぞ。これがそうや」

預金通帳を手に総長がいう。

「三月二日、入金。金額は、ゼロが一、二、三……八つで四億円」

「振り込んだんは」

「スミトウカイジョウカサイ……船体保険金や」

私と総長は、克子の許可を得て、嘉一郎の部屋を調べている。押入の奥の小さな整理だんすから取り出した漆塗りの手文庫の中に、正木嘉一郎名義の預金通帳や、借入金償還明細表、第二昭栄丸の権利証書、辰光海運との用船契約書などが入っていた。印鑑類は別の場所に置いてあるらしく、ない。克子は立ち会う元気もないといって、寝室に引きこもっている。

萩原とは徳島市で別れた。彼は大里の現場の状況を深町に報告すべく、捜査本部に帰った。

「三月十日、支払い、三億一千万円。……こら、何じゃい」

「借入金の一括返済でしょ」

「三月十八日、二千万。三月二十三日、一千二百万。三月二十九日、八百万……。次々に金を引き出しとる」

「今の残高は」

「二百六十八万円。どえらい金遣いの荒さや」

「定期預金にするとか、株を買うとか、そんなふうにしたんと違いますか」

「定期の通帳とか株券、あらへんがな」

「それもそうですな」

「ま、分らんことは、あとで奥さんに訊こ。いずれにしても、明日は高知へ行かんならん。銀行で話を訊《き》くんや」

預金通帳は三協銀行高知西支店のものだ。

二十分ほどで、書類を調べ終えた。出入金の詳細はすべてメモ帳に写した。

手文庫を元に戻そうとして、整理だんすの抽斗《ひきだし》の底に白い封筒があるのに気づいた。手にとる。中から出て来たのは、二枚の名刺だった。

〈海洋《かいよう》商事　取締役社長　矢野昭次郎《やのしょうじろう》〉、〈港晴《こうせい》商会　木戸一雄《きどかずお》〉の二枚だった。所在地はいずれも大阪。海洋商事が大正区、港晴商会が港区にある。そして、名刺の裏にはどちらも鉛筆で３／26と書かれていた。正木は、受け取った名刺に日付をうつ習慣があったようだ。

「総長、これ……」

私は名刺を総長に手渡し、「その、三月二十六日いうの、気になりませんか。正木が次々に預金を引き出してた、ちょうどその頃ですわ」

「大阪か……。何しに行きよったんやろ」

「それもあとで奥さんに訊いて下さい」

「ああ……」

総長は小さく答え、「ブン、ひと休みしよ。わしゃ、しんどい」

「わしもです」

二人して、部屋の真中にへたり込んだ。総長は腕の時計を見て、

「もう八時やで。よう考えたら、わしら、きのうからほとんど寝てへんな」

「飯もまともに食うてません」

朝は食べていない。昼は徳島大の学生食堂でラーメンとチャーハンを食べた。

「ほんま、安い給料でよう働くな」

「総長はまだよろしいわ。わしの倍ほどもろてはんねやから」

「あほ。こっちには扶養家族がおるわい」

いって、総長がたばこを咥《くわ》えた時、廊下の電話が鳴った。

私は立ち上がり、電話をとった。

「もしもし、正木です」

「ブンか、わしや」

深町だった。「徳島県警から連絡が入った。大里の松林から遺留品が出たんや」

「遺留品て何です」

「返り血の付着した綿のコート、毛糸の帽子、革手袋。土の中に埋められてたんやけど、コートの端が外にはみ出してたそうや」

「帽子の色は」

「紺地に白の横線が一本。ボンボンの色は赤」

例の正ちゃん帽だ。ここまで来れば、正木を殺したのは宮本英治だと断定していいだろう。

「とうとう、やりましたね」

「あほ、喜んどる場合か。徳島に先を越されてみい、わしら腹切らないかんのやぞ」

わしら、というのが気に入らない。

「がんばります。ふんどし締め直して」

「明日の朝一番、宮本英治の指名手配をする。総長にいうといてくれ」

いうだけいって、深町は電話を切った。

「あほくさ。腹切るんは班長のあんただけで結構や」

私は舌を出した。

8

十一月二十九日。私と総長は十九時五十五分発のＴＤＡ七四二便に乗った。

もうくたくただった。大阪を発《た》ったのが二十七日の朝だから、ほぼ三日間を高知で過ごしたことになる。その間、風呂《ふろ》にも入らず、ひげも剃《そ》らずの着たきりすずめで、靴下も替えなかった。動くたびに体中からにおいがたちのぼるような気がする。

「どうでもええけど、早よう家に帰りたいですわ」

シートベルトを締めながら、私はいう。

「おかあちゃんのおっぱいが吸いたなったか」

「とにかく、風呂に入りたいんです。頭が痒《かゆ》うて痒うて……」

「頭洗う前に散髪したらどないや。まるでホームレスやぞ」

「ようそんなこといえますな。自分のことは棚に上げて」

総長も、日頃自慢の白髪は寝癖ででこぼこ、眼は落ち窪《くぼ》み、口許《くちもと》はだらしなく緩んで、ただの薄汚いおっさんである。

「しかし何やな、出張いうのも、結構つらいもんやな。三日も外へ出てたら家が恋しなる。あんなけしパンばばあの顔でも見んよりはましや」

総長は奥さんのことを「けしパンばばあ」と呼ぶ。けしパンばばあは丸顔で、眼、鼻、口が真中に小さく集まっている。独特の愛敬があって、私は好きだ。あの麗しき伶子さんはどちらかといえば母親似だ。——そういえば、一昨日《おととい》の朝出したあの手紙、彼女はもう読んだだろうか。今度の正月、初詣《はつもうで》に出かけませんかと、私にすれば清水の舞台から飛び降りたつもりで随分思いきった文面だった。あとは野となれ山となれ。半ばやけくそで書いてしまった。ポストの前を何度も行ったり来たりし、投函《とうかん》したあとは逃げるようにその場を離れた。自分の顔がポストより赤いような気がした——。

「わし、家に帰ったら、あんまさん頼も」

「おじいみたいなこといいなはんな」

「足が痛いんや、足が。歩きすぎやで」

きょう一日、我々は高知市内をめぐり歩いた。最初に行ったのが鷹匠《たかじょう》町の三協銀行高知西支店で、中島《なかじま》という営業課長に会った。彼は、正木とは十年のつきあいだといった。

中島の説明によると、

——住東海上火災から振り込まれた四億円のうち、三月十日に引き出された三億一千万円は、やはり借入金の一括返済だった。正木は第二昭栄丸建造の際、三協銀行から四億八千万円の融資を受けており、その未償還金が三億一千万円だった。残る九千万円について、中島はこれを定期預金にしてくれと頼んだが、正木は同意しなかった。近いうちにまた新しい船を造るつもりだと、正木はいった。その後ひと月ほどの間、七、八回にわたって預金は引き出され、その度に中島は使い途《みち》を訊いた。正木は、造船所との契約金、前渡し金、着手金だと説明した。しかしながら、中島は正木の言葉を信じなかった。新船建造の話が本当なら、正木はその資金計画について、当然、中島に相談を持ちかけるだろうし、融資依頼もするはずだ。正木は嘘をついていると思った。思ったが、中島はそれを追及したり詰《なじ》ったりする立場になかった。そして四月二十日、最後の五万円が下ろされ、正木の預金残高はたったの二百六十八万円になった——。

中島の話は、我々が克子から聞いたものとかなり違っていた。

——正木は克子に、九千万円のうち六千万円を三協銀行の三年定期にし、残る三千万円で株を買った、といった。克子はただうなずくだけだった。結婚して三十年、夫のすることに口をはさんだことは一度もなかった。人並み外れた亭主関白ではあるが、正木は克子にとって働き者のいい夫だった。金に不自由した記憶はない。だから、克子は定期預金の証書も、株券も見たことがない。証書は銀行、株券は証券会社に預けていると、正木はいっていた——。

三協銀行を出た私と総長は、近くの喫茶店に入った。カウンターだけの小さな店だった。私は電話の前に張り付き、電話帳片手に市内の証券会社に片っ端から電話をした。

結果的に、どの証券会社でも、正木は株を買っていなかった。

次に私は大阪の辰光海運に電話をし、社長の浜口に、第二昭栄丸の沈没後、正木は新たに船を造る計画を持っていたかどうかを訊《き》いた。

それは知らない、聞いていない、正木にその意志があったなら造船所に相談をしているはずだから、木津川ドックに問い合わせてみてはどうかと浜口は答えた。

私は木津川ドックに電話をした。専務の富永が出て、正木からそんな申し入れはなかった、と答えた。

結局のところ、九千万円の使い途は解明できなかった――。

喫茶店には二時間近くいた。店を出る時、マスターは露骨に嫌な顔をしていた。

「正木のやつ、宮本に何ぼほど掠《かす》め取られたんですかね」

「藤沢や竹尾にもかなりの金を渡してるはずや。でないと、勘定が合わん」

富田林で鉄筋工を続けていた藤沢政和はともかく、竹尾真の方はかなり金遣いの荒かったことがその後の調べで判明している。竹尾は週に一、二度、競艇に行き、決まって十万円単位の金をスッていた。また、よく飲みにも行った。キタとミナミに行きつけの店（クラブやラウンジ）が数軒あり、一晩ですべての店に顔を出すことも珍しくはなかった。支払いはいつもキャッシュ。無職の竹尾がどこでそんな金を都合していたのか、正木との関係が明らかになるまで、そのことが捜査本部にとって大きな謎であった。

――正木嘉一郎は強請《ゆす》られていた。受け取った保険金の残り九千万円のほとんどを藤沢、竹尾、宮本の三人に脅し取られた。それはとりもなおさず、昭栄丸事故が偽装であったことの証明にほかならない。第二昭栄丸沈没は船体保険金詐欺を目的とした偽装海難事故と、捜査本部は結論づけた――。

「保険金詐欺、高速道路の爆殺、マンションでの殺人、放火。日本の犯罪も派手になる一方や」

「ほんま、ニューヨーク型ですな。コーザ・ノストラの世界や」

「何やそれ。キリストさんがコーラでも飲むんか」

「マフィアです、マフィア」

「ばかたれ、持ってまわった言い方するな。マフィアぐらい、わしでも知っとる」

「ほな、マランツァーノとかジェノベーゼいうのは」

「ブン……」

「何です」

「おまえ、いつからそんな調子乗りのアメリカかぶれなった」

「別にかぶれてるわけやおませんけど」

「近ごろの若いやつは、自分が日本人やいうこと忘れて、何かといやアメリカ、アメリカ。ふたことめには、やれニューヨークがどう、ウェストワールドがこうと、小うるさいことはなはだしい」

「ウェストワールド違います。ウェストコースト」

「やかましい。似たようなもんじゃ」

総長も疲れているのだろう、珍しく機嫌が悪い。私が一人娘に手紙を出したことを知れば、どういう反応を示すだろう……。

空港からバスで梅田《うめだ》、地下鉄に乗り換えて淀川《よどがわ》区東三国《ひがしみくに》。家に帰り着いたのは十時少し前、おふくろはこたつでうたた寝をしていた。テレビはつけっ放し、枕許には夕刊、卓上にはかりんとうとお茶。優雅というか、自堕落というか、気ままな暮らしだ。

三年前、おふくろは勤めをやめた。おやじが死んで以来二十年間、おふくろは中学校で国語を教えていた。今は年金で食っている。

「ただいま、帰ったで」

テレビのスイッチを切って、いった。

「ああ、お帰り。よう寝てたわ」

「鍵《かぎ》もかけずに物騒やないか」

「こんな見すぼらしい家、誰が入って来る」

「それもそうや」

我が家は東三国の商店街から一筋北へ入った棟割《むねわり》長屋の一軒で、建坪はたったの十二坪、築後二十年の古強者《ふるつわもの》である。去年、木の窓枠をアルミサッシに替えた。

「ご飯は」

「まだや。先、風呂に入る」

「ほな、早よう入り。味噌汁《みそしる》、温《ぬく》めとくわ」

――いい湯だった。生き返った。ワカメの味噌汁もナスの古漬けもうまかった。

私はかりんとうをつまみながら、

「おれら、高知で大活躍や。新聞読んでくれたか」

「読んだ。宮本とかいう人、指名手配されたんやな」

「宮本を引いたら事件は解決。ゆっくりうまい酒が飲める」

「お休み、もらえるな」

「あかんで、あかんで。おれ、どこへも行かへん、何もせえへん」

「またそんな片意地を張る。たまには親孝行したらどないや」

「見合いが親孝行かいな。堪忍して」

「おまえ、どこかおかしいのと違うか。男の三十いうたら、いちばん盛んな時やで」

「それ、どういう意味や」

「別に深い意味はあらへん」

「おれはな、仕事に生きてるんや。女の尻《しり》追っかけるより、犯人追っかける方がずっとおもしろいわ」

「いつもはぶつぶつ文句ばっかりいうてるくせに、都合のええ時だけ仕事の虫になるんやな」

「今度の事件は、おれの働きがあったればこそ、全容が見えたんやで」

「おれやのうて、総長はんやろ。……犯人はどこへ逃げたんや」

「さあ、どこやろ。鉄道を利用したんではなさそうやけど」

――海南町大里から国鉄牟岐《むぎ》線、阿波海南《あわかいなん》駅へは歩いて三十分。時間的状況からみて、宮本は十一月二十八日の午前七時十一分発か、または八時四十二分発の普通列車に乗って逃走したものと考えられた。列車は二時間二十分で徳島に着く。いったん徳島へ出てしまえば、あとはどこへどう飛ぼうと宮本の思うがままである。

徳島県警の森警部補は部下に指示して、阿波海南駅及び牟岐線の始発、海部駅での訊き込みをさせた。その結果、二本の列車に宮本らしい男が乗ったという証言は得ていない。牟岐線を利用するのはほとんどが地元客で顔見知りばかりだ——。

「宮本はたぶん、車を使いよったんや。バスかタクシー。今はそっちの方を洗《あろ》てる」

「宮本が立ち寄りそうなとこ、分らんのか」

「あいつの家は大分県の津久見や。そこによめはんと、子供がひとりいてる。川さんら三人が張ってるけど、ま、無理やろな。昭栄丸の事故以来、ずっとユーレイで通して来た宮本が、今さらのこのこと津久見に足を向けるてなことは、間違うてもあらへんわ」

「それにしても、何で正木はんを殺したりしたんや。元の雇い主やないか」

おふくろはちゃんちゃんこをはおりながらいう。

私は湯呑《ゆの》みを手にとって、

「動機は金や。新聞にはまだ載ってへんけど、正木は昭栄丸の事故で九千万ほど残して、その金の一部を藤沢、竹尾、宮本の三人に分けた。金を持った三人は各々身元を偽って新しい生活を始めた。三人とも昭栄丸の事故で死亡を認定されてるんやけどな」

「それは、戸籍を抹消された、いうことか」

「そうや。海難事故や航空機事故、山岳事故においては、必ずしも遺体は要らん」

「船が沈んだ時、三人はどないして助かったんや」

「たぶん、救命ボートにでも乗って脱出したんやろ。岸にたどり着いたあとは、ボートの空気を抜いて海に沈めた。証拠隠滅や」

「北沢とかいう船長さんら、ボートに乗られへんかったんか」

「そこまでは分らん。殺されたという説もある」

「な、何やて」

「そんな大声出しないな。隣につつぬけやで」

小さくたしなめたが、おふくろはそんなことにおかまいなく、

「船長さんら、ただの溺死《できし》やろ。そんな簡単に他殺やと決めつけられるんか」

と、かりんとうを五本も六本も口に咥《くわ》えたまま、こちらににじり寄って来る。

私は茶を飲みほして、

「一月の時化《しけ》の海や。落ちたら、体が凍《こご》えて三十分もせんうちに溺《おぼ》れ死ぬ。六人の乗組員が三人に減ったら取り分は倍になるがな」

「長いこと同じ船に乗ってて、そんな恐ろしいことできるやろか」

「そこが疑問なんや。おれには何で三人が死んだか分らん」

「此花と島本町の事件も宮本の仕業やな」

「そう、そのとおりや」

　私はころんと後ろにひっくりかえった。天井を見ながら、「宮本のやつ、自分の分け前だけでは満足できんかったんや。で、藤沢を殺し、竹尾を殺し、ついには正木まで殺しよった。くそったれ、ほんの一日、たった一日、おれらの行くのが遅れたばっかりに、正木は死んでしもた。もう何も訊《き》くことができへん。……宮本のやつ、たぶん高知に潜伏してたんや。そして正木と連絡をとりあってた。正木の奥さんがいうには、ここ半月ほど、三日か四日にいっぺん、決まって晩の八時ごろ電話があったんやて。相手は坂本とかいう銀行員。あとで調べたけど、その坂本に該当する人物はどこの支店にもいてへんかった。……宮本や。宮本が正木に電話してたんや」

「二人は何でそんなことしてたんや。正木はんは宮本に殺されたんやろ」

「それはあくまでも結果論や。二人が連絡をとりあってた時点では、此花の死体は田川初男、島本町で死んだ男女は、石川謙一と、専門学校の学生、中村多江。被害者が竹尾と藤沢やいうことを、正木は知らんかったんや。でなかったら、毎日、毎日、のほほんと釣りなんぞしてられへん」

「正木さんは、自分の命が狙われてるとも知らずに宮本と話してたんやな」

「そうこうするうちに、おれらが高知へ現れて、昭栄丸の件を嗅《か》ぎまわってることを正木は知った。それは当然、宮本の耳にも入る。宮本は口封じのために、正木を誘い出して殺した。それで自分の身は安泰やと考えた」

「えらい安易な考え方やな。調子が良すぎるわ。宮本て、頭が悪いんか」

「いや、そうでもない。あいつにはあいつなりの目算があったんや」

「目算て、どんなんや」

「名神にしろ、八千代マンションにしろ、死体はほとんど炭になるくらい焼けてた。そやから、面も指紋もない。被害者が石川謙一であり、田川初男であると判明したところで、そもそも石川とか田川いうのが、実は何者であるか誰も知らへん。昭栄丸事件さえ察知されへんかったら、宮本は永遠にユーレイであり、絶対に捕まることはないと考えたんや。ところが、ここに大きな落し穴があった。……中村多江や。おれ思うんやけど、セドリックに多江が乗ってたことを、宮本は知らんかったんや。多江を殺しても宮本には何のメリットもないし、実際、多江が死んで、その身元が判明したことで、捜査は思わぬところに広がった。宮本のおそれてた昭栄丸の一件が明るみに出てしもた。もうこうなったら正木を殺すほかない。正木の口さえ封じたら、あとは何とかなる……宮本はそんなふうに考えたんや」

　私は上体を起こし、たばこに火を点《つ》けた。

「ふーん、なるほどな。テレビのサスペンスドラマみたいや」

「事実は小説より奇なり。ようういうたもんや」

「この話、佐喜子《さきこ》さんにいうたろ。きっと喜ぶわ」

「あほなことしたらあかん。首が飛んでしまう」

けむりにむせた。佐喜子さんは二軒隣の隠居で、渾名《あだな》はスピーカー。この長屋に住みついて二十年の牢名主《ろうなぬし》だ。一日中ご近所を放っつき歩いて、あることないこと喋《しゃべ》り散らしている。

　私は壁の時計を見上げて、

「あちゃあ、もう十二時やがな。寝るわ」

「まだ、ええやないか。高知の話、もっと聞かせて」

「おれ、喋りすぎた。もう堪忍して」

「お茶、淹《い》れたろか」

「要らん。寝る前にお茶飲んだら熟睡できへん」

「それでおまえ、明日からどういう捜査をするつもりや」

「そんなもん、おれの知ったことやない。捜査方針いうのは偉いさんが決めるんや。おれはただの兵隊さん」

「刑事の世界もサラリーマン化してるんやな」

「サラリーマンがこんな滅私《めっし》奉公しとるかい。年がら年中、休みもろくにとらず、今日は神戸、明日は高知、靴と神経をすり減らす浮草稼業や」

「浮草がいやなら、ちゃんと根を張らんかいな」

「根を張る？」

「身を固めるんやがな。……おまえ、この間の手紙誰に出したんや、え」

「しもた。おれ、風呂《ふろ》の種火消すの忘れてた」

　私は跳ね起きて部屋を飛び出した。

「ああ眠たい。めちゃくちゃ眠たい。きのう家へ帰ったんはええけど、おふくろにつかまってしもてね、結局、寝たんは十二時すぎですわ」

「おふくろさん、長いことかわいい息子の顔見んかったし、淋《さび》しかったんやろ。無理もない」

「けど、女いうのは、何であんなに話し好きなんですかね」

「雀百まで踊りを忘れん。女は灰になるまで喋りをやめんのや」

「総長の奥さんもそうですか」

「わしがおばはんとひっついた一番の理由、教えたろか」

「何です」

「あいつ、無口やったんや」

「へえ、今はそんなふうに見えませんけどね」

「見えへんから結婚したんや」

　大正区小林《こばやし》町、バス通りを我々は歩いている。朝から空模様が怪しくて、今にもひと雨来そうだ。総長はコートのポケットに折りたたみ傘をさしている。

「あった、あった。あれですわ、藤《ふじ》ビル」

　道路の向かいの小さなビルを指さした。四階建、前面にだけ煉瓦《れんが》タイルを貼っている。

「海洋商事……。一階やな」

階段横の案内プレートを見て、総長はいう。

廊下の突きあたり。表札を確認してブザーを押した。我々の訪問はあらかじめ連絡してある。

ドアが開き、顔をのぞかせたのはウールのシャツに焦げ茶色のカーディガンを着た六十前後の男だった。

「刑事さんでっか」

「そうです。私……」

「挨拶《あいさつ》はあとでよろしいがな。さ、さ、早よう中に入って。寒うおまっしゃろ。わし、矢野です」

やけに愛想がいい。

入口横のソファに私と総長は並んで腰を下ろした。

コーヒー三つ。藤ビルの海洋商事。大至急頼むわ——。矢野は電話を切り、こちらに来た。

「すんまへんな、わしひとりしかいてへんもんやさかい、お茶もようお出しできまへんのや。ま、ゆっくりして下さいな」

にこやかにいいながらソファに座る。いかにも大阪の商売人だ。

「けど、正木はん、えらいことになりましたな。犯人はまだ捕まりませんのか」

「どうもね。したたかなやつですわ」総長が応じる。

「ほんで、わしに訊きたいといわはるのは、どういうことでっか。何でも喋りまっせ」

確かによく喋る。

「ちょいと、これ見て下さい」

総長は内ポケットから名刺を抜き出し、矢野に手渡した。正木の死体が発見された夜、彼の部屋で発見した名刺だ。裏に3／26の日付がある。

「ええ。確かに、正木はんに渡しました。これはわしの名刺です」

「その日付は」

「ちゃんとは憶えてへんけど、この頃やと思います。三月の下旬でした」

「正木さんはどういう用件でここへ」

「うちは船の売買をして手数料をいただくのが仕事です。正木はんもそれでひょっこり来はりましたんや」

「ひょっこり……。というと、矢野さんと正木氏とは」

「その三月に会《お》うたんが初めてです。誰の紹介でもおません。正木はん、電話帳の広告を見てうちに来たというてましたわ」

「それ、船を買おうという相談ですか」

「いや、売るんです」

「売る？　昭栄丸は土佐沖に沈んだままですがな」

「船体はないけど、権利があります」

「何です、権利とかいうのは」

「正確にはどういいますんやろ……。『新船建造引きあて資格』とでもいうんやろか。今はこれがなかったら船を造ることできません」

矢野はソファにもたれこみ、話し始めた。

——ここ二十年来、日本の海運は衰退の一途をたどっている。海上貨物輸送量の伸び悩み、燃料費や人件費の上昇、労働時間の短縮規制などがその原因である。そこで、昭和四十一年七月、全国海運組合連合会は慢性的な船腹過剰を解消するため、運輸大臣の認可のもと、保有船腹調整規程による船腹調整事業を始めた。これはいわゆるスクラップ・アンド・ビルド方式により、日本国内における船舶総トン数を漸減させることを目的とするもので、新船を建造する場合、それに見合うだけのトン数の船舶を廃船にせよというのがその具体的な内容である。船主には廃船と引き換えに、新船建造引きあて資格、つまり、「権利」が与えられる。

「持ち船が古うなったんで新しい船を造りたい……そういう時、船主は持ち船をスクラップにせないかんのですわ」

「相撲の年寄株みたいなもんですな。数が増えもせん、減りもせん」

「いや、それとは違いまっせ。今、貨物船の場合、引きあて比率は一・五倍です」

「一・五倍……どういうことです」

「例えば、ここに千トンの貨物船を持ってる船主がおるとする。……持ち船をつぶしても、この船主が新たに造れる船は六百六十六トン。千トンの船を造ろうと思たら千五百トンの船をスクラップにせなあきまへん」

「ほな、不足分の五百トンはどないしますの」

「買うんですがな。どこぞでスクラップ同然の中古船を買うて来るんです。ボロ船でもちゃんと権利は付いてます。ま、いうたら営業権みたいなもんですな」

「なるほどね……」

総長は矢野の言葉を呑《の》みこむかのように二度、三度大きくうなずき、「正木はその営業権を売りに来たわけですな」

「そうです。昭栄丸は沈んでしもたけど、権利は残ってます」

「いったい何ぼほどするんです。その権利は」

「そうでんな、最近の相場はトンあたり十六万円」

「ということは、昭栄丸は五百トンやから……えーっと、八千万円?」

「正解、といいたいとこやけど、刑事さん、勘違いしてはる。五百いうのは総トン数。権利は積みトン数で計算するんですわ」

「はあ……」

「昭栄丸の積みトン数は千六百トン。そやから、権利は二億五千六百万円」

「二億五千万……」

総長は眼を丸くした。「そうですか。沈没した第二昭栄丸に、まだそれだけの値うちがあったんですか」

「船いうのは何でもひと桁違《けたちが》いますんや。車なんぞに較べると、船体の値段も……」

矢野がいいかけたところへノックの音、扉が開いてセーターにジーンズの女の子が現れた。手にステンレスの丸盆、上にポットとカップ。

「けど、刑事さんもたいがいしんどい仕事でんな。一日何軒くらいまわります。訊《き》き込みとかいうの」

三杯も砂糖を入れたコーヒーをすすりながら、矢野がいう。女の子は帰った。

「わしらセールスマンやないし、そんな一日何軒とかいうノルマはおません」

総長は苦笑しながらいい、「さっきいうてはった二億五千万円の権利。今はどないなってます。正木が死んで宙に浮いたままでっか」

「とっくに売れましたがな」

「えっ⁉」

「正木はんが来て一ヵ月もせんうちに売れましたで。相手は神戸の海運会社」

「ほな、正木には二億五千万の金が？」

「ええ。支払いはとっくに終ってます」

「それ、間違いおませんやろな」

「こんなこと嘘ついてどないしますねん。取り引きは四月の中旬、わしも立ち会うたさかい、よう憶えてます」

「支払い方法は」

「銀行小切手。一括支払いでしたな」

「正木さんは、その金をどない遣うというてました」

「聞いてまへん」

「その神戸の海運会社の名前と所在地を教えて下さいな」

「よろしおまっせ。おやすいご用や」

矢野は立ち上がって壁際のファイリングケースのところへ行った。中からグレーのノートを取り出して、

「ぜねらる海運。住所は神戸市中央区――」


中央区磯辺通《いそべどおり》、ビルが建ち並ぶオフィス街。私と総長はぜねらる海運をあとにした。

午後二時、昼時を過ぎてあたりは閑散としている。雨は降りそうでまだ降らない。

「妙な天気やな。降るなら降る、晴れるんなら晴れる、はっきりせんかい」

空を仰ぎながら総長はいう。

「そんなことというて、ほんまに降ったら困りますがな。わし、傘持ってません」

「何で持って来んかった」

「嫌いですねん、傘」

「好きで持つ人間がどこにおる」

と、その時、ポッツと来た。総長はコートのポケットから折りたたみ傘を抜き出して、さす。すかさず、私は総長の横に並んだ。

「何や、何や、その態度。傘は嫌いなんやろ」

「濡《ぬ》れるのはもっと嫌いです」

「これやもんな。近頃の若いやつにはついていけん」

「傘、わしに持たせて下さい」

総長に持たせていたら、私の方はほとんど濡れねずみになってしまう。

「それはそうと、二億五千万。どえらい大金ですね」

「沈んだ船にまでそんな価値があったとはな。気づくのが遅すぎた」

「それは無理もおませんで。保険会社の課長は保険金と掛け金のことしか頭にないし、辰光海運は単なる用船会社。営業権がどうのこうのいうのは、正木しか知らんことです。わしらが正木の家で矢野の名刺を見つけへんかったら、二億五千万の件が明るみに出るのはもっと遅れてたはずですわ」

「保険金の残りが九千万、営業権と合わせて三億四千万。竹尾と藤沢、中村、そして正木、四人もの人間が殺された理由が、今やっと分ったような気がする」

「早よう帳場へ帰って報告しましょ。班長、びっくりしまっせ」

「そう急ぐな。ちゃんと裏とらないかん」

——総長と私はぜねらる海運社長から話を聞いた。

正木嘉一郎から権利を買い取ったのは今年の四月十四日で、取り引き場所は神戸銀行葺合《ふきあい》支店の応接室、支店長と海洋商事の矢野が同席した。金は葺合支店振り出しの小切手で支払った。正確な金額は二億五千五百八十万円。そのうち二億五千万を、五千万円ずつ五枚の小切手で、あとの五百八十万を現金で正木は受け取った。そして、五百八十万のうち七十万円を手数料として、矢野に渡した。支店長は二億五千万を預金するよう何度も頭を下げたが、正木はそれを断った。小切手を上着の内ポケットに、現金を持参の黒のショルダーバッグに入れて、正木は応接室を出て行った。終始言葉少なく、淡々とした応対だった——。

雨は本降りになった。葺合支店に着く頃には、私の左半身はずぶ濡れになっていた。総長は上機嫌で「雨の御堂筋」など口ずさんでいた。年の割にはレパートリーが広い。

支店長に会った。彼の話はぜねらる海運の社長から聞いたものと、まったく変わりはなかった。

阪急春日野道《かすがのみち》駅前の立ち食いそば屋で、私はきつねうどん、総長はこぶうどんを食べた。たった二百八十円のうどんなのに、昆布が少ないと、総長は文句をいった。

「五枚の小切手を正木がどこで現金化し、どう遣うたか。とにかく、それを摑《つか》むことですわ」

報告を終えて、総長はいった。

「なるほどな……」

深町はたるんだあごに手をやって、「高知の金融機関を片っ端からあたってみんといかんな。いや、高知だけではあかん。四国全県に手配や」

「大阪と兵庫県、それと」

「岡山、広島、山口県警にも依頼する」

「二億五千万、わしのカンでは宮本が奪《と》りよったんですわ」

総長と私が正木の部屋を調べたあと、高知県警によって正木家の本格的捜索がなされた。小切手はもちろん、預金通帳類も新たに発見されてはいない。

「こいつは長引くかもしれまへんで。宮本のやつ、逃走資金にはこと欠きまへん」

「総長がそんな弱気でどうする。この事件はどうあっても年内にはカタつけるんや」

深町はデスクを叩《たた》いた。灰皿が跳ね、灰が散る。

手で灰を払い落としながら、深町はいった。

「正月くらい、家でのんびりしたいわい」

9

そして一週間——。

「あーあ、わしらいつまでこんなしんどいめせなあきませんねやろ」

キタ、お初天神《はつてんじん》前のおでん屋。たばこに火を点《つ》けて、私は総長に話しかけた。

総長は崩れたジャガイモのかけらを竹串《たけぐし》でつつきながら、

「そんなもん、分るかい」

「宮本のやつ、いったいどこへ潜ってますねん。この調子やったら、ほんまに年を越してしまいますよ」

指名手配以降、捜査本部には全国から百件を超す情報提供があった。「近くの銭湯でよく似た男を見た」「飯場《はんば》の同僚がそうらしい」「きのう飲みに来た若い客が札びらを切っていた」等々、実に多くの情報が寄せられ、そのすべてについて、ひとつひとつ我々は裏をとっている。大阪府下はもちろんのこと、兵庫、京都、奈良、和歌山あたりまでは、本部捜査員が手分けして直接足を運んでいる。今日、私と総長は京都府亀岡《かめおか》の銭湯と、北区太融寺《たいゆうじ》のサウナをまわった。ただのくたびれもうけだった。

「ほんまに、たまりませんで。正ちゃん帽に眼鏡の男なんぞ、日本国中に掃いて捨てるほどいてますわ。そら確かに捜査協力はありがたいけど、この調子で毎日毎日ネタが入って来たら、わしら倒れてしまいまっせ」

「わし思うに、左ききいうのがどうも都合《グッ》わるい。善良なる市民のみなさんにしたら、宮本は左ききいう頭があるから、どないしてもそっちにばっかり眼が行ってしまう」

「左ききの男、すなわち宮本英治やないかいな、てなわけですな。……けど、それやったら、手だけやのうてせめて歩き方も観察してほしい」

「善意の通報者にそこまで求めるのは酷というもんや」

「宮本のやつ、今ごろは右手で飯食うてまっせ。いわば、両刃《もろは》の剣ですわ。左ききいうのは確かに強力なネタではあるけど、かえってその事実に振りまわされてしまう。……わし、これからもずっとこんなしんきくさい訊《き》き込みが続くようなら、ちょっとは真剣に考えなあかん」

「何を考えるんや」

「今後の身の振り方」

「そのぶよぶよした体をどない振るというんや」

「配属を変えてもらうんです。刑事《デカ》なんぞやめてまた制服《ハッピ》を着るんですわ。外勤も案外気楽でよろしい」

「あほくさ。ブンみたいな怠け者に今さら派出所暮らしができるかい」

「さすが総長、わしのことよう知ってはる」

「けど何やな、去年の十二月もこんな調子やったな。ここ二、三年、家でゆっくり正月したことがない」

「ほんまに、ね」

「ブン……」

「何です」

「おまえ、結婚したいとかいうてたな。東神戸のフェリー埠頭《ふとう》で」ぼそっと総長はいう。

伶子から電話があったのだろうか――。顔がひきつりそうになるのを私は抑えて、

「急に何をいうんです。そら、この年やから結婚はしたいけど、相手がいてませんわ」

「それ、ほんまか」

「ほんまです」

総長は真顔になり、

「それやったら、わしの知りあいにちょうど年頃の娘がおってな……」

「いや、けっこうです」

私はあわてて手を振った。「うち、おふくろだけですやろ。誰ぞ紹介してもろても、断られるの眼に見えてます。総長に迷惑がかかりますがな」

「えらい殊勝なこというやないか。若いもんがそんな引っ込み思案でどうする」

「すんません、総長。実は……」

「何や、どないした」

「………」切り出せない。

――きのう、伶子から返事が来た。誕生パーティでは久しぶりに文田さんに会えてうれしかったといい、初詣《はつもうで》を楽しみにしていると書いてあった。伶子は二十八日、大阪へ帰って来る。

水色に白いストライプの便箋《びんせん》、柔らかい整った字、私は何度も読みかえした。手紙は

今、ハンカチに包んで内ポケットの中にある——。

「……五時ですね」

私は壁の時計を見やった。「そろそろ帰りましょか」


島本署。報告を終えて総長と私は捜査本部を出た。階段を下りかけた時、
と、後ろから萩原が駆け寄って来た。「これからどちらへ」

「総長、総長」

「どちらて……帰るんですがな。我がウサギ小屋へ」

「ちょっとつきあってもらえませんか」

「どこです」

「ミナミはいかがです」萩原は指を輪にして口の前で傾ける。

「飲むのはええけど、係長がそんなふうに誘うの初めてですな。どういう風の吹きまわしです」

「最近、何だか人恋しくてね」

てれくさいのか、呟《つぶや》くように萩原はいう。日頃の押しつけがましい言動とはうってかわって、今日はやけにしおらしい。

「了解。つきあいまひょ」

総長は萩原にいい、私に向かって、「ブンもつきあえ。ええな」

「けど、わし……」

「やかましい。言いわけは許さん」

鶴の一声だった――。


「ええ店ですな」

おしぼりを使いながら総長はいう。

宗右衛門町《そえもん》のクラブ、リップスター。壁は全面オークの板張り、床はグレーのウイルトンカーペット、革張りのソファに、テーブルは大理石の一枚板、女の子は二十代前半が五人、かなりの豪華版だ。午後七時、まだ宵の口だから、客は我々三人と、向こうのテーブルに二人、あとの勘定が怖い。

「ここ、何ぼくらいします」

総長も懐が気になるらしい。

「正直いって、ぼくも知らないんですよ。この間、連れて来てもらったばかりだから」

「誰です、連れて来てくれたん」

「家本《いえもと》さん」

「家本さんいうたら、ひょっとして、省次郎《しょうじろう》……」

「そう。家本省次郎」

総長が驚くのも無理はない。大阪府警警務部長といえば、我々ヒラから見るとまさに雲の上の人。警視正さまである。それを、萩原はこともなげにさん付けで呼ぶ。キャリア組と我々との埋めようのないギャップを感じる。この萩原も、あと三ヵ月の現場研修を終えればすぐに警部。その後二年四ヵ月で警視。警視三年で、警視正。我々とは人種が違う。

「家本さんは大学の先輩なんですよ。だから遠慮はいりません。さ、じゃんじゃん飲みましょう」

いって、萩原は水割りのグラスをさしあげた。

――八時。酔いがまわって来た。はじめボトルに半分ほどあったブランデーが今は四分の一になっている。女の子の話はまったくおもしろくないが、警務部長のＶＳＯＰはうまい。もう、とことん飲む気になっていた。

ふいに、悪いけど席をはずしてもらえないかな、萩原が女の子にいった。

男同士でいやらしい、浮気の相談でもするんでしょ、ひとつ嫌味をいって女の子たちは向こうのテーブルへ行った。それを萩原は見送り、

「すみません、お二人に聞いてもらいたいことがありまして……」

と、居ずまいを正す。総長はグラスを置き、

「おおかたそんなことやろ思てましたわ。相談ごとがなかったら、係長がわしらを引きとめたりはせん。……で、何です、その聞いてもらいたいことというのは」

「実は、ぼくは今日、興南化学へ行きました」

「興南化学？」

「お忘れですか。荷主ですよ、第二昭栄丸の」

「おっと、そうでしたな。ほな、係長は和歌山工場へ」

「いや、興南化学の本社は大阪の淀屋橋《よどやばし》にあります」

「何のためにそんなとこ行きましたんや」

「今、捜査本部は宮本を逮捕することに全力を注いでいます。それはそれで結構なんだけど、ぼくはもっと別の面から事件を追ってみようと思ったんです。それはつまり、この事件のルーツは何かってこと。正木はそもそもどういう理由で第二昭栄丸沈没を策したのか。何がきっかけで保険金詐取を企《たくら》んだのか。それを知る手がかりが興南化学にあるのではないかと、ぼくは考えました。会って話を聞いたのは、大平《おおひら》という物流部の船舶担当係長です」

——大平は萩原の差し出した名刺を見て、

「どういうご用件でしょうか」

不安そうに訊《き》いた。

「第二昭栄丸沈没事故について二、三、お訊《たず》ねしたいことがありまして」

「はあ……」

「オペレーターである辰光海運との契約ですが、用船料はいくらだったんでしょう」

「年間契約で一億五千万円です。それを月々一千二百五十万円ずつの均等払いにしていました」

「それは相場並みだったんでしょうか」

「ま、そうでしょうね。しかし、仕事量に較べると非常に高かったとはいえます」

「どういうことです」

「稼働率が低いんですよ。せいぜい五割から六割といったところです」

「その、稼働率とおっしゃるのは」

「昭栄丸は和歌山工場で製造した肥料を、主に九州宮崎、熊本方面へ運んでいたわけなんですが、航海はひと月あたり五ないし六往復。いくら何でも効率が悪すぎる」

「普通はどの程度動くんですか」

「めいっぱい動けば、十往復は可能です」

「じゃ、どんどん航海してもらえばいい。用船料は一定なんだから」

「ところが、肝腎《かんじん》の積荷がないんですよ。残念なことに、九州地区での我が社の肥料の売れ行きはここ数年来、減るばかりです。だから、三月末には用船契約を打ち切る予定でした」

「えっ……」

「私どもが契約を結んでいるオペレーターは計四社。そのうち、九州向けは辰光海運と、あと輝《き》洋《よう》海運というところにお願いしていたわけなんですが、昭栄丸は千六百トンと積みトンが少ない。対して輝洋海運の船はいわゆる省エネ船で積みトンは四千五百。そこで、私どもといたしましては、この際、輝洋海運一社に九州方面をお任せしようという結論に達しまして……」

「用船契約の解消を辰光海運に通告した、と。……それは、いつのことです」

「昨年の十月でしたか。社長の浜口さんにこちらまでご足労願って、お話ししました」

「浜口氏はどういってました」

「そりゃあ、お困りのようすでした。チャーター料を下げるから何とか契約の継続をお願いできないかと頼まれまして。こちらとしてもつらいところです」

「なぜ浜口氏はそんなに困るんです。新しい荷主を探せばいいじゃないですか」

「正直いって、それは無理でしょう。この海運不況の情勢下に新しい荷主を開拓するなんてできませんよ。まして、あの第二昭栄丸ではね」

「あの船に何か欠陥があるとでも？」

「昭栄丸は建造後七年の古い船でした。だから、維持費にせよ、運航費にせよ高くつく。最近のいわゆる省エネ船というやつは燃料にC重油を焚《た》くんですが、昭栄丸の場合はA重油。二割ほど高い。輝洋海運の省エネ船に比べて船体の形状が旧式だから船足も遅い……といった具合に、かなり多くのハンデがあるんですよ」

「すると、興南化学との契約を打ち切られたら、第二昭栄丸にはもう仕事がない、こう解釈してもいいんですね」

「端的にいえば、そういうことになります」

大平はあっさりと肯定し、ハンカチで首筋を拭《ぬぐ》った──。

「……という話なんです、ぼくが聞いたのは」萩原は報告を終えた。

「契約打ち切りね。なかなかに意味深な内容ではありますな」

いって、総長はメロンをほおばる。果汁がたれてネクタイを濡《ぬ》らした。

萩原は眼鏡を押し上げて、

「正木は契約解消を辰光海運の社長から聞いて、眼の前がまっ暗になった。今年の三月を過ぎれば収入がなくなる。乗組員の給料はもちろん、銀行からの借入れ金も、その利息も払えなくなる。今、昭栄丸を売れば営業権を含めて三億三千万円。銀行からの借入れ金残高が三億一千万円だから、手許《てもと》に残るのは二千万だけど、乗組員の退職金その他で、下手をすれば借金が残ってしまう。……いっそのこと、沈んでくれないだろうか。昭栄丸が沈没すれば四億円の船体保険金が入る上に、二億五千万の営業権はそのまま。つまり、借入れ金を返済しても、九千万円と二億五千万円で、三億四千万円という大金が手に入る。これなら、正木でなくとも考えたくなるでしょう、偽装海難事故」

「なるほどね、こいつはお手柄かもしれん。それにしても係長、興南化学とはええとこに眼をつけはった」

「そうかな、そうでもないけど」

萩原はうれしそうにいってブランデーを口にする。気に入らない。大いに気に入らない。帳場にいてもこれといった仕事のない萩原は毎日が日曜日だ。だから、退屈しのぎに淀屋橋までお散歩しただけ。それを、お手柄だの、眼のつけどころがいいだのと総長はほめそやす。くだらない、どうかしている。

私は腰を上げた。

「歌うたいますわ。仕事の話、もうたくさんや」

「ここはカラオケなんてないんです。それに、ぼくの話はまだ終ってない」

「え、まだありますんか、ありがたいご託宣」

「何ですか、その言い方」

「畏《おそ》れ敬ってますねんがな」

「言葉と態度が逆のようだね」

「ほな何でっか、係長のいうことを、正座して両手合わせて聞かなあきませんのか」

「ああいえばこういう。素直に非を認めない。大阪人てのはこんなのしかいやしないのかね」

「何かといやまじめくさった顔して自分の知ってること、やったこと、めいっぱいひけらかそうとする。それが東京人いうもんでっか」

いった途端、となりの総長に太腿《ふともも》をつねられた。

「あいた、た……」

つい声が出る。そんな私を見て、萩原はクッとひとつ嘲《あざけ》るように笑ったが、すぐにまたいつものしかつめらしい表情を作って、

「興南化学からの帰途、ぼくは首をひねってばかりいた。正木嘉一郎が保険金詐取を決意するに至った経緯について確たるところは摑《つか》めたような気がしたけれど、何かこう釈然としない。捜査本部に帰り着いてすぐ、ぼくは報告書のファイルを繰りました」

「報告書？」と総長。

「辰光海運の社長、浜口慶造。訊き込みをしたのは、総長とブンさんでしたね」

「そうですわ。あれは確か、十一月の……」

「二十五日。総長とブンさんが高知から帰った日の夕方です」

「何でまた、わしらの書いた報告書を引っ張り出しましたん？」

「昨年の十月、浜口は用船契約解消を興南化学から通告された。それを浜口は正木に伝えた。で、二人はどうしたか。当然、昭栄丸の再用船について話しあったはずです。しかしながら、見通しは暗い。その席で、さっきぼくがいったように、いっそ沈没でもしてくれないかな、くらいのことを正木は洩《も》らしたかもしれない。口には出さなくても、かなり苦しげな反応を正木はしたに違いない。それを見て、浜口はどう思ったか。やはり、正木と同じようなことを考えたかもしれない」

「ちょい待ち、ストップ」

総長は萩原の顔の前に手を広げ、「係長、あんた、自分が何をいうてるか分ってます

んやろな」

「そのつもりだけど……」

「事件の裏を読むのは大いに結構やけど、憶測でものいうのはちとやばいのと違いますか。係長の論法をつきつめたら、正木と浜口は保険金詐取の共犯になるやないですか」

「そう、彼らは共犯なのかもしれない」

萩原は平然という。「浜口は正木の置かれている情況を詳細に把握していた。それはつまり、昭栄丸が沈んだ時、浜口はその事故について何らかの疑惑を感じたに違いないってことなんです。報告書によると、浜口は昭栄丸の保険金受け取りに関して何も知らないといっているが、これはおかしい。船が沈んだからといって、浜口と正木がきれいさっぱり切れるなんてことはありえない。海上保安本部や海難審判庁の事情聴取だって、二人は同じように受けているし、浜口が船体保険云々《うんぬん》を知らないはずはない。残った二億五千万の営業権に関しても同様のことがいえる。……だから浜口を調べれば、また別の方向から事件をたぐって行けそうな気がする。少なくとも、ぼくはそう確信します」

「なるほど、そういうことでっか」総長は腕を組む。

「これを見て下さい」

萩原は傍らのクラッチバッグを引き寄せ、中から大学ノートを取り出した。広げてテーブルの上に置く。

〈有限会社辰光海運。大阪市港区築港二の一。社長、浜口慶造、五十二歳。所属船舶――

第六星光丸《せいこうまる》、九百九十八トン。英山丸《えいざんまる》、百九十九トン、永進丸《えいしんまる》、百九十トン。荷主、新大阪セメント、甲陽《こうよう》鉄鋼、近畿《きんき》化学。年間運賃収入、二億七千万円。――〉

「ここ三日間、何かと都合をつけて、ぼくは捜査本部を抜け出し、大阪市内を巡り歩いていました。海運局、内航貨物船海運組合、海事事務所、船員組合、損保会社……大阪の地理に随分詳しくなりました」

萩原はノートを指で押さえ、「この三隻の船ですが、自社所有船は第六星光丸だけ。あとの二隻は用船です。年間運賃収入二億七千万円のうち、辰光に入るのが一億五千万。星光丸乗組員の給料や諸経費を差し引いて、約三千万円が残ります」

「経営状態はどないです、辰光の」

「だめですね。一時はかなりの手詰まり状態にあったようです。何しろ、星光丸の船体保険料も払えなかったくらいだから」

「それ、いつのことです」

「去年の暮れから今年にかけて三ヵ月の滞納です。保険料は年間二千万円を四分割で支払うから、ちょうど五百万円。……ところが、三月の初めに、前期分と合わせて一千万円を納めています」

「その金を浜口はどこで都合したんです。銀行からの借入れですか」

「ぼくが調べた限りではその事実はない」

「三月の初めいうたら、正木が昭栄丸の保険金を受け取ったすぐあとや。こいつは意味深ですな」

「どうです。正木と浜口の共犯説、支持してくれますか」

「うん……」

総長は眼をつむり、長い眉《まゆ》をもてあそんでいたが、やがてゆっくりと上体を起こし、

「で、係長はわしらにどうせいといわはりますねん」

小さく切り出した。萩原は総長の眼を見て、

「これから港区までつきあってもらえませんか」

「港区の、どこです」

「弁天町。池辺哲夫《いけべてつお》の家です」

「池辺？　何者です」

「辰光海運の元専務。今年の夏、やめました」

「そういや、わしら辰光へ行った時、そんなこと聞きましたな。浜口、給料が払えんようになって、ひとりやめてもろたとかいうてましたわ」

「池辺は共同経営者だったんです。九年前、自分の持ち船を売って、その金を辰光海運に出資しました」

「持参金つきで辰光へ来たというわけですな」

「一隻《いっぱい》船主から用船会社への転身といった例はけっこう多いようですね」

「ということは、社長の浜口も？」

「そう。辰光海運を設立するまでは死んだ正木と同じく船主船長をしていました。乙種二等航海士の海技免状を持っています」

「そうでっか……浜口は船の操縦もできるんでっか」

総長はいい、「池辺には何を訊《き》きますねん」

「第二昭栄丸沈没前後の、より詳しい事情です」

「なるほどね。ほな、お伴《とも》しまひょか」

「ちょっと待って下さい、総長」

私はいった。「ほんまに行くんですか、弁天町」

「何や、行ったらあかんのか」

「そうはいうてへんけど、わしはどないしたらええんです」

「ブンはここで飲んどけ」

「またそんな意地のわるいことをいう。除《の》け者はいやでっせ」

「それやったらぶつぶついわんとついて来い。おらんよりはましや」


環状線弁天町駅を右に折れ、国道四三号線の側道を北へ五百メートル行ったところで、タクシーを降りた。そこはちょっとした商店街になっていて、歩道上にアーケードが突き出し、二十軒ほどの店が並んでいる。萩原はたばこ屋で道を訊いた。

池辺家はたばこ屋から二分、ガソリンスタンドの角を左へ入った五軒めだった。ブロック塀の内側に十坪くらいの前庭、その向こうに二階建木造モルタル塗りの白い家。敷地は五十坪、建坪は二十坪といったところだろうか。市内の家にしては大きい。

表札を確認し、萩原はチャイムのボタンを押した。ほどなくして玄関の引き戸が開き、ひっつめ髪の小柄な女性が出て来た。年格好《としかっこう》からして池辺の妻らしい。萩原は府警捜査一課の刑事だと名乗り、池辺に会いたいと告げた。

池辺の妻はブロック塀と母屋《おもや》の間の狭い通路を抜けて、我々を裏庭に案内した。そこにはプレハブの小さな建物があり、窓から明かりがもれていた。

「すみませんね。主人、食事がすむとすぐここにこもるんです」

言い訳するようにいい、ドアをノックする。

「何や」と、中からしわがれ声。

「お客さん。……刑事さん」

ドアが開き、池辺哲夫が顔を出した。年は六十前後、半白のうすい髪、細い眉に小さい眼、尖《とが》った鼻、どこかネズミを思わせるような風貌《ふうぼう》だ。

「府警捜査一課の萩原と申します。辰光海運の件で少しばかりお訊《たず》ねしたいことがありまして」

「はあ……」池辺はこくりと頭を下げ、「そんなとこでは何やし、入って下さい」

と、我々をプレハブ内に招き入れた。

中は約八畳の板間、左の窓のすぐ下に幅六十センチほどのカウンター、真中に大きな木の作業台、右の壁にはノコギリ、ペンチ、ハンダゴテなどの工具がズラッと並んで吊《つ》るされている。カウンターの上にはグラインダーやドリルといった電動工具類と、長さ五十センチくらいの二隻の帆船、作業台の上にもそれより少し大きめの船、こっちは作りかけだ。

私と総長は間にドアをはさんで、壁に背中をもたせかけた。萩原は作業台のまわりをゆっくり歩きながら、

「クラフトシップですね。みんな池辺さんが？」

「ええ。こいつが何よりの楽しみですわ」池辺はてれたように答える。

「いい趣味ですね」

「いや、他にすることもあらへんもんやさかい」

「それじゃ池辺さん、今はどこにも？」

「そう、勤めてません。この年になると働き口がのうてね。……けど、こうやって船作りをする時間にはこと欠きませんわ」

いって、池辺はふっふっと低く笑う。陰気くさい男だ。

「ところで池辺さん」

萩原は壁の小さなヤスリを手にとり、それで左の掌を叩《たた》きながら、「立ち入ったことを聞くようですが、辰光海運をおやめになる時、退職金のようなものは受け取られなかったんでしょうか」

「あの浜口がそんなもん出しますかいな」

「池辺さんは専務だったんでしょう」

「それは名目だけ。経営にタッチするようなことは、全然してません」

「辰光にいくらか出資していたように聞いたんですが、それは」

「よう知ってはりますな、そんなこと」

「ちょっと小耳にはさんだものですから」

「確かに出資してました。三千万です」

「そのお金、どうしました。返してもらいましたか」

「もちろん。きっちり耳を揃えてね。金だけ取られて放り出されたんでは、何ぼ私でも我慢できません」

「それ、いつのことです」

「七月の末ですわ。金を受け取った時点で、私は辰光から正式に手を引きました」

「その三千万円なんですが、浜口さんはどこで都合されたんです」

「知りません。浜口がどこで何をしようと私の知ったことやありません」

「浜口さんにあまり好印象をお持ちじゃないようですね」

「そらそうですわ。いうたら何やけど、あの浜口いう男、最低でっせ。あれは十年前やったけど——」

当時、辰光海運の経営状態は相当に窮迫していた。四九の所有貨物船第五星光丸を廃船にし、新しく九九のバラ積み船第六星光丸を進水させたのだが、予定していたチャーター先の薬品製造会社がふいに倒産してしまったのである。新たなチャーター先を探すまでのつなぎ資金を得るべく、浜口は金策に奔走した。銀行はもちろん造船所、荷主など金を貸してくれそうなところはすべてあたってみたが、はかばかしい返事はもらえなかった。思いあまった浜口は池辺に泣きついた。その頃、池辺は辰光海運所属の貨物船東進丸《とうしんまる》（一九九トン）の船主船長だった。

池辺は浜口の要求に応《こた》えた。東進丸を担保に信用金庫から三千万円を借り、それを浜口に都合した。その金利として、浜口は毎月三十万円を池辺に支払った。

三ヵ月後、第六星光丸に荷主がついた。甲陽鉄鋼。棒鋼を姫路の工場から主に名古屋方面に運搬する仕事だった。

そして一年、池辺は東進丸を売った。新しい船は建造せず、以前浜口に貸した三千万円を資本に、正式に辰光海運に経営参加した。浜口は池辺を専務にした――。

「けど、まあ、専務とは名ばかり。あてがいぶちの給料もろて、仕事いうたら電話の応対だけ。私ら、五十にもならんうちから窓際族やってきましたんや。浜口から会社やめてくれいわれた時は正直ほっとしましたわ」

「辰光をおやめになってから、浜口さんには」

「会うてません。いっさい会うてません」

「第二昭栄丸事故について、浜口さんはどんな反応を示していましたか」

「反応いうと？」

「例えば、どういう感想を述べていたとか」

「とにかく、びっくりしてましたな。えらいこっちゃいうてあたふたと走りまわってました。……それだけです」

「池辺さんは」

「私はさっきいうたように窓際族やさかい、特にこれといったことは……」

「昭栄丸なんですが、興南化学から用船契約の解消を通告されていたそうですね。昨年の十月です」

「へーえ、そんなことがありましたんか」

「ご存知なかったんですか」

「知りません。初耳ですわ」

萩原はヤスリを壁に掛けて、

「宮本英治はご存知ですか」

「知ってます、顔だけは。まだ捕まりませんか」

「総力をあげて追ってはいるんですが」

「女の線をあたりはったらどうです。船乗りは港々に女あり。よういいますやろ」

池辺にいわれるまでもなく、その発想は当然、捜査本部にある。九州は大分県津久見を始めとして、佐伯《さいき》、臼杵《うすき》、四国は高知、宿毛《すくも》、宇和島《うわじま》、今治《いまばり》、丸亀《まるがめ》、中国地方は宇部《うべ》、岩国《いわくに》、広島、福山《ふくやま》、相生《あいおい》と、当該地方都市には重点手配がなされている。現在のところ、宮本の周辺に女のにおいはない。

「しかし、ま、ひどいもんですな。あの宮本が四人もの人間を殺すやて」

池辺は作業台に片肘《かたひじ》をついていう。最初の緊張がとれたようだ。

「宮本ひとりが四人を殺したとは限りませんよ。少なくとも正木だけは……」

「えっ……」

池辺は眼を見開いた。私と総長も萩原を見る。

三人の注目を浴びた萩原はさも当然といった表情で、

「宮本には共犯がいた、それが今の捜査本部の考え方です」

「そ、それは……」

池辺が言いかけるのを萩原は無視して、

「いや、どうも。失礼しました。きょうはこれで」

ひょいと頭を下げ、すたすたと部屋を出た。私と総長も出る。

ドアを閉めたところで池辺の奥さんに会った。今、勝手口から出て来たらしい。手にはお盆、湯呑《ゆの》み茶碗《ぢゃわん》とカステラがのっている。

「奥さん、帰ります。夜分、すんませんでしたな」

総長が声をかけ、三人はブロック塀の脇を抜けて池辺家をあとにした。

来た道を歩きながら、

「あれ、何ですねん、最後の言葉」

私は萩原にいう。「宮本に共犯がおったやて、帳場では誰もそんなこというてませんで」

「つい口が滑ったんですよ。あれはぼくの勇み足」

「いったい何を根拠にそういうええ加減なことがいえますねん。わしら身内やったらまだしも、池辺みたいな部外者相手に」

私はなおもいいつのる。萩原は立ち止まり、

「すまない。ふと、そんな考えが頭に浮かんだものだから」

と、やけにしおらしい。私は勢いづいて、

「それにもうひとつ、正木を殺したんは宮本やないとかいうてましたな。あれ、どういう意味ですねん」

「別に意味はない。思いつきです」

「思いつき……これはまた曖昧《あいまい》なお言葉や。思いつきにも理由というもんがありますやろ。それをいうてもらえまへんか」

「いや、あれはみんなぼくの失言です。忘れて下さい」

萩原はそういい、腕の時計を見て、「もう十時だ。遅くなっちゃった」

「わし、これから家に帰ったら十一時でっせ」

あてつけがましく私はいう。

「申しわけない。この借りはきっと返します。それじゃ、ここで」

萩原は車道に出た。手を上げる。タクシーを拾うつもりらしい。

「おっと係長、どこ行きますねん。駅はすぐそこでっせ」総長がいう。

「ちょっと寄り道するところがあるものだから」

タクシーが停まった。乗り込もうとする萩原の背中に向かって総長は、

「係長、あんたの行くとこ、当てまひょか」

「はあ」

「辰光海運の事務員とこでっしゃろ。あの松本とかいう痩《や》せぎすのおばさん」

「正解。さすが総長だ」

ドアが閉まり、タクシーは走りだした。

「くそったれ、ほんまに自分勝手なやつや。どういう育ち方したら、あんな性格になりますねん」私は吐き捨てる。

「ま、そう怒るな。あれが若さや」

「総長はちょっと甘すぎるんと違いますか、あの末成《うらな》りびょうたんに」

「けど、一所懸命やっとるがな」

「一所懸命も善し悪しでっせ」

「ぼんみたいなキャリアにとって、現場研修なんぞお遊びでしかない。別にこれといった成果をあげる必要はないし、九ヵ月間、机の前でボーッと鼻毛でも抜いとったらそれ

でえ。けど、あのぼんはちょいと違う。自分なりに一所懸命考えてる。誰に命令されるわけでもなく、自発的に訊《き》き込みまでしてる。……ああいうの、わしは嫌いやない」

「ほな何ですか、総長はこれからもあいつに協力するんですか。リクエストに応じて、あちこちおつきあいするんですか」

「それもまた一興や。ぼんの発想は一風変わっとる」

「あいつ、辰光の事務員に何を訊きに行ったんです」

「ブン、おまえ何も分ってへんのやな」

総長は舗道のコンクリートブロックの溝を靴先でなぞりながら、「わし、係長と池辺のやりとりを聞いてて思た。池辺は何で浜口のことをぼろくそにいうんやろ、何で親の仇《かたき》みたいにいうんやろ……よくよく考えてみたら、池辺が浜口を憎む理由、どこにもあらへんがな。退職金はもらえんかったにしろ、出資金の三千万は耳揃えて返してもろた。九年間、ろくに仕事もせんのに、専務として給料をもろた。……何が不服やねん。それともうひとつ、池辺は浜口がどうやって三千万を都合したか知らんというてたけど、あれもちょいとおかしい。わし思うに、池辺は浜口と不仲であることを強調したかったんや。それはつまり、池辺も浜口や正木と同じ穴のムジナである可能性を示してる。それに気がついて、係長は池辺をひっかけたんや」

「ひっかけた？」

「ここで、あることないこと吹きこんどいたら、池辺は少なからず動揺する。浜口と池辺がつるんでるんなら、この話はいずれ浜口の耳に入ると考えたんや。事務員のとこへ行ったんは、ひょっとして池辺と浜口がほんまに不仲やった場合、さっきの話が浜口に伝わらへんから念のため、いうことや」

「ほな、あいつ、事務員にも同じようなことを吹きこむつもりですか」

「ま、そういうこっちゃろ」

「狙いは何ですねん」

「プレッシャーや、プレッシャー。わしらがこうやって嗅《か》ぎまわってることを浜口は知る。係長のいうとおり、第二昭栄丸沈没が正木と浜口の仕業なら、ここでプレッシャーをかけといたら浜口は心やすかろうはずないし、あるいは何らかの隠蔽《いんぺい》工作をするかもしれん。浜口をつついて、動きだすのを待とうというのが係長の狙いや」

「それ、ほんまですかいな。あんなケツの青いトーシローにそこまで深読みでさる才能あるとは思えませんで」

「かもしれん。けど、わしはそう思た」

「仮に、ぼんの狙いが総長の推察どおりやったとして、浜口がそんなに都合よう動きだしたりしますか。それに第一、浜口はクロやと決まったわけやおませんがな」

「しかし、何もせんよりはましや」

「そらそうかもしれんけどね、妙なとばっちり食うのは嫌でっせ」

「とばっちりて、何や」

「あいつ、さっき、いうてましたがな。……宮本には共犯がおる、正木を殺したんは宮本やないと。……ああいう突拍子もない妄想をあちこちで喋《しゃべ》り散らしてたら、いつか火の粉が降って来る。あんな無責任なやつといっしょに走ってたら、いつか必ずつまずいてしまう。こけて泣くのはいつもわしら下っ端ですわ」

「しゃあない。それが世の習いや」

総長は熱のこもらぬふうにいい、「さ、帰ろ。明日も早い」

両手をコートのポケットに突っこんで、歩き始めた。

八百屋の前のごみバケツの陰から黒い塊が飛び出し、私の前を横切って、下水口の中に消えた。ネズミだった。


――翌、十二月八日。

朝、総長と私はきのうの訊き込みの結果を深町に口頭で報告し、それを終えるとすぐ捜査本部を出た。部屋に萩原はいなかった。

山崎《やまざき》から国鉄で京都。湖西《こせい》線に乗り換えて、滋賀県志賀《しが》町蓬萊《ほうらい》。蓬萊浜のラブホテル、西湖荘に宮本が泊まっていたという通報があったからである。通報者は西湖荘の主人、加藤忠市《かとうちゅういち》。十一月二十八日の夜、宮本らしき足の不自由な男がひとりで現れ、一泊したという話だった。二十八日はまさき丸が発見された日で、その日のうちに宮本が徳島から滋賀まで飛んだとは思えなかったが、どんな薄弱な可能性であれ無視するわけにはいかない。

　午前十一時、総長と私は西湖荘に着き、加藤から詳しい事情を聴取した。予想どおり、加藤の話は曖昧なものだった。男の人相、服装はほとんど憶えておらず、ただ右足が不自由だったと、そればかり強調した。

「宮本、右足やのうて左足が不自由やったんでっせ」

　と総長がカマをかければ、加藤は、

「あ、そうそう、左足でした。見間違いですわ」

　と、いとも簡単に訂正する。これではどうしようもない。私たちは早々に話を切り上げ、西湖荘を出た。

　午後、総長と私は大津市《おおつ》まで戻り、浜大津のうどん屋で昼飯を食べた。喫茶店で三十分ほど油を売ったあと、大津駅から東海道本線で近江八幡《おうみはちまん》へ。国鉄駅前の食堂にも宮本が現れたのだという。一週間前、宮本はここで朝定食を食ったらしい。

　総長と私は何の期待もせず、その食堂を訪れ、何の収穫も得ず、食堂をあとにした。正直うんざりする。いったいいつになったらこの種の善意ある通報がなくなるのだろう。

　午後六時、私たちは捜査本部に帰り着いた。萩原はいなかった。

　――十二月九日、私と総長は奈良へ行った。朝、捜査本部を出る時も、そして夜、帰り着いた時も萩原の顔は見なかった。どこをほっつき歩いているのか気がかりではあったが、そのことを深町や他の捜査員に訊いたりはしなかった。訊けば萩原のことをこの私が気にかけているととられるようで、それが癪《しゃく》だった。

10

「浩和、起きて」

部屋の明かりがついた。

「何や。もうちょっと寝かして」

「電話や。総長はんから」

「総長が？　どないした」

「そんなもん分るかいな。さ、寝惚《ねぼ》けてんと早よう電話とりなさい」

「ええい、うるさいな」

もぞもぞとふとんの中から這《は》い出した。壁の時計を見れば五時五十分。いくら総長でも常識がなさすぎる。窓の外はまだまっ暗だ。

「はい、文田です」居間の受話器をとった。

「ブンか。その声は寝起きやな」

「そら寝起きですわ。こんな朝っぱらから、何です」

「車に乗って、わしとこ来い。仕事や」

「仕事て、どんな……」

「今、詳しいこと説明してる暇ない。すぐに出て来い」

「そんな、殺生や」

「ごちゃごちゃいうてんと、とにかく車に乗れ。ええな、今すぐやぞ」

そこで電話が切れた。

「何やねん、くそおやじ」

受話器を置いた。ふり向いて、

「おふくろ」

と、呼びかけるが、返事がない。また寝たらしい。

「ほんま、ふんだりけったりや」

部屋に戻り、パジャマを脱ぎ始めた。

家を出たのは六時十分、近くの自動販売機でたばこを買い、一服吸いつけた。寒い。歩いて五分、駐車場に着いた。ここの賃貸料は一ヵ月一万三千円。露天の砂利敷きとはいえ、梅田から地下鉄で四つめの駅のすぐ裏手という地の利を考えれば、かなり安い。報国寺《ほうこくじ》という小さなお寺さんが経営している。

ミニカのエンジンをかけた。夜露の降りたウインドーをぼろ布で拭《ふ》く。冷たい。ライトを点《つ》けて発進した。新御堂筋を北へ向かう。

竹見台団地。総長はB棟の前で待っていた。ミニカを見て、手を上げる。

「遅いやないか。風邪ひいたぞ」

車に乗りこむなり、総長はいった。

「ひとを叩《たた》き起こしといて、その言い方はないでしょ。何です、仕事いうのは」

「わしもちゃんと知らんのや」

「知らん？　そんなあほな」

「とにかく、車出せ。港区へ行くんや」

「港区のどこです」

「八幡屋《やはたや》。辰光海運の浜口の自宅や。朝、係長からうちに電話が入って、すぐに来てくれいうことや」

「くそったれ。あの眼鏡こおろぎ、どこまで人に迷惑かけたら気が済むんや」

舌打ちした。「どういうわけで、このわしまで八幡屋なんぞへ行かなあかんのです」

「車や。車に乗って来てくれと係長はいうた」

「わし、情けない。もう免許返上しますわ。この車も売ります」

「やかましい。文句は係長にいえ」

「首絞めたる。あいつの細い首をへし折ったる。今日こそは堪忍しませんで」

私はシフトレバーをローに入れ、クラッチをつないだ。かん高いエンジン音を響かせて、朝もやの新御堂筋をミニカは走る。

みなと通り、八幡屋商店街を過ぎて二筋めを左に入った。

五階建マンションの玄関前に萩原はいた。いつものシングルトレンチコート、クラッチバッグを小脇に抱えて震えている。

「おや係長、こんなとこで何してますねん。朝のお散歩にしては大そうなかっこうですな」ウインドーを開け、声をかけた。

萩原は走り寄って来て、

「ブンさんの車って、これ？　軽四だね」

「軽四でわるおましたな。嫌なら乗ってもらわんでもよろしいで」

「いや、そんな意味でいったんじゃない。この車だと、ちゃんと尾行できるかって心配なんだ」

「尾行？」

「浜口を尾《つ》けるんだ。やつは今日、ゴルフに行く」

「あほらし。遊びに行く浜口を、何でわしらが尾けんとあきませんねん」

「その説明はあと。車に乗せて下さい」

萩原はミニカの左側にまわった。総長はドアを開け、自分はリアシートにまわって、
萩原を助手席に座らせた。

「暖《あった》かいね。天国だ」

「軽四でもヒーターくらいついていますねんで」

「感謝します、素直に。今日は本当にありがとう」

「浜口の家はどこです。このマンションですか」後ろから総長が訊《き》いた。

「あれですよ、あのタイル貼りの家」

ウインドー越しに萩原が指さしたのは、道路をはさんで二十メートルほど先にある茶色の建物だった。二階建、手前の左側に玄関、右のシャッターはガレージのようだ。

「案外こぢんまりしてますな。池辺の家よりかなり小さい」

「ところがどうして、車はけっこう高級なのに乗ってますよ」

「どんなやつです」

「ベンツの300E」

「高いんですか」

「新車なら八百万円」

「そら、おとろしいわ。浜口はそのベンツに乗って、ゴルフに?」

「いや、浜口はおそらくゴルフには行かないと思います」

「係長、あんたええ加減にしなはれや」

私は口をはさむ。「ついさっきはゴルフへ行くとかいうてたのに、今は行かへん……。いったいどないなってますねん」

「それをいうには一昨昨日《さきおととい》の夜のことから説明しなきゃならない」

「辰光の事務員とこへ行った晩のことですかいな」

「そう。ぼくは松本さんに会って、——」

第二昭栄丸沈没事故直後の浜口、および池辺のようすを訊いた。松本は、特にこれといったことはなかったと答えた。浜口は事故の後処理のため、毎日のように海上保安庁や海員組合、内航貨物船海運連合会などに出かけて行き、池辺はそんな浜口を冷ややかな眼で見ていたという。表面上はどうあれ、浜口と池辺は不仲だった。浜口は池辺を窓際に追いやり、実質的な仕事は何もさせていなかった。池辺はそれが不服で、浜口のいない時はいつも松本に愚痴をこぼしていた。出資金さえ返してもらえばすぐにでも辰光を脱《ぬ》けたいといっていた。つまるところ池辺から聞いた話はすべて本当だった。

次に萩原は、浜口の十一月末のアリバイを訊《たず》ねた。十一月二十五日の夜から二十八日、浜口は新たな荷主を開拓するため九州方面へ出張していた——。

「十一月の二十五日から二十八日いうたら、正木が殺された頃ですな」総長がいう。

「そう。二十八日の朝、徳島でまさき丸が発見されました」

「わしとブンが浜口に会うたんは十一月の末や。あれ、いつでしたかいな」

「十一月二十五日の夕方です。そのあと、木津川ドックに来てもらって船の見学をしました」

「ということは、わしらが事情聴取した直後に浜口は出張したことになる。あいつ、九州のどこへ行きましたんや」

「福岡県豊前《ぶぜん》市の沓川《くつかわ》鉄鋼という線材メーカー。それともうひとつは大分県津久見の大《おお》野田《のだ》セメント。ぼくは念のためその両社に電話を入れました。……浜口は顔を出していませせん。嘘をついていたんです。それで、ぼくは再度松本さんに会い、浜口の今後の行動を内密に逐一報告してくれるよう依頼しました」

「で、その結果が今日の尾行いうことでっか」

「そうです。きのうの夜、松本さんが電話をくれて、明日の早朝、浜口はゴルフに行くといいました」

「それ、誰かの招待で」

「いや、ひとりです」

「松本いうおばはん、まるでスパイですな。そこまで協力的なとこみると、社長の浜口をよほど嫌《きろ》うてるみたいやね」

「ま、そうでしょうね」

「さっき係長は、浜口はゴルフに行かんのやないかとかいうてましたな。その理由は」

「浜口は兵庫県東条《とうじょう》町の東条レークサイドゴルフクラブの会員だそうです」

「そこで、係長はゴルフクラブに電話をかけた。……今日、浜口慶造はコースを予約してない」

「ご明察。おっしゃるとおりです」

と、その時、浜口家の玄関のドアが開いて男が姿を現した。茶のズボンに黒のセーター、肩にゴルフバッグを提げている。

「浜口だ」萩原が囁《ささや》く。

「あほらし。ほんまにゴルフへ行くんですがな」と、私。

「ゴルフバッグを持ってるからって、必ずしもゴルフに行くとは限らないでしょう」

「ほな、どこへ行きますねん。銭湯でも行きますすんか」

「そいつが分らないから尾行するんです」

「そ、それが……」

他人《ひと》の車に乗せてもろてる者のいうことか——喚《わめ》き散らしたいのを、かろうじて私は抑えた。

浜口はゴルフバッグを路上に置き、シャッターを上げた。たて長のラジエーターグリル、紺色の車が見える。

浜口はガレージ内に入った。

ベンツが出て来た。浜口は車を降り、シャッターを閉める。ゴルフバッグをトランクに積みこみ、発車。尾行開始。

ベンツはみなと通りを東へ向かう。七時二十五分、道は空《す》いている。タクシーが猛スピードで我々を追い越して行く。

ベンツはさほど飛ばさない。制限速度を少しオーバーするくらいのスピードでゆったり走る。私は、信号の手前ではベンツに近づき、それ以外のところでは二十メートル以上の間隔をとるようにした。それでも、二、三度、赤信号にひっかかった。

西区本田《ほんでん》入口から、ベンツは阪神《はんしん》高速道路に入った。料金所ではベンツのすぐ後ろについた。浜口は左の運転席から上半身を右に傾け、手をいっぱいに伸ばして係員に高速券を渡した。後ろの我々に注意を払うようすはまったくなかった。

ベンツは環状線を半周し出入橋《でいりばし》から大阪池田《いけだ》線に入った。車の流れはまだ順調だ。ベンツとの間に二台の乗用車をはさんで私は走る。市内へ向かう対向車線は朝の渋滞が始まっている。

「けど浜口のやつ、この小《ち》っこい車に探偵が三人も乗って自分のこと尾けてるやて、思いもよりませんやろ」リアシートの総長がいう。

「しかし、油断をしちゃいけない。近づきすぎれば、浜口がいつ我々の存在に気づかないとも限らないし、離れすぎれば見失うおそれがあります」

と、すかさず萩原は牽制《けんせい》する。くそおもしろくもない、その牽制はドライバーの私に向けられたものである。

「さっきの話の続きやけど、浜口は九州へ出張しとらんのですな。……ほな、ほんまはどこへ行ったと、係長は思てますねん」

「高知。それから徳島でしょう」

「高知、徳島？　まさき丸の動きといっしょですがな」

「そう。いっしょです」

「係長、あんた、まさか……」

「これから先、ぼくは少し突飛なことをいうかもしれない。だけどここまで来た以上、お二人には聞いてもらわなければならない。……いいですか」

　改まった口調で萩原はいう。

「おもしろそうや。何なというてみなはれ」

「話というのはほかでもない、正木嘉一郎殺しの件です。あれは、本当に宮本英治の仕業なんでしょうか」

「こいつはびっくり、確かに突飛な意見や。ほな係長は、あの松林のコートと手袋、正ちゃん帽、それと砂浜の足跡を、どない説明しますねん」

「遺留品にしろ足跡にしろ、単なる状況証拠にすぎないでしょ。誰も犯行を目撃したわけじゃないんだから」

「ちょ、ちょっと待って下さいな」

　私はいった。「そんなあほなこといいだしたら、わしらの捜査活動を根本から否定することになりますやないか。現場を検証してブツを得る。訊《き》き込みで情報を拾う。それらを総合検討して犯行状況を推察し、犯人《ホシ》を特定する……捜査の常道でっせ。係長みたいなこというてたら、犯人なんぞどこの誰でもええことになる。そこらへん歩いてるおっさん片っ端から引いて来て、おまえがやったやろと締めあげたらよろしいねん。中には、すんまへん、わしがやりましたとかいう変人もいてまっしゃろ」

「相変わらずよく喋《しゃべ》るね、世迷言《よまいごと》を」

「どこが世迷言ですねん、え」

「じゃ、あげ足とりとでもいおうか」

「あげ足とりしてんのどっちですねん。だいたいがやね……」

「ブンは黙っとれ。おまえは運転だけしとったらええ」

と、総長。リアシートから身を乗り出して、「係長はどういう理由で正木殺しは宮本やないといわはりますねん」

「それはね、宮本には正木を殺す動機がないってことなんだ」

「動機……」

「まず第一に考えられるのは金です。……正木の預金通帳に残っていたのはたったの二百六十八万円。船体保険金の残り九千万円は三月から四月にかけてそのほとんどが引き出されている。ということは、殺された時点で、正木は奪われるだけの現金を持っていなかったと考えられる」

「しかし、正木には別に二億五千万円いう大金がありましたがな」

昭栄丸の営業権を売ってぜねらる海運から受け取った五千万円の小切手五枚を、正木は六月二十三日、高知市の土佐銀行はりまや町支店で現金化したことが判明している。現金はいったん普通預金口座に入金され、六月三十日と七月四日の二回に分けて全額引き出されていた。正木の妻克子はこれらの事実をまったく知らない。

「正木が二億五千万円を隠し持っていたとは、ぼくには思えない。隠す意志があるのなら現金化はしないだろうし、まして預金などしないはずだ。小切手のまま持っている方がよほど目立たないし、隠しやすくもある」

　はりまや町支店の支店長によると、金を引き出す際、正木は用意して来たトランクに現金を詰め、ふうふういいながら待たせていたタクシーに乗って帰って行ったという。二億五千万円が他の金融機関に預けられた形跡はなく、また、国債や株の購入に充《あ》てられたという情報もないため、使途は今のところ不明。

「だから正木の金のうち、いくらかが宮本に流れたことに間違いはないとしても、それが正木殺しの直接の動機になったとは考えられないんじゃないかな」

「ほう。これはまた係長、理屈っぽいご意見や」私はいう。

「ぽいじゃないでしょ。理屈の通ったというべきだ」

「いちいち細かいことといいなはんな」

「ぼくの意見は一から十まで気に食わないようだね」

「あたりまえですがな。説得力があらへん」

「じゃ、ブンさんはどう考えるんだ、宮本が正木を殺した動機」

「そんなもん決まってますわ。口封じや」

「具体的には」

「自分が藤沢と竹尾を殺したこと、正木に感づかれたと思たから、宮本は……」

「そりゃあダメだ。何を今さら正木の口を封じる必要がある。あなたの意見こそよほど説得力に欠けるね」

「………」

「昭栄丸の乗組員六人のうち、五人が死に、今また船主が死んだ。たったひとり残った宮本に捜査の眼が向けられるのは火を見るより明らかじゃないですか。宮本が正木を消さなきゃならない理由はどこにもないね」

「宮本は正木を強請《ゆす》ってたんですがな。逃走資金を寄こせとかいうて」

「それなら、なおさら正木を手にかける理由がない。宮本にとって正木は金ヅルだ」

「それはそうかもしれんけど……」

いいだしたがあとが続かない。私はひとつ舌打ちをし、「それやったら係長、いったい誰が正木を殺したといいますねん」

ゆっくりと切り出して隣の萩原を睨《にら》みつけた時、視界の隅をベンツが横切った。ウインカーを点滅させ、左の豊中《とよなか》出口の方に向かっている。

「あ、えらいこっちゃ。浜口、ここで降りるつもりや」

「追うんだ。早く」

「分ってる。やいやい言いなはんな」

あわててウインカーを出し左へ寄った途端、ガーンと大きな音、ハンドルがとられる。

「あいた、やってもうた」

そのまま坂を下り、車線の広がったところで車を左に寄せる。

「何をしている。ベンツだ、ベンツを追うんだ」

「あほいいなはれ、警察官があて逃げしてどないしますねん」

ドアを開け、車を降りた。後ろに停まっているのは二トン積みの青いダンプカー、肩をいからせたいかつい男が降りて来た。パンチパーマにグレーの作業服上下、ガラの悪そうなおっさんだ。ケンカをすれば十中八九、負ける。

「どないするんや、え」おっさんがいう。

「どないもこないもあるかい。ぶつかって来たん、あんたやないか」

「ウインカーを出した途端に曲がるやつがあるかい」

「そっちこそ、ちゃんと前見てへんからや」

いいながらミニカの後ろにまわった。バンパーがひしゃげ、左のリアランプが粉々に砕けている。ダンプカーを見れば、あちらさんはひっかき傷ひとつない。

「免許証見せんかい、免許証」おっさんは横柄にいう。

「それはこっちの台詞《せりふ》や」私もやりかえす。

「おまえ、えらいふざけた口きくやないか。わしを誰やと思てんねん」

「おもろい、どこの誰や」

「わしゃ土建屋じゃ」

「そんなこと分っとるわい。豆腐屋がダンプに乗るか」

「このガキ」

おっさんは血相変えて迫って来た。私は後ずさりする。

「待て、待たんかい」

総長がミニカから出て来た。私とおっさんの間に割って入り、

「すんまへんな、わしらこういうもんですねん」

名刺をおっさんに手渡す。「見たら、あんたのトラック、傷はないようやし、ここは痛み分けいうことで機嫌よう帰ってくれまへんか」

「何や、あんたら警察の人かいな」おっさんのものいいが柔らかくなる。

「わしら、いま凶悪犯を追いかけてますんや」

「それならそうと早ようけいうてくれたらよろしいねや。……ほな」

おっさんはあたふたとダンプに逃げ帰った。私は総長に腕をとられ、ミニカにとって返す。運転席に座るなり、

「これだもんね。大阪人てのはこれだからいけない」

隣の萩原が吐き捨てるようにいう。頭に血がのぼった私は、

「何いうてまんねん。大阪人のどこがあかんといいまんねん」

大声でかみついた。萩原は涼しい顔で、

「たかが接触事故で、今にもつかみあいをせんばかりにののしりあう。物事を平和的、かつスマートに処理しようという心がけがない」

「係長、免許もないのにえらそうにいいなはんな。この車、なおしてくれますんか」

「もちろん、そのつもりだ」

「へっ……」

「責任はすべてぼくがとる。もちろん、車の修理費はぼくが持ちます」

「そうでっか。それならええけど」

私はあっさり戈《ほこ》を収める。これ以上萩原を刺激すると修理費の出どころがなくなる。

「さ、行こう。こんなところでぐずぐずしていられない」

「ベンツ、どこにもおりませんで」

「大丈夫。ぼくにはあてがある。中国自動車道を西へ行って下さい」

「それ、吉川《よかわ》でっか」

「そう。ベンツはきっと吉川に現れます」

「けど、浜口はゴルフコースを予約してないんですやろ」

中国自動車道へ入るには阪神高速道路を池田の終点まで行くのが普通だから、豊中で降りた浜口が吉川に現れるとは考えにくい。

「ともかく、吉川へ行って下さい。先に行って浜口を待つんです」

「吉川いうたら、ここから四十キロ以上あるんでっせ。もし浜口が来《け》えへんかったらどないしますねん」

「ブン、どうでもええから係長のいうとおりにせい。ベンツを見失《みうしの》うたんは、おまえがボーッとしてたからや」

「はい、はい。車を当てたんも、ポストが赤いのも、マンホールの蓋《ふた》が丸いのも、みんなわしの責任です」

私はミニカを発進させた。


中国池田料金所から中国自動車道に入った。追越車線を百十キロで走る。ベンツに追いつかねばならないから萩原はもっと飛ばせというが、我がミニカではこれがせいいっぱいだ。今にもエンジンが割れそうな音がしている。

「もうすぐ八時や。腹減ったな」

聞こえよがしに私はいう。萩原は返事をしない。腕を組み、じっと前を見ている。

「ね、総長、腹減りましたな」

なおもいったが、総長も返事をしない。代わりにガサガサとポケットから何かを抜き出す音。

「あらへん。……ブン、たばこや」

私はダッシュボードのショートホープをとり、差し出す。総長は一本抜いて口に咥《くわ》え、

「係長はさっき、正木殺しは宮本やないとかいいましたな」

ぽつりといってマッチを擦る。「ほな、いったい誰が犯人です」

「……浜口です。やつが犯人です」

「何ですて」私はいった。「わし、もう気が狂いそうや。よう平気でそう突拍子もない

思いつきを口走れますな」

「思いつきなんかじゃない」

「すると何でっか」

私は左手をハンドルから離し、人さし指をこめかみのあたりでクルクルまわしながら、

「刑事のカン、たらいうやつでっか」

「違うね。あらゆる情報を検討分析した上の論理的帰結だ」

「ものはいいようでんな。その論理的帰結とやらを聞かせてもらいましょか」

「ブンさんと総長は大里の現場を見ていますね。……松林で発見されたコートと帽子、手袋は、どういう状態でした」

「土の中からはみ出してたとか聞きましたで、コートの裾《すそ》が」

「犯人はなぜそんなおざなりな埋め方をしたんです。まるで発見してくれといわんばかりじゃないですか。それに、返り血のついたコートや手袋はともかく、帽子まで埋めたというのが腑《ふ》に落ちない。帽子にはほんの二、三滴しか血がついていないんだし、持って逃げても邪魔にはならない。その上、もっと気に入らないのは、毛糸の帽子に頭髪が一本も付着していなかったということ。これは考えようによってはおかしい。帽子は残したいが、髪の毛までは残したくない、そんな犯人の意図が読みとれる。……と、以上が第一の疑問点。第二はあの特徴のある足跡。片足をひきずっているのがいかにもわざとらしい。まさき丸はなぜ砂浜に乗り上げねばならなかったのか、なぜ磯や岸壁ではい

けなかったのか……。ここにも犯人の狙いがある」

「故意に足跡を残した、いうわけですな」総長がいう。

萩原は、はい、と満足そうに答え、

「これら遺留品及び現場の状況が意味するものは何か……。正木嘉一郎殺害の犯人は宮本ではないという事実です」

「事実……事実ねえ。けど、それが何で浜口につながりますねん」

「帽子ですよ、帽子。八千代マンションでホステスに目撃された宮本の正ちゃん帽だけど、紺地に白いラインが一本入り、ボンボンが赤であることまでは、捜査本部は外部に発表していない。だから、あの正ちゃん帽は宮本がかぶっていたものに違いないと断定できます。それじゃ、その帽子を手に入れることのできるのは誰か……。八千代マンション放火事件以降、宮本はぷつりと消息を絶った。潜伏中、彼に接触することのできたのは誰か……。正木と浜口、この二人以外にいません。浜口は何らかの手段で宮本のコートと帽子を手に入れ、これを身につけて高知に現れた。そして正木に連絡をとり、船で迎えに来るよう指示した。浜口はまさき丸に乗り込み、沖に出たところで正木を殺した。まさき丸を操船して大里へ行き、浜に乗り上げた。砂の上を足をひきずって歩き、松林でコートと手袋、帽子を埋めた。……以上です」

「浜口が正木を殺した動機は」

「口封じ、でしょうね。昭栄丸の沈んだ時、浜口にはぴんと来るものがあった。彼は正木を問いつめ、偽装事故であることを知った。そしておそらく、藤沢と竹尾、宮本の三人が生存していることも知った。浜口は正木を脅迫した。狙いは船体保険金の残り九千万円と営業権の二億五千万円。脅迫は成功し、浜口は大金を手中にした。……と、そこへ降って湧いたように名神の爆殺事件と此花のマンション殺人。被害者の身元は不明。この時点で、浜口は宮本が犯人であろうと見当をつけたに違いない。捜査は進み、やがて昭栄丸の一件が明るみに出て、藤沢と竹尾の身元が判明した。……浜口はあわてた。正木を生かしておいては自分の身が危ない。正木の口さえ封じれば、事件はすべて闇に葬られる。浜口は正木を殺害し、宮本の足跡と遺留品を大里に残した……」

「けど係長、それはちょいとおかしいでっせ。何ぼ浜口が宮本になりすましたところで、宮本が捕まってしもたら、浜口の企みはみんなオジャンですがな」

「そう。だから浜口は宮本を消した。消して、帽子やコートを奪った」

「あん……？」

さすがの総長も啞然《あぜん》とする。私はもう何もいわない。反論する気力も失《う》せた。

そんな我々の反応を楽しむかのように萩原はフッと鼻を鳴らし、

「現在までの、徳島県警が得た情報を総合すると、大里の浜から逃走する際、宮本は鉄道を利用していない。それじゃ、やつはどうやって逃げたのか……。車です。車を使う以外に方法がない。ところが、大里近辺のバス、タクシー利用客の中に宮本はいなかった。国道五五号線及び一九三号線を走る自家用車やトラックのドライバーで宮本を目撃したり、便乗させてやったりした者もいなかった。また、海南町一帯で車が盗まれたという情報もなかった。……つまるところ、宮本は消えたんです。コート、手袋、帽子を松林に埋めて消えたんです。こんな不思議なことがあっていいのでしょうか」

「………」

「徳島県警はあくまでも宮本英治を追っている。左ききの、足の不自由な男。大きな特徴があるだけにどうしてもそのことに引きずられてしまう。大里から逃走したのは、宮本ではなく浜口です。その前提に立った捜査を進めるべきです」

「それやったら、浜口はどないして宮本を殺したんです」

「そこまではぼくにも分らない。ただ……」

「ただ、何です」

「十一月二十三日、浜口は接待ゴルフと称して一日中会社を空けている。二十三日といえば、中村多江の身元が判明し、それが公表された直後です」

「係長のことや。浜口のアリバイは、当然調べてみたんでっしゃろな」

「その日、浜口はレークサイドゴルフクラブに現れていません」

「そらおもしろい。浜口はどこをほっつき歩いてたんやろ」

「吉川です。浜口は吉川へ行きました」

「えっ、そこまで判ってますんか」

「経費ですよ。毎月五日、浜口はガソリン、高速道路などの領収証をまとめて、松本さんに渡しています」

「その中に十一月二十三日付の中国自動車道のレシートがあったというわけですな」

「レシートは二枚。浜口が吉川へ往復したことに間違いはありません」

「吉川へは行ったけど、ゴルフはしてへん。こいつは意味深でんな」

「ベンツには宮本の死体があった。浜口は土地カンのある吉川で中国自動車道を降り、どこか適当な場所を探して死体を埋めた。八千代マンション以降、宮本の足跡が摑《つか》めないのはこのためですよ。どうです、ぼくの推理、正しいとは思いませんか」

「うーん……」

総長はしばらく唸《うな》っていたが、「係長、その話、証拠いうのがほとんどおませんな。ま、いうてみたら、おはなしばっかりや」

「そう、だから楽しいんです。自分の立てた仮説をいかに証明し、具現化し、全体として齟齬《そご》のないものに仕上げていくか。その過程がえもいわれず楽しいですね」

「係長、あんた進む道間違えたんと違いまっか」

私は口をはさむ。「学者になりなはれ、学者に。あれ、誇大妄想癖のある人間には最適の職業ですわ。まず大ぶろしきを広げるだけ広げといて、あとでもっともらしい屁理《へり》屈《くつ》を並べたてるいうのが論文を仕立てるコツやそうですな。係長にぴったりや」

「また何をいいだすかと思えば。あなた、相当に歪《ゆが》んでますね」

「あのね、歪んでるからこそ、こうやって学者先生の書生役をあい務めてますねん」

「じゃ、もっと飛ばして下さいよ。吉川にはどうあってもベンツより先に着かなきゃなんないんだから」

ほな、あんたが運転したらええやないか、免許もないくせに、やいやいいうな——。

私はハンドルを握りなおした。


吉川インターチェンジ到着は午前八時二十分。私はいったん料金所を出て、ブース脇の駐車スペースにミニカを駐めた。ここからだと料金所を通る車を逐一見分できる。

「ああ、腹減った。浜口、ほんまに来るんかいな。それに第一、わしらが先にここへ来たとは限りませんで。あのひとらのいうこと、どこまで確か分ったもんやない」

料金所の係員に訊《たず》ねたところ、紺色のベンツ３００Ｅはここを通っていないと答えた。

答えはしたが、カードと料金を機械的に受け渡しするだけの係員が次々に通過する車の車種や色まで憶えているとは考えにくい。

「けど、朝っぱらからこんなことしとってええんやろか。また班長にどやされるわ」

今日、私と総長は宮本の追跡捜査で京都へ行く予定になっている。

「係長……」総長がいった。「ほんまに来るんですかいな、浜口、この吉川へ」

「来ます。ぼくには確信があります」

「そう読んだ理由は」

「…………」

「正直にいいなはれ。あんた、浜口に会いましたな。きのうか、一昨日《おととい》」

「ええ……」

「そうか、分った。係長は浜口に会うて、こないだ池辺や松本にいうたと同じようなことを吹き込んだんや。宮本には共犯がおるとか、正木殺しは宮本の仕業やないとか」

「そう、そのとおりです。総長にかかっちゃ、すべてお見通しだ」

「狙いは何ですねん、狙いは」

「一昨日の夜、ぼくは浜口の自宅へ行きました。で、近くの喫茶店で話をした。……これはまだ公表していないが、我々は宮本らしき死体を発見した。死体は腐敗がひどくて、まだ宮本であると断定されてはいない。ついては、死体を見て身元を確認してくれないだろうか……と、ぼくはいいました」

「こらまた大胆な発言や。浜口はどう答えました」

「腐乱死体など見たくもない、確認は大分の家族を呼び寄せてすればいいだろう……そういいました」

「それで？」

「はいそうですか、とぼくはあっさり引き下がりました」

「浜口はどんな顔してました」

「かなり驚いたようすでした。宮本はほんとに死んでいるんですかと、しつこく訊《き》いてました」

「その、死体の発見場所は」

「いってません。西日本のあるところ、とだけいいました」

「しかし、係長、そこまではったりかましてよろしいんか。とてもやないけど、わしなら、ようしませんで」

「ぼくは何も宮本の死体だとはいっていない。宮本らしき腐乱死体だといったんです。浜口が本当に宮本を殺したのなら、彼は吉川へ来る。死体を埋めた場所を確かめに来る。それが犯罪者の心理というものです」

「ほな何でっか、今日のこの尾行は宮本の死体を見つけるためやったんですか」

「表現はわるいが、これはギャンブルですよ、ギャンブル。どこかで仕掛けなけりゃ、この硬直した事態を打開できない」

「けど、この博奕《ばくち》、勝つとは限りませんで。わし思うに、負ける可能性の方が強い。そうなった時のこと、考えてますか」

「むろん考えてますよ。……やめればいい」

「えらいあっさりいいますな」

「この世界に入って半年、ぼくはまだ研修生です。年は二十三だし、やり直しはいくらもききます」

「係長……」

「何です」

「あんた、ええ根性してはるわ」

「総長にそういってもらうと、ほんと、嬉《うれ》しいですね」

小さく答えて、萩原は笑った。

——九時、ベンツは現れない。私はこっくりこっくりやり始めた。

——九時半、状況は変わらず。私はほとんど眠っていた。

——九時五十五分。

「ブンさん、来たよ、浜口だ」

萩原に揺り起こされた。寝ぼけ眼《まなこ》で後ろを見ると、ちょうど料金所から紺色のベンツ300Eが発進するところだった。

「不思議や。ほんまに来よったがな」

「ぼくの読み勝ちだ」

「そんな得意そうにしなはんな。これからどうころぶかも分らんのに」

三十メートルほど離れてベンツを追走する。

右に小さくカーブした時、ヘッドレストの向こうに黒い影が見えた。

「ありゃ、あれ何ですねん。助手席に誰か乗ってますがな」

「何だって」

萩原は身を乗り出す。「本当だ。あれは……」

「女や。髪の毛が長い。……こらおもろいな。浜口は女連れで死体掘りでっか」

「そ、それは……」

インターチェンジから一キロ、国道四二八号線との分岐点で、ベンツは左に曲がった。東条レークサイドゴルフクラブは右だ。

ベンツは一キロ東へ走り、三叉路《さんさろ》を右に折れてまっすぐ南に向かう。私はベンツとの間隔を広げ、五十メートルの距離をとった。信号はほとんどなく、一本道だからはぐれる心配はない。

美嚢《みのう》川を越えたところで、ベンツとミニカの間に左の農道から白のフェアレディーが割り込んだ。フェアレディーはベンツの後ろにぴったり付き、追い越すタイミングをはかっている。ちょうどいい、浜口はフェアレディーに気をとられてミニカの存在を忘れるだろう。

美嚢川から約三キロ、二ッ子の交差点でベンツは左に曲がった。フェアレディーはまっすぐ走って行った。私は少し間をとって二ッ子を左へ。道の両側は畑と雑木林、道路沿いに民家は少ない。

二ッ子から二キロほど走って、ベンツは木造のバス待合所を右に折れた。道はいよいよ細く、山が迫って来た。ゆるい上り坂が続く。私はベンツとの距離を広げた。約百メートル、常時ベンツは見えない。右に左にカーブするたびにちらっとその姿が見える。

ふいに視界が開けた。峠を越えたらしい。ベンツは大きな白い野立て看板の角を右に曲がるところだった。

看板に近づく。

〈水上《みずかみ》カントリークラブ〉、そう書いてあった。

「ゴルフ場ですな。ここからが敷地内いうことですやろ」

五百メートルほど行った突き当たりが砂利敷の広い駐車場になっていた。車が三十台ほど駐まっている。駐車場の向こうは山荘風のクラブハウス。浜口はベンツを降り、トランクからゴルフバッグを出していた。後ろに小肥《こぶと》りの女が立っている。赤く染めた髪、青いフレームのサングラス、黒のセーター、白のスラックス、いかにも水商売風だ。

「あほくさ。何のことはない、浜口のやつ、浮気しとるんですがな。女を連れて東条湖へ行くのがヤバいから、このゴルフ場へ来た。阪神高速を豊中で降りたんは、途中で女を拾うためやったんや」

私はいう。萩原は口を開いたまま浜口のようすをじっと見つめるだけ。かなりショックを受けたようだ。

思うに、萩原のようなエリートはこういった目算違いに弱い。今まで挫折《ざせつ》というものをほとんど知らないし、何事にせよ自己の能力を過信しているから、事態の推移と展開を手前勝手な論理で組み上げてしまう。自分の描いた図《え》にすべてをあてはめようとしてしまう。

「人間いうのは、将棋の駒を動かすようなわけにはいきませんな、え、係長。絵に描いた餅《もち》とはこのことや」

「………」苦渋に満ちた萩原の顔。

ゴルフバッグを肩に提げ、浜口と女はクラブハウスに入った。

「どないします、総長」

「ここでボーッとしてるわけにもいかんやろ。ブン、ようすを見て来い」

了解——私は車を降りた。クラブハウスまで行き、手を庇《ひさし》にして玄関のガラス扉越しに中をうかがう。ロビーにも受付にも浜口と女はいない。

クラブハウス内に入った。ロビー左横の喫茶店の入口から中を見る。浜口と女は窓際に席をとり、話をしていた。

女の横顔を眼に焼きつけて、私は駐車場に戻った。ミニカの運転席に座り、

「あいつら、喫茶室にいてます。スタートまでの時間待ちですやろ」

「係長、どないします。大の男が三人もこんなとこで時間つぶしはできませんで」

「分った。総長とブンさんは帰って下さい。ぼくは残る。あの女の素姓を調べます」

「そうでっか。ま、がんばりなはれ」あっさり、総長はいった。

萩原は助手席のドアを開け、外に出た。淋《さび》しげにひとつ手を振り、クラブハウスに向かって歩いて行く。

「あいつ、かなりこたえたみたいですな」

「読み違いは誰にでもある。これもええ経験や」

「そのつまらん経験のために、わしらまでいっしょに踊らされましたがな」

「今日のとこはあてが外れたけど、ぼんの眼のつけどころは確かにおもしろい」

「まだそんなこというてはる」

「ブンは正直なとこ、どない思うんや。ぼんの意見」

「ま、まるっきりおもしろないということはないですな。でなかったら、吉川くんだりまで来ませんわ」

「そうか……」総長は唇の端でふっと笑い、「さ、行こか。京都へ行こ」

「その前に、どこぞで朝飯食いましょうな、ね」

「おまえ、死んでも灰になるまでは成仏できんな」

「そらまた、何で」

「茶碗《ちゃわん》の音聞いたら、棺桶《かんおけ》の蓋《ふた》ぶち破って出て来よる」

——十時二十五分、私と総長は水上カントリークラブをあとにした。

11

午後六時四十分、島本署捜査本部に帰り着いた。熱い茶とストーブを楽しみに部屋の扉を押したが、中に入った途端、寒々としてどこかしら空虚な雰囲気を感じとった。いつもなら、その日の仕事を終えた捜査員が、報告を済ませて帰途につく前の短い時間を、茶と甘いものをさかなに無駄話でつぶしているのだが。

「どないしました、何ぞありましたんか」

電話を終えたばかりの深町に総長が訊《き》いた。

「きのうの晩、和歌山で漁船が盗まれたんや。それが今日の昼見つかったと、ついさっき和歌山県警から連絡があった」

「それ、わしらの捜査とどない関係ありますねん」

「船の中に靴が一足残ってた」

「靴？」

「チョコレート色の革靴や。泥だらけで、右足のかかとだけが極端に斜めにすり減ってる。それともうひとつ、イカリとロープがない」

「それ、ひょっとして……」

「靴は宮本が履いてた。イカリとロープは体に巻きつけて投身したんやないか、というのが帳場の意見や」

「ほな、みんなは」

「現場に向こた。君らも行け」

「どこです、それ」

「和歌山の湯浅《ゆあさ》。そこから五キロほど離れた浜小浦《はまこうら》いうとこや」

「萩原のぼんも現場へ行きましたんか」

「行った。それがどうかしたんか」

「いや、何でもおません。おい、ブン、行くぞ」

水無瀬から梅田。地下鉄で天王寺。二十時零分発の紀勢《きせい》本線くろしお三二号に飛び乗った。各車輛を歩いてみるが、萩原たちはいない。彼らは十九時三十分発の普通列車に乗ったらしい。

くろしお三二号の湯浅着は二十一時二十一分。私はシートに腰を下ろして大きなあくびをした。腕を組んで眼をつむると、すぐに眠り込んだ。


湯浅駅、総長と私は改札を出た。とりあえず湯浅署に連絡してみようと電話ボックスを探していたら、タクシー乗り場に原田と吉永がいた。

「おう、何や、総長とブンやないか」原田がいう。

「萩原のぼんは」訊いてみた。

「湯浅署で川島係長といっしょに挨拶《あいさつ》や。わしらは直接浜小浦へ行く。ちょうどええ、いっしょに乗って行け」

――湯浅駅から県道を南へ二キロ、乙田というところを右に折れた。運転手はここからが山越えだという。道が急に細くなり、出会う車は一台もない。墨を流したような闇を裂いてタクシーは走る。

浜小浦は鄙《ひな》びた小さな集落だった。海と山にはさまれた細長い平地に三十軒ほどの家が寄り集まっていた。

そこだけモルタル塗りの公民館のような建物の前に制服警官がいた。我々はタクシーを降りた。

原田が警官と言葉を交わした。警官は湯浅署の中津《なかつ》と名乗り、先に立って我々四人を浜に案内した。

漁船は石積みの防波堤に繫留《けいりゅう》されていた。中津は防波堤近くの民家から引いたライトのスイッチを入れた。光の輪の中に白い船体が浮かび上がる。

「今朝の十時ごろです。由良《ゆら》町白崎《しらさき》の沖合い十キロの海上を漂うてるのを見つけて、ここまで曳《ひ》いて来たというわけです」

発見者は浜小浦の岩下惣市《いわしたそういち》、六十二歳。岩下は漁からの帰りだった。

船の名前は金比羅《こんぴら》丸、所有者は印南《いなみ》町の漁業、川田正治《かわだまさはる》。川田は今朝の五時、漁に出ようと船着き場へ行き、金比羅丸がないことに気づいた。舫《もや》いがほどけて流れたのかと思い、一時間ほど附近を探したが、船が見つからないため、警察に通報した。金比羅丸はきのうの夜、九時までは船着き場にあったことが、近くの漁協職員によって確認されている。だから、船が盗まれたのは十二月九日の午後九時以降、十日の午前五時までの間とされる。

「で、例の靴はどこにあります」

「本署です。鑑識検査をしてるはずです」

「船、乗ってもええかな」

った。

「どうぞ」

私たちは金比羅丸に乗り移った。大きく揺れる。私はあわてて日除《ひよ》けの支柱につかまった。

「まさき丸よりはだいぶ大きいな。造りも頑丈や」

船の中央部にしゃがみこんで、総長がいう。

「ちょっと、こっちへ来てくれ」

舳先《へさき》で原田が手招きする。私は中腰のまま、そばへ行った。

「これ見てみい」

原田はバラストタンクの上に丸められたナイロンロープを指さした。ロープの長さは約二メートル、片方は船首の綱取り具に括《くく》りつけられ、もう一方の端は縒《よ》りが解《ほど》けてバラバラになっている。

私は顔を近づけた。そのバラバラになったロープの先端は切り口が鋭角に尖《とが》っていて、刃物で切断したことを示している。

「このロープの長さは」

ふり返って、原田は防波堤の上にいる中津に訊いた。

「三十メートルです。先に重さ二十キロのイカリが付いていたそうです」

「靴はどういう状態になってました」

「そこの生簀《いけす》の蓋の上にきれいに揃えて置いてありました」

「なるほど。覚悟の自殺いうやつか」原田はいう。

「イカリをロープで体に巻きつけて身を投げる。むろん死体は揚がらん。自殺の偽装としては理想的やな」と、総長。

「しかしここで偽装と言い切るわけにもいかんやろ。宮本のやつ、ほんまに死によったんかもしれん」

「まだ宮本の仕業と決まったわけやないで。靴の片方が極端にすり減ってるからいうて、それがすぐ宮本に結びつくとは限らん」

総長はそういい、中津に向かって、

「船の発見者は家にいてるんかな」

「おります。家はこのすぐ近くです」

総長を先頭に、私たちは船を降りた。中津のあとについて防波堤を歩く。少し風が強くなって来たようだ。

岩下惣市宅は公民館の隣だった。下の方が虫食いになった板塀、古い小さな平家だ。

岩下はコップ酒を呑《の》みながら、映りのわるいテレビを見ていた。色がほとんどない。

総長、原田、吉永、私の四人は仏間に通された。鴨居の上に黒枠の額が二枚、亡くなった岩下の両親らしい。おじいさんは軍服を着ている。

「岩下さん、金比羅丸を見つけた時の状況を詳しいに教えて下さいな」

総長が切り出した。岩下は潮灼《や》けした顔をつるりと撫《な》でて、

「あれは朝の十時ごろやった……」

考え考え、話し始めた。ひどいだみ声だ。「わしが漁から帰ろと船を走らしてたら、前の方を白い漁船がふらふらと漂うてた。近づいて見たら、船首に印南の金比羅丸と書いてある。何で印南の船がこんなとこまで来とるんやろと不思議やった。その船から眼を離さんかったんやが、どうも船頭がおらんみたいなんや。釣糸が垂れてへんし、昼寝しとるふうでもない。ほいでわしは船を横付けにした」

「金比羅丸の船内はどないでした。靴が揃えてあるのを見て、これは自殺やないかと思いましたか」

「そこまで気がまわるかいな。ま、船頭が船から落ちたんは確かやけど」

「何でそう考えたんです」

「あの船は三十分か一時間前までは動いてたんや。エンジン触ってみたけど、まだけっこう熱かった。クラッチもちゃんとつながってた」

「それが何で、船頭が落ちたことの理由になりますねん」

「そんなもん簡単なことや。船頭のおらん船はまっすぐ走らん。同じとこをぐるぐるまわるだけやがな」

「もひとつぴんと来ませんな」

「考えてもみいな。わしが金比羅丸を見つけたんは白崎の沖合い十キロやで。紀伊《きい》水道のほぼ真中や。あんな遠くまで無人の船が走って行けるわけない」

「舵《かじ》を固定してたらえぇのと違いますか」

「そらあかん。風も吹くし、潮の流れもあるさかい、絶えず舵を操《と》ったらんと、船はどこをどう走るか分ったもんやない」

「ぐるぐるまわりながら、風で沖へ流されて行ったいうことありまっしゃろ」

「きのうも今日も、あのあたりの海上は西風が吹いてたがな。そやし、船は陸《おか》の方に流される」

「ほな金比羅丸は……」

「わしが見つけるすぐ前まで船頭がおった。間違いあらへん。……何やその顔、わしのいうこと信用できへんのかいな」

「いや、そんなこと考えとるんやおまへん」

総長はいい、細い声で、「それやったら、この自殺、偽装でなくなるがな」

「偽装？　何のこっちゃ」

「いや、それはこっちの話。……それで岩下さん、金比羅丸の櫓《ろ》はどないでした。濡《ぬ》れてましたか」

「そこまでは憶えてへんなあ……」

岩下家へ来る途中、総長と話をした。犯人はどんな手口で金比羅丸を印南港から盗み出したか――。みんなが寝静まった夜中にエンジンを始動させたら大きな音がする。港の中では櫓を使い、港外に出てからエンジンをかけたというのが総長の意見だった。正論だ。

「さ、わしらはこの辺で失礼しよか。夜分どうもすんませんでした」

総長はひょいと頭を下げ、「また何ぞあったら聞きに来ますよって、その時はよろしく」と、立ち上がった。

「来るんやったら昼間がよろしいな。わし、眠とうてかなわん」

いって、岩下はたんすに背をもたせかけた。

家を出たところでばったり出会ったのが、川島と萩原の両係長だった。中津と話をしている。そばに黒のルーチェが駐まっているところをみれば、二人は湯浅署の車を借りてここまで来たのだろう。

川島は吸っていたたばこを捨てて、

「総長、どないやった、岩下いうおっさんの話は」

「それが、ちょいとややこしい内容でしてな……」

総長は岩下が金比羅丸を発見した状況を詳しく伝えた。

「すると何かい、岩下が発見する直前まで、船には船頭がおったというわけか」

「ま、そういうことですわ」

「岩下は勘違いしてるのとちがうか」

「口は悪いけど、しっかりしたおじいでっせ」

「そうか……」呟《つぶや》いて、川島は俯《うつむ》く。

「靴はどないでした。鑑識で指紋でも検出されましたか」原田が訊《き》いた。

「指紋はなし。そのかわり、ルミノール検査で血液の付着が認められた」

「型は」

「鑑定中や。たぶんAB型やろ。正木を殺した時の返り血や」

「その靴を履いてたんは宮本みたいですな。そんな気がしますわ」吉永がいった。

「ま、そうあってほしいとこやな」

川島は熱のこもらぬふうに答え、「わしは船を見に行く。君らもつきあえ」

肩を振って歩き始めた。

防波堤に向かう道すがら、私は萩原の横に並び、小さく話しかけた。

「いつまでおったんです、ゴルフ場に」

「午後三時」萩原も小さく応じる。

「浜口と女は」

「ワンラウンドして、帰った」

「それまでボーッと待ってましたんか、クラブハウスで」

「ボーッとは待っていない。グリーンに出て彼らを監視していた」

「クラブも持たずにその格好《なり》で？」

「わるかったね、こんな服装で」

「いっそのこと、キャディーに扮装《ふんそう》したらよかったのに。つばの広い帽子の上から大きなタオル巻きつけてね」

萩原のキャディー姿を想像して、私は思わず笑ってしまう。

「しかし、残念でしたな。金比羅丸の一件がもし偽装であったとしても、浜口には確固たるアリバイがある。それに、ほんまに宮本の死体がどこぞに流れ着いたりしたら、係長の浜口犯人説はまったくのスカチョンや。わし、一時は同調しかけましたがな」

「ものごとすべてをその時々の現象面からだけで捉《とら》えようとする。シンプルというか、イージーというべきか、ブンさんは長生きしますよ」

「もういっぺんいうてみなはれ、もういっぺん」

「ぼくはへこたれない、ひるまない」

萩原は立ち止まり、私の顔をじっと見て、「あきらめもしない」


湯浅署へ着いた時は日付が変わっていた。

川島は捜査本部に電話を入れ、深町に状況を報告した。

刑事部屋でカップラーメンをすすったあと、全員が仮眠室へ。私は上着とズボンを脱ぎ散らし、靴下とネクタイをとって二段ベッドに潜り込んだ。体が冷えきっていてなかなか眠れない。下の吉永が寝がえりをうつたびにベッドがぐらぐらする。こんな時、刑事稼業の空しさがつくづく身に染みる。

よめはんほしいな、ふとそう思った。

——そして三日。

「ブン、今日は何日や」

国道四二号線沿いの食堂で、味噌《みそ》汁をすすりながら総長がいう。

「十四日ですわ」

私はガシラの煮付をつつきながら答えた。今日、私と総長は金比羅丸を所有者、川田正治に返すため、ここ印南町に来ている。

「もうすぐクリスマスやな」

「それがどうかしましたか」

「わし、前々から疑問に思てることあるんやけどな……」

「はあ……」

「その日は世界中がクリスマスやろ。ということは、オーストラリアやニュージーランドも例外ではない。……サンタクロースは橇《そり》に乗ってやって来る。けど、今、南半球は夏や。サンタのおっさん、乗るもんがあらへんがな」

あほくさ、五十三にもなってようそんなくだらんことまじめくさっていえますな——

私は思いつつも。

「カヌーでも漕《こ》いで来るのと違いますか」

「いや、サンタが自分で漕ぐのは絵にならん。イルカに曳かした方がええ」

「そら、よろしいわ」

適当に相槌《あいづち》をうち、たくあんをかじる。

「けど何やな、今年もあと半月。年を越してしまいそうな雰囲気やで」

「何かの拍子で宮本の死体が揚がったら、年内にカタつきますがな」

「あいつはイカリと心中したんや。死体が浮かんで来るはずあらへん。それに第一、ほんまに死んだんかどうかも分らん」

「そやけど、金比羅丸を盗んだんは宮本ですやろ」

「それは、ま、間違いない」

総長がそう言い切るにはいくつかの理由がある。

その第一は、金比羅丸に残されていたあの右足のかかとだけが斜めにすり減った靴。鑑識検査の結果、付着していた血液はAB型だと判定された。正木の血液型はABで、宮本のそれはOだ。

第二の理由は、宮本は船を操ることができるという事実。——宮本は櫓を漕げるし、エンジンを始動させることもできる。印南港の漁船は、そのほとんどがセルモーターのキーを付けっ放しにしておくようで、多くの船の中から金比羅丸が盗まれたのは、金比羅丸にだけ櫓がついていたからである。最近のディーゼルエンジンはほとんど故障しないため、櫓は装備されていない。

その第三は、宮本は航海をすることができるという理由。——印南港は金比羅丸が発見された白崎沖合い十キロの海上から約三十五キロ離れている。印南から和歌山県の西端、日ノ御埼《ひのみさき》まではは灯台めざして陸沿いに北西に向かえば行き着くことができるが、そこから先は目標となるものがない。犯行当夜の天候は曇りで、月明かりはなかった。おまけに濃い霧がかかっていた。船乗りであればこそ、宮本は金比羅丸を盗み、おそらくコンパスを使って白崎沖まで行くことができたのである。

そして、第四の最も決定的な理由。——金比羅丸を盗んだのも、船内に靴を残したのも、これが宮本の仕業であればこそ、警察に対して自殺の暗示という効果が期待できるのであり、ただの船泥棒がこれと同じ細工をしたところで、それは単なる窃盗事件として処理されるに違いない。

以上、四つの理由により、金比羅丸盗難は宮本の犯行であると、ほぼ結論づけられた。と同時に、捜査本部では宮本の生死について徹底した意見交換がなされた。で、こちらの方は議論百出。深町班の全員が自殺派、偽装派に分かれて激しくやりあった。川島、原田、吉永、堤らの自殺派は、浜小浦の岩下惣市から聞いた話——エンジンはまだ熱かった、クラッチもつながっていた、だから、ついさっきまで船頭がいた——を強く推した。

一方、総長、木地《きじ》、綾野《あやの》、橋田《はしだ》らの偽装派は、——宮本は何も紀伊水道まで行く必要がない。死ぬのが目的なら、印南港沖で投身すればいいのだし、第一、船など盗まなくとも、日ノ御埼あたりの崖《がけ》から飛び降りた方が簡単でいい。金比羅丸に靴を残し、イカり付きのロープを切り取ったのがいかにもわざとらしい——と主張した。ちなみに私は消極的偽装派、深町と萩原は態度不鮮明、萩原が何を考えているのか気になって仕方ない。

「それはそうと総長、萩原のぼん、見かけましたか」

「見てへん。そういや、きのうも一昨日《おととい》も帳場におらんかったな」

「一昨日は、あいつ、湯浅署に顔出したそうでっせ」

「そらまた何でや」

「知りません。あいつの考えてることはさっぱり分らへん。……けど、腹立ちますやないか。このくそ忙しいのに、あいつだけ勝手な行動しても誰も文句いわへん」

「そらしゃあない。あのお方は、わしらとは出自が違う。……さ、そろそろ行こか。金比羅丸、港に着くころや」

海上保安本部の係官によって、金比羅丸は浜小浦から印南へ回航されて来る。

「あーあ、わしらノンキャリアはこうやって毎日毎日あちこち歩かされて……この靴見て下さい。ひと月前におろしたばっかりやのに、それがもうこんな有様ですわ」

私はズボンをつまんで裾《すそ》を引き上げた。七千八百円のデザートブーツは埃《ほこり》と塩でまだらになり、先の方はぶざまにひしゃげている。

「ブン、アシ何ぼや」ぼそっと総長はいう。

「二十九です」

「えらい大きいな」

「もうすぐ三十でっせ」

「あほ、誰が年のこと訊《き》いた。わしは足の寸法をいうとるんじゃ」

「それやったら、二十六センチです」

「そうか……」

総長は小さく笑い、「クリスマスが終ったら正月や。おまえ、どこへ行くつもりや」

「どこへ行くて……、何のことです」

「初詣《はつもうで》や、初詣」

「えっ……」

「京都がええぞ。わし、けしパンばばあといっしょになる前、上賀茂《かみがも》神社へ行った」

総長は立ち上がり、ゆらゆらと店を出た。

12

十六時二十一分発の電車で印南をあとにした。御坊《ごぼう》でくろしお二三号に乗り換え、天王寺駅に着いたのが十八時三十一分。プラットホームに降り立ち、読み終えた新聞をトラッシュボックスに放り込んだ時、

「ブンさん」

後ろから声をかけられた。驚いてふり返る。萩原だった。

「お帰りなさい」にこやかにいう。

「こんなとこで何してますねん、係長」総長が訊いた。

「もうそろそろ着く頃だと思って、お二人を待っていたんですよ。ついさっき、科捜研から、依頼していた検査の結果を受け取りましてね」

「科捜研……？」

「靴ですよ。金比羅丸に残されていた宮本の靴。湯浅署から借りて、科捜研に持ち込んでいたんです」

萩原は肩に提げた黒いバッグを軽く叩《たた》いてみせる。

「しかし、そんな大事なブツを湯浅署がようすんなり貸してくれましたな。それもキャリアの威力いうやつでっか」

「一時借用ですよ。明日には返却します」

「係長、あんた……」

総長が低い声で言いかけたのを、萩原は手で制し、

「その説明はあと。立ち話も何だし、そこへ座りませんか」と、ホームのベンチを指さす。

萩原を真中に三人は並んで腰を下ろした。

萩原は膝《ひざ》の上に組んだ手をじっと見ながら、

「浜口の女ですがね、素姓を摑《つか》みましたよ」と、小さくいう。

私はあきれた。こいつ、まだしつこく浜口を追っている。嫌味のひとつも浴びせてみたいが、いえばまた総長に叱られる。

「名前は中瀬《なかせ》智美《ともみ》。年は三十九。曾根崎《そねざき》で小さなスナックを経営しています。自宅は豊中市寺内《てらうち》で、浜口とはもう三年越しの仲です」

「それ、浜口の奥さんは」

「知っています。いますが、奥さんは一年前に切れたと思っている。だから、浜口は自分が会員になっているレークサイドゴルフクラブへ智美を連れて行くことができなかったんです」

「ちょいと待って下さいな、係長」私はいった。「調べはんのは大いにけっこう。けど、あんまり他人のプライベートな部分をいじくりまわすもんやおませんで。もし、それが原因で浜口が夫婦別れしたりしたらどないしますねん。何ぼ警察やいうたかて、善良なる市民の生活をぶちこわす権利あらへん」

「ほう。ブンさんはあの浜口が善良なる市民だとおっしゃる」

「金比羅丸が盗まれた十二月九日の夜、浜口は自宅におりましたがな。そして次の日、智美とゴルフに行った。あの日の朝、眠たいのを叩き起こされて尾行したん、このわしでっせ」

「そう、あれは非常に有意義な尾行でした」

「どこが有意義ですねん。わしのミニカ、まだ修理工場に入ってますんやで」

「しかし、あの尾行のおかげでやっと分ったんだ」

「何が」

「事件の真相」

「へっ⁉」

ベンチからずり落ちそうになった。総長もかなり驚いたようすだ。

萩原の表情に変化はなく、

「つい四日前まで、ぼくは浜口が真の黒幕であると信じて疑わなかった。自分の論理こそが唯一絶対であると信じて他を顧《かえり》みる余裕がなかった。と、そこへあの金比羅丸の発見です。……湯浅署の仮眠室でぼくは眠ることができなかった。なぜ、金比羅丸は盗まれたのか、どうして靴が残されていなければならなかったのか。……あの湿っぽいふとんの中でぼくは悶々《もんもん》としていました。どうしても分らない、納得できる答えが見つからない。一時間、いや二時間は考えていたでしょうか。ぼくは思考を中断し、トイレに行こうとベッドを下りた。靴を履こうとしたその瞬間、ハッと閃《ひらめ》いたんです。それはまさに天啓ともいうべきものだったのです」

「テンケイ？　それ、何です」と、私。

萩原は私の質問には答えず、

「ぼくは鑑識部屋へ走りました。幸い、部屋には二人の係官がいて金比羅丸の靴に付着した泥と血痕《けっこん》の検査をしていました。ぼくは靴を手にとって、もう一度それこそ穴の開くほどじっくりと調べました」

「おもろい。あのぼろ靴を穴の開くほど見て、何が分ったというんです、え」

「靴は宮本が履いていたものじゃない。その事実が判明したんです」

「理由は」

「それは……」

萩原は言いかけて、「さ、行きましょう。理由はその道すがら説明します」

「どこへ行きますねん、どこへ」

「大正区。木津川ドックです」

萩原は立ち上がり、バッグを小脇に抱えて歩き始めた。

こいつ、エイリアンや。私は小さく吐き捨てて、そのあとを追う。


広い事務室に、我々四人の他には誰もいない。萩原はバッグのジッパーを引き、中から新聞紙の包みを取り出した。包みをガラステーブルの上に置いて紐《ひも》を解《ほど》く。

一足のチョコレート色の革靴だった。ソールが反りかえり、上革には紐通しの部分まで深いしわが刻み込まれている。蛍光灯の光の下で見る限りはどこに血痕が付着しているのかまったく分らない。

「これです。金比羅丸に残されていた靴です」

萩原はいい、靴の右足の方を手にとって裏返した。同じチョコレート色の合成底、かかとの内側がひどくすり減っている。

宮本は右足の膝関節《しつ》がうまく曲がらなかった。そのため、右足を外に振り出すようにして歩いていた。だから、宮本の履いていた靴のかかとはどれも内側が磨滅した。これは津久見の宮本家に残されていた靴を調べて確認した。

「さて、この靴なんですが、よく見て下さい。かなり汚れていますね」

靴の、土踏まずの部分と、ソールと上革の縫い合わせの部分に、白っぽく干からびた粘土状の泥が付いている。

「この土は徳島県大里のものです。土壌検査の結果、そう判定されました。まさき丸が発見された日、海南町は雨でした。宮本は砂浜を歩き、松林にコートや手袋を埋めたあと、ぬかるんだ小径を抜けて国道に出た。その時、この靴に泥が付着したんです。……で、ごらんのようにこの汚れは相当ひどい」

萩原はそこでいったん言葉を切り、ソファに深くもたれ込んで脚を組んだ。履いている黒のローファーをじっと見つめながら、

「ぼくが疑問に思うのはですね、宮本はなぜ靴の汚れを落とさなかったのかということです。宮本の逃亡期間は、まさき丸の発見された十一月二十八日から金比羅丸が盗まれた十二月九日までの約二週間もあったんです。靴を拭《ふ》く時間などいくらもあるはずです。ただでさえ目立つこんなまだら模様の靴を履き続けていた宮本の神経がぼくには理解できない。それに第一、ぼくが宮本の立場なら、こんな薄気味悪い靴はとっくに処分して

います。泥はまだしも、自分が手にかけた正木の返り血まで付いているんですからね」

萩原は顔を上げた。テーブルの向こう、木津川ドック専務、富永敏雄《としお》は背中を丸め、石造りの卓上ライターを手の中で弄《もてあそ》びながら、萩原の話に耳を傾けている。

「この靴が金比羅丸に残されていた理由はただひとつ、捜査陣に対して、宮本生存をアピールするためだったんです。ということは、とりもなおさず、宮本はすでに死んでいるという事実の証明にほかならない。宮本は殺された。金比羅丸を盗み、それを紀伊水道の真中まで回航し、靴を残して消えた人物に殺されたんです。……どうです富永さん、ぼくの意見どう思われますか」

「…………」富永は何もいわない。ライターの火を点《つ》けたり消したりしている。

「富永さん、あなた、九日の午後から翌日にかけて、どこかへお出かけになりましたね。行き先はどこです」

「…………」

「ご返事がないようですね。この間、ここで貨物船の見学をさせてもらった時はよくお喋《しゃべ》りになったのに。……分りました。じゃ、ぼくからいいましょう。九日土曜日、午後二時、仕事を終えたあと、あなたはダウンジャケットにオーバーズボン、スキーキャップを着用し、大型クーラーを提げてこの事務所を出た。目的は魚釣り。あなたは船台の片隅に陸揚げしていた十六フィートのモーターボートをリフトで木津川に降ろし、乗り込んだ。エンジンをかけ、ドックをあとにしたのが午後三時二十分。帰り仕度をしていた従業員二人がそれを目撃しています。そしてそれ以降、十日の午後まで、あなたがどこで何をしていたか誰も知らない」

「知らへんも何も……わし、釣りをしてましたがな」

富永がいった。かなりいらだったようすだ。

「カレイを三匹とアイナメを二匹、家に持って帰ってみんなで食いましたわ」

「それ、どこで釣ったんです」

「泉南《せんなん》沖。わしがいつも行くとこです」

「漁場へ着いたのは何時です」

「夕方の五時過ぎかな。日が暮れかけてましたわ」

「そのあと、一晩中糸を垂らしていたんですか」

「夜釣りなんぞしますかいな。日が暮れてしもたらアタリはなくなる。そやし、七時ごろには切り上げて樽井《たるい》へ行きました。岸壁にボートを繋《つな》いで、キャビンの中で仮眠したんですわ。寝袋に潜り込んでね」

「で、起きたのは」

「朝の五時半。それからまた沖へ出て行ったんです。九時ごろまで粘って、カレイとアイナメを釣った。それから大正へ帰ったんです」

「それらの行動を証明してくれる人いますか」

「そら捜したらいてますやろ。わしが沖で釣ってる時、何隻かの漁船がそばを通ったからね」

「それはしかし、夜が明けてからのことでしょう」

「どういう意味です」

「ぼくが知りたいのは、夜が明けてからのあなたの行動じゃない。樽井に船を停泊させ、あなたが本当に眠っていたか否か、ということです」

「それ、どういう意味です。何でこのわしが自分の行動を他人に証明してもらわなあきませんねん」

「そうしなきゃ、まずいからですよ」

「何がまずいんです、何が」

「あなたの今後の全生活がかかっているからですよ」

「えらい妙なこといわはりますな。何ぼ警察の人やからて、いうてええことと悪いことがおまっせ」

富永の顔が険しくなって来た。眉根《まゆね》を寄せ、口をへの字にして萩原を睨《にら》みつける。

萩原は意に介さず、

「はっきりいいましょう。あなたがモーターボートに乗って行ったのは、泉南沖じゃない。和歌山県の印南です。木津川ドックから印南港までの海上距離は約百二十キロ、ボートの巡航速度を時速二十キロと考えて、約六時間。十二月九日の午後九時前後には、あなたは印南港に到着することができたというわけです」

「な、何をいうてますねん。いったい何を証拠に……」

「大正区鶴町《つるまち》。木津川運河沿いにユニバーサル石油の油槽所《ゆそう》がありますね。木津川ドックを四キロほど下ったところです。富永さん、ご存知でしょう」

「…………」

「油槽所では、小型船舶向けの燃料を販売している。九日の午後四時ごろ、あなたは岸壁にボートを横づけにし、ここで給油をしていますね」

「それがどないしました」

「なぜです。なぜ給油したんです」

「くだらんことを訊《き》きなはんな。燃料がなかったら船は走らん」

「百五十リッター入り燃料タンクを満タンにした上、三十リッター入りポリタンクを五本、計三百リッター。……泉南沖往復にしては、多すぎやしませんか」

「そんなもん、わしの勝手や。わしがどれだけの油を買おうと、あんたに文句をいわれる筋合いはない。いったい何の権利があって人の行動をごそごそ調べまわるんや。だいたいが、あんた……」

「黙って聞きなさい。ぼくの話はまだ終ってやしない」

「あほらしい。そんな世迷言《よまいごと》、聞く耳あらへん」

憤然として富永は立ち上がった。「さ、帰ってもらおか。わし、明日も仕事や」

「ちょっと待ちなはれ、富永はん」

今まで静かだった総長がいった。「その明日という日は、ことと次第によっては来んかもしれんのでっせ。わしらは趣味や道楽でここへ来たんやない。聞くべきことを聞き、知るべきことを知る。そのために大の男が三人、雁首《がんくび》揃えてここに座ってますんや。わしら、こう見えてもけっこう時間給高いんでっせ。税金の無駄遣いはご法度《はっと》や。……それとも何でっか、あんた、正面切ってわしらの話を聞けんわけでもあるんでっか」

「いや、それは……」

「ほな黙ってそこへ座りなはれ。反論があるんなら、堂々と述べはったらよろしい」

「何で、わしが……」

富永はいかにもふてくされた感じで腰を下ろした。ひじかけに両手を預け、ソファに深くもたれかかって上を向く。

萩原はまた話し始めた。

「印南に着いたあなたは港外のどこか適当な磯にボートを繋ぎ、人々が寝静まるのを待った。そして深夜、――」

富永は岸壁伝いに印南港まで歩き、そこに泊めてあった漁船金比羅丸に乗り込んだ。舫綱《もやいづな》を解き、船を押し出す。櫓《ろ》を漕《こ》いで港外へ出た。そこでエンジンをかけ、ボートを繋いでいた磯まで戻った。金比羅丸の船尾にボートの舫綱を括《くく》りつけ、ボートを曳《ひ》いて一路北西へ向かう。真冬の深夜、おまけに曇り空、他に操業中の漁船はなく、附近を航行する船はほとんどない。ライトを点けさえしなければ、金比羅丸及びボートの存在を知られるおそれはない。ボートを曳航《えいこう》した金比羅丸の推定時速は約十五キロ、富永が午前零時ごろ印南を出たと仮定すれば、紀伊水道の中心、つまり徳島県阿南《あなん》市と由良町白崎との中間海域へは午前三時四十分に到着する。

　富永は金比羅丸のイカリを括り付けたロープを切断し、海に投げ棄てた。宮本の靴を生簀《いけす》の蓋《ふた》の上に揃えて置いた。それらの工作を済ませたのち、富永はモーターボートに乗り移り、全速力で現場を離れた。操船者のいない金比羅丸は、ただくるくるまわりながら東へ流されて行った——。

「金比羅丸を放棄した地点から、泉南市までは約六十キロ。あなたは午前六時前後には泉南沖へ帰り着くことができた。あとはのんびり釣り糸を垂らしながら夜明けを待つという段取りです」

「ばかばかしい。ようそんな絵空事を考えつきますな」

「これが本当に絵空事かどうか、ひとつひとつ解明してみせましょうか」

「おもしろい、やってもらいまひょか」

「あなたはこの木津川ドックの専務です。いちおう、社長はあなたのお父上ということになっているが、もうかなりのお年だし……確か、七十一歳でしたね。それで、会社の運営はすべてあなたに任せておられる。つまり、木津川ドックの実質的経営者は、富永さん、あなたなんです」

「それがどうかしましたか」

「この造船不況の時代、大阪湾岸の中小造船所の経営はどこも非常に逼迫《ひっぱく》しています。木津川ドックの資本金は一千五百万円、従業員数十一人、年間売り上げ一億四千二百万円で、昨年度は三千三百万円の欠損。累積赤字は一億五千二百万円です。ここの千坪の土地、及び建物はすべて銀行の抵当に入っており、借入れ金の合計は一億七千八百万円。端的にいって、いつ倒れてもおかしくない状況にありました。ところが、今年の七月三十一日と八月三十一日の二回、あなたは各々三千万円ずつ計六千万円を取引銀行に返済し、その後も毎月五百万円を返している。……で、問題はこの金の出処《でどころ》なんですが、ぼくが調べた限りでは判明していない。ここ半年、木津川ドックでは新船を建造していないし、船の定期検査、修理といったところで、売り上げはそう大したものじゃない。これら返済金をどこでどう都合したのか、富永さん、説明していただけませんか」

「その必要はおませんな。……ま、ある人物に借りたとだけいうときましょか。わしの自宅を担保にしてね」

「それは少し変ですね。あなたの自宅は大正区小林町にある三十坪の木造家屋です。とてもじゃないが、六千万円の担保価値はない」

「おやじの家も担保にしてますがな」

「それはすでに調べてあります。お父さんの自宅はとっくに取引銀行の抵当にとられている」

「……………」

「富永さん、嘘はいけませんね。ここで明確な説明がないとなると、あなたの立場はますます苦しくなる」

「苦しくなろうとなるまいと、いちいちわしの口からいうことあらへん」

「返済金の出処、ぼくが説明しましょうか」

「あんた、そのもったいぶった言い方やめなはれ。気分悪いわ」

吐き捨てるようにいって、富永はカーディガンのポケットからたばこを抜き出した。二、三度振ってみたが空だと気づき、くしゃくしゃに丸めて灰皿の中に捨てた。

「たばこ、おまっせ」

総長がハイライトを差し出す。富永は黙って一本抜き、吸いつけた。手が震えたりはしていない。まだ余裕がありそうだ。

萩原はソファに浅く座り直し、上体を乗り出すようにして、

「あの一月十四日の第二昭栄丸沈没事故の結果、正木嘉一郎が住東海上火災から受け取った保険金は四億円。そこから未償還金三億一千万円を銀行に一括返済し、残ったのは九千万円。それと、四月十四日、神戸のぜねらる海運に営業権を売った金が約一億五千万円。だから計算上、正木の手許《てもと》には三億四千万円が残っていなければならない。……ところが、これがどこを捜してもない。正木が金《きん》や国債、株などを買ったのではないかと調べてみたが、その形跡もない。……消えたんです。三億四千万円という金が消えたんですよ、富永さん」

「さすが仕事や、よう調べてはる」

富永はたばこを揉《も》み消し、「しかし、それで説明がつきましたがな。わしが銀行に六千万を返済した理由……正木はんに都合してもろたんですわ。さっき、わし、ある人物に金借りたというたけど、実はあれ、正木はんのことですねん」

「担保もなく、ですか」

「正木はんとは昭栄丸を造った時からの長いつきあいや。多少の無理はきいてくれる」

「ほう、なるほど……」

萩原は小さく笑い、「語るに落ちるとはまさにこれですね。担保もなく、借用証も書かず、ただよしみがあるというだけで六千万円もの大金を借りる……ばかばかしい。その場しのぎの言い逃れはよしましょうよ」

「言い逃れとは何や。わしは正直にほんまのことというとるんや」

「富永さん、あなたはね、第二昭栄丸を沈めたんですよ。あの偽装海難事故は、正木とあなた、二人の合作です」

「な、何やと」

「船主の正木以上に、あなたは第二昭栄丸の船体構造を熟知していた。バルブ類をどう操作し、傾きが何度を超えれば船は転覆するのか、また、転覆してから沈没するまでの時間はどれくらいなのか……それらの事象を予測し、計算ができたからこそ、あなたは策を練り、その成功報酬として、正木から六千万円を……いや、三億四千万円の大半を掠《かす》め取った。正木は全財産を失ったあげく、あなたに殺された。昭栄丸沈没の際、北沢たち三人の乗組員が死亡したのも、あなたの計画どおりだったのかもしれない」

「あほらしい。嘘も休み休みいえ。昭栄丸は海難事故や。正木を殺したんは宮本や」

「竹尾と藤沢はともかく、正木を殺したのはあなただ」

「な、何をいう」

「正木嘉一郎の行方が分らなくなったのは十一月二十七日。そして翌日、死体で発見された。十一月二十七日と二十八日、あなたはどこにいました」

「知らんな。いちいち憶えてへん」

「じゃ、ぼくが教えてあげましょう。十一月二十五日、そう我々三人がここへ来て、船の沈ませ方についてレクチャーを受けた日です。あの日の夜、午後九時、あなたは島根県の隠岐《おき》へ釣りに行くといい、家を出た。帰って来たのは二十八日、午後。……つまるところ、正木が殺された日の前後三日間、あなたにはアリバイがない」

「わしは隠岐へ行った。ほんまに行った」

「泊まった宿の名は」

「忘れた」

「まだ悪あがきをするつもりですか」

「どこが悪あがきや、どこが。それに第一、わしにアリバイがあろうとなかろうと、そのことが何で正木殺しにつながるんや。ちゃんとした証拠もなしに作り事を並べ立てるのやめんかい」

「証拠はありますよ」

「どこにあるんや、え」

「さっきから、あなたの眼の前にあるじゃないですか」

萩原はテーブル上の靴を取り上げ、裏返しにして富永に差し出した。

「このすり減ったかかとにはね、ところどころ傷があるんですよ」

「そんなもん、あたりまえやないか。傷がつくからこそ、かかとはすり減るんや」

富永はソファにふんぞりかえったまま靴を見ようともしない。

萩原はひとつ間をおいて、

「ところがどうして、この傷にはとんでもない特徴があった。肉眼では判定できない浅いものなんだが、それはレコードの溝のような同心円状の丸いすり傷で、直径約十センチ。これが何によって生じたか、富永さんにはよくお分りでしょう」

「…………」

「蛇足とはまさにこのことだ。富永さん、あなた、蛇に靴を履かせてしまったんですよ。……鑑識によると、このすり傷はディスクグラインダーで付いたものらしい。そう、この不自然なかかとの磨滅は宮本が履いていたからではなく、グラインダーで削り取ったため生じたものなんです。そして、そのグラインダーを使ったのはあなた、……あなたが宮本を殺したんです」

「くそっ、わしはもう我慢できん」

富永は跳ね起きた。「帰ってくれ。今すぐ帰ってくれ。その汚らしいドタ靴抱えて」

「帰ります。あなたといっしょにね」

「そこまでいうんなら見せてみい」

「何を」

「逮捕状たらいうやつや」

「残念ながら、それは持っていない。しかし、逮捕状に代わるべき証拠物件がある」

「そのドタ靴がそうか。あんたのいうようにかかとが削られとったとしても、それがわしの仕業やとどうやって証明する」

「証明ができたから、ぼくたちはここへやって来たんだ。警察を甘く見ちゃいけない」

「おもしろい。やってくれ、その証明とやらを」

「分りました、やりましょう……しかし、ここではできない」

「うまいこというて、わしを警察に連れ込む肚《はら》やろ」

「いや、ちょっとそこまで来てくれればいい」

「どこや」

「鉄材加工場」

「加工場やと？」

一瞬、富永の顔に狼狽《ろうばい》の色が見えた。しかし、すぐに平静な表情を作り、

「よし、ついて来い」

富永は先に立って事務室を出た。

外の鉄製階段を下りる。カンカンと硬い音が響く。手摺《てすり》が凍りついたように冷たい。

鉄材加工場はドック内の南東隅にあった。事務室兼資材置場の建物と同じグレーのスレート葺《ぶ》き、半開きのシャッターをくぐった。

富永が照明のスイッチを入れた。中の広さは約四十坪、プレス機、シャーリング、熔断機などの大型工作機械が並んで据えつけられていた。天井が高い。奥の壁際、H鋼を組んだ棚に、パイプ、鋼板などの原材料、その右横に加工途中の半製品。モルタル塗りの床は油汚れで黒くなり、あちらこちらに紙くずやたばこの吸い殻が落ちている。

「どうぞ。そこです」萩原がいった。

出入口シャッターのすぐ左、青い合板パネルで囲った五坪ほどの作業室、そこに我々四人は入った。

真中に大きな作業机が二つ、上にドリルやディスクグラインダー、ジグソー、金鋸《かなのこ》、ヤスリなどが置かれている。小型の製品や部品類はここで加工するらしい。

萩原は机の上のディスクグラインダーを集めて、手許に並べた。

「グラインダーはこの四台だけですね」

「そう。それだけや」

富永はさも面倒そうに答える。

「ディスクの直径は十センチ。靴底の傷と一致します」

「ディスクの直径はJIS規格で決められとる。一致せん方がおかしい」

「ディスクの目はけっこう粗いですね」

「それがどないした」

「錆《さび》や鉄粉が目につまっている」

「何がいいたいんや、え」

「あなたは靴のかかとをグラインダーで削った。だから、ディスクにチョコレート色の合成底の粉がつまっている」

「あほくさ。難しい顔して何をいいだすかと思たら、そんなくだらんことか」

富永は鼻で笑った。「そのグラインダー全部持って帰ってくれ。合点の行くまでしっかり調べてもらおか」

「その必要はない。検査は済んでいる」

「えっ……」

「実をいうと、ぼくがこの加工場へ来たのはこれが初めてじゃない。きのうも来たんです」

「わし、会わんかったぞ」

「そりゃそうだ。ぼくがここへ現れたのは午後七時、あなたが帰宅したあとです」

「わしの留守中にこそこそと何をした」

「大したことはしていない。この加工場の従業員……永守《ながもり》さんと高橋《たかはし》さん、そのお二人にいって、グラインダーからディスクを外して持ち帰ったんです」

「ディスクはちゃんとグラインダーに付いとるやないか」

「これは永守さんが付け替えたものです」

「あいつら……」

「彼らを悪くいっちゃいけない。口止めをしたのはぼくなんだから」

「もうええ。早よう検査の結果をいえ」

「えらくあせってますね」

「あせってなんかおるかい。わしにはこういうくだらんお遊びにつきおうてる暇あらへんのや」

「いずれ、暇はできますよ。いやというほどね」

「あんた……わしをおちょくっとるんか」

富永は低く呻《うめ》いた。喚《わめ》き散らしたいのをかろうじて抑えている、そんな声だった。

萩原に表情の変化はなく、

「残念ながら、ディスクから合成底を削った粉は発見されませんでした。正直いって、ぼくは落胆しました」

「落胆とは何ちゅう言い草や。まるでわしが犯人みたいやないか」

「みたい、じゃなく犯人はあなたですよ」

「こ、こいつ」

　富永は叫んだ。ついに爆発した。拳《こぶし》を固め、肩で大きく息をする。

　私は緊張した。いつでも富永に飛びかかれるよう身構えた。この部屋にはハンマーや鉄パイプなど、振りまわすに適当な得物がいくらもある。

「落ち着きなはれ、富永はん」

　総長がいった。「これは手ですがな、手。相手を挑発して、ボロを出すように仕向ける。刑事の常套《じょうとう》手段です。うかつに乗ったらあきまへん」

「けど、このわしは……」

「もうよろしい、いいなはんな。下手に取り乱したらあんたの負けや」

　総長は富永の後ろに立ち、その肩を叩《たた》いた。このあたりが総長の老獪《ろうかい》なところで、いつでも富永の腕をとれるよう適当な位置についたというわけだ。

　そんな総長と私の動きに萩原はまったく頓着《とんちゃく》せず、

「さて、前置きはこれくらいにして、本題に入りましょうか」

　いって、コートのボタンを外し、内ポケットから小さな薬包紙——五角形に折ったハトロン紙を取り出した。

「これですよ。これがぼくのいう証拠物件です」

　萩原は掌の上で包みを開いた。そこには耳かき一杯ほどの茶色の粉。粒子は非常に細かく、ココアのようだ。

「科捜研による検査の結果、成分が一致しました。この粉は、金比羅丸の靴のかかとを削ったものに間違いありません」

「ええ加減なこというな。そんなもん、サンドペーパー一枚あったら誰にでも作れる」

「しかし、この粉はこの部屋で発見、採取されたんですよ。ちゃんと写真も撮ったし、永守、高橋という証人もいる」

「そ、そんなはずない、絶対にない」

「なぜ、そう言い切れるんです」

「それは……」

言いかけて、富永はハッと口を噤《つぐ》んだ。頬をひきつらせながら、「さっき、あんた、いうたやないか。ディスクから粉は見つからへんかったと」

「そう、そのとおり。確かにグラインダーはシロだった。偽装工作に使ったディスクをここに残しておくほど、あなたは無神経ではなかった。あなたはディスクを外し、処分した。そして部屋を掃除した。作業机の上はもちろん、床の上に舞い散った粉まで、懇切丁寧に掃き取った。……と、そこまでは良かった。あなたは犯罪者として充分に有能であり、人並み外れて注意深くもあった。しかし、その細心さが今となっては仇《あだ》となってしまった。そう、あなたはその細心さゆえに自分で自分の首を締めたんです」

「何のことやら、わしにはさっぱり分らんな」

顔をゆがめ、掠《かす》れた声で富永はいう。それだけを絞り出すのが精いっぱいのようだった。

　萩原は腕を組み、スチール棚にもたれかかった。富永の顔をじっと見て、それからゆっくりと視線を落とした。萩原の足許《あしもと》、スチール棚の最下段にライトグリーンの掃除機が押し込んであった。型は新しいが、把手《とって》のあたりは油汚れで黒ずんでいる。

「あなたは箒《ほうき》で粉を集めただけでは安心できなかった。そこで、この掃除機を使い、部屋の隅から隅まで徹底的に清掃した。そして、ごみパックを外し、処分した。あなたのことだから、おそらく焼却炉で燃やしたんでしょう。……と、それだけ細心の注意を払いながら、ついにあなたは悔やんでも悔やみきれない重大なミスを犯してしまった。富永さん、あなたはね、ごみパックだけではなく、掃除機そのものを燃やすべきだったんです。そう、そのちょっとした心の隙があなたの命取りになってしまったんです。……ごらんのようにこの掃除機にはホースが付いていません。パイプも吸い口もない。そう、今は府警科学捜査研究所にあります。ぼくが持ち込みました。この粉はね、富永さん、そのホースや吸い口に付着していたものなんですよ」

「そ、それは……」

　富永は肩を落として後ずさった。壁に背中をもたせかけ、膝《ひざ》から崩れ落ちる。

「……これだけは信じてくれ。正木を手にかけたんは、わしやない。藤沢も竹尾も、わしが殺したんやない。それに、昭栄丸を沈めよと言いだしたんは――」ぽつりぽつり、独りごちるように話しはじめた。

13

「富永が吐きましたよ。きれいさっぱり、ね」

ドアを閉めるなり、萩原がいった。

「何のことです」浜口は訊《き》く。

「宮本英治は足摺岬の沖に眠っているんですね。水深七百メートル。そう、第二昭栄丸といっしょに」

「えっ……」

「ま、ゆっくり話しましょう、夜は長い。ブンさん、車を出して下さい」

「了解」

濃紺のマークⅡセダン、私はセレクターをドライブに入れ、アクセルを踏み込んだ。雨。大阪市内は淡いグレーにかすみ、濡《ぬ》れた路面がヘッドライトを吸収する。リアシートに、浜口をはさんで萩原と総長、運転は私。深夜のドライブである。

富永を府警本部へ連行したあと、我々は港区へ来た。浜口を自宅から連れ出し、車に乗せた。浜口は案外あっさりと我々の指示に従った。

「第二昭栄丸事件。あれは、元はといえば、富永と正木、そしてあなた、三人の策した偽装沈没でした。ダイナマイトを使ったんです」

——保険金詐取計画を練るにあたって、正木と富永、浜口が最も腐心したのは、いかに短時間に昭栄丸を沈めるかという点だった。グランドを外し、キングストンバルブを開け放ったところで、船が沈むには四時間から五時間はかかる。しかしそれでは、いくら冬の真夜中とはいえ、他の船に発見されるおそれがある。昭栄丸の存在は当然レーダーによって、附近を航行する船に捕捉《ほそく》されている。昭栄丸が同じ場所から動かないとなれば、彼らは救助に来る。浸水して傾いた船を発見しながら放置するはずはないし、また沈没までの時間が長ければ、事故そのものに疑惑を持たれるおそれもある。浸水し、航行不能になったにもかかわらず、昭栄丸はなぜ救助信号を発しなかったのか、という疑惑だ。

三人は荷崩れによる瞬間的転覆をもくろみ、爆薬を使うことを思いついた。

ダイナマイトを用意したのは正木だった。正木は香川県庵治の採石場でダイナマイトを盗んだ。昭和三十八年から四十三年までの五年間、正木は瀬戸内の石船で働いていた。採石場の爆薬管理が杜撰《ずさん》であることを知っていた。

時限爆破装置を作ったのは浜口。ダイナマイトと雷管、簡単なタイムスイッチを組み合わせて容易に作ることができた——。

「計面を練り上げ、爆弾を用意した上で、あなたたち三人は、昭栄丸の乗組員六名に対し、船を沈めて保険金を詐取することを提案した。条件は金。ひとりあたり一千万円を提示したんです。で、最終的にこの誘いは全員の同意を得ることができた。一月十四日午前二時、足摺岬沖三十キロの海上で、船長北沢以下六人の乗組員は、――」

予定どおり行動を開始。まず鳥井が機関室に下りた。彼の役割はグランドを外し、キングストンバルブを開け放つことだった。

宮本は船艙《せんそう》に入った。彼は時限装置付きのダイナマイトの束を持っていた。これを船艙内で爆発させ、荷崩れを起こす予定だった。

北沢、木谷、藤沢、竹尾の四人は救命ボートを膨らませ、船外機を取り付けて、そこに水、食料、燃料、ライフジャケットなどを積み込んだ。ボートを海上に降ろし、それに乗り込んで、鳥井と宮本がデッキに出て来るのを待つ。

爆破予定は二時四十分、乗組員全員は遠く離れた海上で昭栄丸が沈むのを見ているはずだった。

――二時十五分。機関室から鳥井が出て来た。ボートに乗り移ろうとしたその時、船艙でドーンという鈍い爆発音。衝撃で、鳥井は海に落ちた。

荷崩れ。昭栄丸は瞬く間に傾きを増し、転覆した。さかまく波、黒い渦、北沢、木谷、竹尾、藤沢の四人も海上に投げ出された。

――第二昭栄丸沈没。再び救命ボートに取りつくことのできたのは竹尾と藤沢の二人だけだった。

二人は足摺岬の東十五キロ、千尋岬《ちひろみさき》に着いた。ボートに石を載せ、空気を抜く。ボートは沈み、竹尾と藤沢は闇にまぎれて消えた――。

「要するに、誤爆だったんです。宮本がしくじったのか、時限装置が壊れていたのか、今となっては分らない。だから藤沢や竹尾に殺意はなかった。むろん、あなたや富永、正木にも、北沢や木谷を殺してしまおうというような大それた考えはなかった。正木は受け取った保険金のうち三千万円ずつをあなたと富永に、一千万円ずつを乗組員に分配すると約束していた。しかしながら、そう簡単に保険金を受け取ることができるとも思えない。乗組員みんなが結束して、口裏を合わせる必要がある。……あなたたちの計画は、船が沈んだ時の当直《ワッチ》は北沢と木谷、あとの四人は就寝中で、何が何だかわけも分らず、命からがら船から脱出しましたと、そういう予定でした。北沢と木谷の話に多少の齟齬《そご》があったとしてもすでに船は海の底だから物証がありません。とどのつまり、昭栄丸は荷崩れのため沈没、ということで一件落着。そのために和歌山北港で肥料を積載する際、わざと不安定な縦積みにしたというわけです。……と、それだけの周到な計画を練りながら、結果的には多くの犠牲者を出してしまった。あなたがたの驚きようは大変なものでした」

「びっくりしたのはそれだけやない」

総長が話を継いだ。「事故の次の日の晩、正木の家に電話があった。相手は竹尾。今、土佐清水におるし、何とかしてくれ、いう内容やった。竹尾と藤沢は千尋岬の漁師小屋に隠れてたんや。……竹尾の声を聞いた時は腰が抜けそうやったと、正木は富永にいうた。……正木は事故の後処理で動きがとれんし、富永に電話を入れて、竹尾と藤沢をどこかへ隠すよう頼んだんや」

――翌朝、富永は高知へ飛んだ。空港近くでレンタカーを借り、土佐清水へ向かった。竹尾と藤沢を拾ったあと、富永は高知市まで戻り、二人をフェリーに乗せた。行先は大阪。とりあえずあいりん地区の簡易旅館に入れと、金を渡した――。

「最初、竹尾と藤沢は自首をするというたらしい。けど、富永は必死の思いでそれをとめた。二人が警察に出頭したら、富永に金は入って来ん。自分の手も後ろにまわる。竹尾と藤沢にしても、誤爆とはいえ、仲間を四人も殺してしもた。その原因は自分らが了承し加担した偽装海難事故。悪うしたら殺人罪に問われるおそれもある。……そんなわけで、竹尾と藤沢、結局は富永の説得に応じた。……で、それからの二人の生活は、浜口さん、あんたもよう知ってるはずや」

――約一週間あいりん地区に潜伏したあと、藤沢と竹尾は富永の指示で藤井寺に移った。野々上のアパート、北辰荘の二部屋を借り、二人は富田林の建設会社、大東鉄筋興業に鉄筋工として勤め始めた。

一週間後、竹尾は怪我をした。足に鉄筋が落ちて親指にヒビが入った。竹尾は鉄筋工をやめ、神戸新開地のパチンコ店、丸玉で働き始めた。

そして二ヵ月、竹尾は丸玉をやめた。此花区伝法のマンションに移り住み、パチプロまがいの生活を送り始めた――。

「というわけで、藤沢は黙って鉄筋工を続けとるのに、竹尾の方はどうも腰が落ち着かん。あんたらにとって竹尾はいつ爆発するかしれん爆弾やった。初めの頃こそおとなしいしてたんやけど、事件からひと月、ふた月経つにつれてだんだん大胆になって来た。それに金遣いも荒い。百万、二百万の金を毎月のように正木から引き出した。……いずれは始末をつけないかん、そんなふうにあんたや富永は考えてた。……と、そこへ、どえらい問題が持ち上がった。本来安全牌《あんぜんぱい》であるはずの藤沢が造反をおこしたんや」

――十月初めの日曜日、藤沢は富永を呼び出し、(藤沢、竹尾との連絡は主に富永がしていた)まとまった金が欲しいといった。

富永は理由を訊いた。初め、藤沢は答えを渋っていたが、富永の執拗《しつよう》な追及に、重い口を開いた。

おれには女がいる、二人で新しい生活を始める、だから金がいる、二千万円を都合してくれと、そんな要求だった――。

「藤沢は中村多江のことを忘れられへんかったんや。会いたい、多江に会いたい。このままユーレイで一生を終えるのは嫌や。……わしらにも藤沢の煩悶《はんもん》と逡巡《しゅんじゅん》は分る。で、八月の末、藤沢は石川の名前で室戸に電話をした。母親は、多江は尼崎におるというた。尼崎と聞いて、藤沢は決心した。藤井寺から尼崎へは一時間ちょっとで行ける。高知や室戸と違うてまわりの眼を気にすることもない。……九月八日、藤沢は多江に会うた。死んだはずの藤沢に会うて、多江はどんなにびっくりしたやろ。かわいそうに、そのちょうどふた月後、巻き添え食うて死ぬことになるとは知るはずもない。かつての恋人藤沢政和は中村多江にとって死神でしかなかったんや」

――藤沢の要求を聞いて、富永は困惑した。藤沢は女に昭栄丸の一件を洩《も》らしているかもしれない……。それを、富永は訊いた。藤沢がいうには、女にはあくまでも鉄筋工、石川謙一として接している。身元がばれるようなことはいっさい口にしていない。女の名前は小《こ》西《にし》ゆき子《こ》、年は二十八、キタのスナックで働いている。ゆき子とは店で知りあった……と、それだけ。あとは、いくら訊《き》いても頑として答えなかった。

富永は金を都合するまで少し時間をくれといい、藤沢と別れた――。

「次の日、富永はあんたに会うて藤沢の要求を伝えた。金はともかく、藤沢に女ができたという事実が、あんたら二人にとって何よりの脅威やった。いずれ、昭栄丸事件は藤沢の口から女の耳に入るし、そうなったらあんたらの手は間違いなく後ろにまわる。保険金詐欺だけならまだしも、悪うころんだら殺人罪までひっかぶらないかん。あんたら、頭抱えて善後策を練った。で、その結果が藤沢殺しやったというわけや。初めにそれを言いだしたんは浜口さん、あんたや。あんたが藤沢を殺そうと富永に持ちかけたんや」

「刑事さん……」

浜口が口を開いた。「それ、ほんまに富永がいうたんですか」

「ああ、いうた。富永は今、府警本部の取調室におる」

「そうですか」

抑揚のない声。ルームミラーに映った浜口の顔からは何も感じとることができない。

車はみなと通りを抜け、木津川大橋を渡った。

総長は話を継ぐ。

「この際、藤沢を始末すべきやというあんたの提案に対して、富永は首を縦に振らんかった。……そら、そうやろ、船を沈めるのと違うて今度はほんまの殺人や。そんな恐ろしいことできるわけがない。あんたは、とにかく正木に相談してみるいうて、その場は話を打ち切った。けど、その時点で、あんたの肚《はら》は決まってた。富永と別れたその足で藤井寺へ行ったんや」

――浜口は藤沢に会って、いった。

女と暮らすことを認める。金も出す。ただし、大阪を離れてくれ。東京に友人がいて、マンションを世話してもらえるよう頼んでおいたから、おまえは二、三日中にこのアパートを引き払え。鉄筋屋もやめろ。東京へはとりあえずおまえひとりで行け。半月ほどマンションに住んで、落ち着いたら女を呼び寄せてもいい。

浜口の持ち出した条件を藤沢は受け入れた。

近いうちにライトバンかトラックで荷物を運びに来る、と言い置いて、浜口は藤沢と別れた。

「どうやって藤沢を始末するか、あんたにはひとつのプランがあった。……自分の手を汚すことなく、しかも藤沢の身元がばれんようにするには黒焦げにしてしまうのがいちばんや。都合のええ……いや、悪いことにあんたは昭栄丸を沈める時に使うたダイナマイトと雷管の残りを隠し持ってた。藤沢に会うた次の日、あんたは竹尾を呼び出した」

——浜口は竹尾に、車を都合するようにいった。理由は、藤沢を隠すため。……藤沢は藤井寺のアパート近くのスナックで、いあわせた客と喧嘩《けんか》をし、相手に怪我をさせてしまった。いずれ警察の取調べがあるから、その前に彼を遠くへ移さねばならない、そのためには足のつく心配のない車が要る……そういう口実だった。

竹尾は車の手配を了承した——。

「と、そこまではすんなりことが運んだんやが、問題は車の段取りを引き受けた竹尾や。レンタカーを借りるわけにもいかんし、どこぞにええ車はないかいなと近所を歩きまわったけど、いざとなったら車いうのはそうそう簡単に盗めるもんやない。……そこで、竹尾の頭にひらめいたんが新開地のセドリック。以前勤めてたパチンコ屋の同僚が店の近くの駐車場に駐めてるのを思い出したんや。キーは粘着テープで後ろのバンパーの下に貼りつけてある、竹尾はそのことを知ってた。十一月六日、日が暮れるのを待って、竹尾はセドリックを盗み、大阪まで乗って来た。そして浜口さん、あんたに渡したんや。その際、あんたは竹尾に、明後日の晩十二時、道頓堀橋の西側で待っとくようにいうた。……そうやって車を手に入れた次の日、あんたは辰光海運のライトバンを運転して藤井寺へ行った。途中、眼鏡をメタルフレームから太い黒縁に替え、正ちゃん帽をかぶってな。何も知らん藤沢は鉄筋屋をやめて、あのうすら寒いアパートであんたの来るのを待ってたというわけや」

――浜口は藤沢にいって、部屋の荷物をすべてライトバンに積み込ませた。南区道頓堀のビジネスホテルへ藤沢を送り届けたあと、セドリックを駐めてある港区天保山《てんぽうざん》公園へ。

浜口は用意していた時限爆弾をセドリックのドライバーズシート下に取り付けた。トランクにガソリン入りポリタンクを三つ積み込み、藤沢がトランクを開けることができないよう、ケーブルを切断し、キー穴をつぶした。

翌十一月八日夜、浜口はセドリックに乗って道頓堀へ。ホテルにいる藤沢を電話で呼び出し、落ち合った。

この車に乗って、今すぐ東京へ行け。明日、午前十時、上野《うえの》駅前の喫茶店で友人が待っている。荷物はあとで送る。浜口は藤沢にいった。

午後十一時、藤沢はキーを受け取り、セドリックに乗り込んだ。ダイナマイトは四時間後に爆発するようセットしておいた。時間経過から推して、爆発時、藤沢は東名高速道路の静岡あたりを走っているはずだった――。

「浜口さん、あんた、竹尾に車を都合せえというたんがそもそもの間違いやったんや。竹尾は自分が殺されるとは夢にも思てへんし、ああいう安易な方法でセドリックを盗みよった。それが結果的に、石川春夫という人物を世間の表に引っぱり出し、次に石川謙一をあぶり出してしもた。一時期、二人が藤井寺に住んでいたという事実から、島本町事件と此花の殺人放火事件は裏でつながってることが確認された。浜口さん、どうせやるんなら、犯罪いうのは最初から最後まで自分ひとりの手でやり通さなあかん。ほんのちょっとしたことでも他人をあてにしたらあかんのや。……と、ま、これがあんたにとって第一の誤算。そして第二の誤算は、──」

浜口の思惑どおりなら、藤沢はまっすぐ東京へ向かうはずだった。しかし、彼は武庫之荘へ寄って、中村多江をセドリックに同乗させた。藤沢には最初からひとりで東京へ行く考えはなかった。

「多江は室戸の母親に電話をして、しばらく部屋を空けるというてた。藤沢とは事前に話がついてたんや。いずれ藤沢と生活をともにしよと思てたし、東京で小ましなマンションでも探すつもりやったんやろ。……けど、その女心が多江にとって命取りになってしもた。爆弾抱えた車に乗ってしもたんや」

と、総長はそこで言葉を切り、たばこに火を点《つ》けた。

私はウインドーを開く。風が首筋を撫《な》でた。

車は御堂筋を過ぎ、堺筋にさしかかっていた。左の歩道に学生風のカップル。男が電柱にもたれかかって吐き、その背中を女がさすっている。

「藤沢を見送ったあと、あんたは正ちゃん帽をかぶり、道頓堀橋で竹尾を拾た。伝法へ行って、電熱器とタイマー、革手袋の入ったバッグを抱えて、竹尾といっしょに部屋へ入った。あんたを待つ間、カキ鍋《なべ》つつきながら熱燗《あつかん》を四、五本飲んでた竹尾は、酔いがまわってすぐに眠り込んだ」

——十一月九日、午前二時、浜口は電気ごたつのコードで竹尾の首を絞めた。竹尾は死んだ。浜口は指紋を拭《ふ》き取ったあと、室内を調べ、竹尾の身元が判《と》りそうなものはすべてバッグに入れた。その際、部屋を徹底的に荒らした。物盗りの犯行だと思わせたかった。

浜口は灯油を撒《ま》き、タイマーをセットした。

午前四時、部屋を出て鍵《かぎ》をかけた。階段へ向かう途中、突然エレベーターのドアが開き、女が出て来た。浜口は後ろを向き、右足をひきずってみせた。とっさの場合、そうしようとあらかじめ決めていた。何かの手違いで竹尾の身元が判明するようなことがあっても、それはあくまでも宮本英治の犯行なのである。

女をやりすごしたあと、浜口は部屋に戻り、タイマーを外した。いくら宮本の犯行であるとはいえ、今部屋を燃やすわけにはいかない。女に自分の姿を見られてしまった。竹尾の死体は始末しなければならないが、それは一週間か十日後でいい。そうすれば、死亡推定日時が曖昧《あいまい》になる。女の記憶も薄れる——。

「その日の夜、あんたは富永をミナミの喫茶店に呼び出した。もちろん、富永は名神高速の被害者が藤沢政和やとは知らん。あんたから藤沢と竹尾を始末したと聞かされて卒倒するくらい驚いた。何でそんな大それたことしでかしたと頭抱えたけど、それに動じるあんたやない。大丈夫や、二人の身元がばれるようなことは絶対ないと、あんたは富永をなだめすかして、固う口止めした。富永は震えながらも首を縦に振った」

四日後、浜口はニュースを見て、警察が佐川晴雄イコール石川春夫と、その兄、石川謙一を追っていることを知った。これはヤバい、捜査は予想外に早く進展している。

十一月十五日、未明、浜口は八千代マンション三〇五号室に忍び込み、タイマーをセットした。発火は十五時間後、午後八時ごろの予定だった——。

十一月二十三日、島本町爆殺事件の一方の被害者、中村多江の身元が発表された。

浜口はまた富永をミナミに連れ出した。——このままでは、いずれ第二昭栄丸の件も明るみに出る。だから、そうなる前に正木の口を封じなければならない。正木さえ始末すれば、一連の事件は昭栄丸の船主と乗組員、つまり、正木、藤沢、竹尾、宮本の範囲内で完結、落着し、自分や富永に累が及ぶことはない。すべては彼ら四人の画策したことであり、宮本こそ連続殺人の犯人なのである。ここまで来たら自分たちは徹頭徹尾、宮本英治であり続けるのだ、と——。

「あんたは必死やった。ここで富永をウンといわさんことには自分の身が破滅する。富永とあんたはもともとグルやけど、藤沢や竹尾殺しはあくまでもあんたひとりでやったことや。富永とあんたの罪の重さには天と地ほどの開きがある。そやし、富永はいつ腰くだけになるや分らん。ここはどうあっても富永を積極的共犯者に仕立てあげる必要がある。そのためには、正木殺しの片棒を担がすんがいちばんや。……脅したり、すかしたり、二時間近《ちこ》う粘ったあげく、結局、富永は落ちた」

浜口は富永に宮本の靴を用立てるよういった。

富永はあいりん地区の露店で古靴を買い、そのかかとを削った。

十一月二十五日夜、浜口と富永は車に乗り、フェリーで高知県甲浦へ向かった（車は古いサニーのセダン。浜口が行きつけの理髪店のおやじに頼み、おやじは整髪用品の納入業者から借りた）。

翌二十六日の早朝、甲浦着。二人は国道五五号線を、約十キロ北の徳島県海部郡海南町へ。大里で車を降り、附近を下見。松林を抜けたところに防潮堤、その先に砂浜があった。浜口はここをまさき丸の発見場所にしようといい、落ち合う地点と時間を決めた。そのあと、二人は阿波海南駅と海部駅近辺を走って大まかな地理を頭に入れ、高知市へ。夕方、浜口は奈半利町の正木に電話をした。

正木は島本町及び八千代マンション事件の被害者が藤沢と竹尾であると、まだ気づいていない。二人が石川謙一、田川初男という名で生活していることを、正木には伝えていなかった。正木は、藤沢、竹尾との対応はすべて浜口と富永に任せ、自分は釣りに没頭することで昭栄丸事件の呪縛から逃れようとしていた。

「あんたや富永は正木から金を引き出す口実に、藤沢と竹尾を使うてた。……藤沢が大阪市内にマンションを買いたいというてる。竹尾が新地のホステスを妊娠させてしもて、手切れ金を払わないかん……と、次々に理由を作っては、一千万、二千万の金を正木に要求した。正木はいわれるままに、その要求に応じた。北沢や木谷を死なせてしもた今となっては金なんぞ要らん、わしはもう廃人同様やと、正木はあんたらに会うたびにいうてたそうやな。結局、正木がいちばん人間らしい感情を持ってたんかもしれん」

「………」

「正木を手にかけたんは、浜口さん、あんたや。あんたは電話で正木にいうた……明日《は》の早朝、まだ暗いうちに、まさき丸に乗って、中ノ浜漁港から二キロほど東へ行った羽根埼《ねさき》へ来てくれと。理由は昭栄丸事故で死んだ乗組員の供養。土佐湾の沖へ出て、花の一本でも手向けたろやないかという殊勝なもんやった。正木は疑いもせず承知した」

――正木に電話したあと、浜口と富永は近くのガソリンスタンドで軽油を二十リッター買った。ポリタンクは大阪から車に積んで来ていた。その日、二人ははりまや町のサウナで夜を明かした。

翌日、午前五時四十分、正木は羽根崎へ来た。浜口と富永はまさき丸に乗った。磯を離れようと、正木が背中を丸めてキャビンに入ったその時、浜口は正木の左側頭部を後ろから殴った。凶器は鉄パイプ。富永が木津川ドックにころがっていたものをバッグに入れて持って来たものだった。

凶行時、富永は頭からコートをかぶり、船端にうずくまっていた。あの時の正木の呻《うめ》き声が今も耳について離れない……富永はそういっていた。

正木は死んだ。

浜口は左の革手袋の指先に正木の血を付け、それをキャビンの壁になすりつけた。犯人は左きき――警察は宮本英治こそ正木殺しの犯人だと思い込む。それが狙いだった。

浜口と富永は正木の死体をキャビンから引き出し、生簀《いけす》のすぐ後ろに横たえた。帆を外し、死体にかけた。

浜口は革手袋と正ちゃん帽、返り血の付着したコートを富永に預け、船を降りた。

富永はまさき丸にポリタンクを積み込み、徳島へ――。

「もうすぐ夜が明ける……あんたは走って車に戻り、エンジンをかけた。行く先は徳島の海南町。先に大里へ行って富永を待つ計画やった」

――羽根崎から大里までの海上距離は約七十キロ、富永は附近を航行する船の注意をひかぬよう、まさき丸をゆっくり走らせた。室戸岬をまわったのが午後三時。途中、空になったポリタンクの底に穴を開け、中に鉄パイプを入れて捨てた。大里に着いたのは十一月二十八日午前二時、小雨が降っていた。

富永はまさき丸を砂浜に乗り上げさせた。バッグからかかとを削った靴を出し、それを正木の頭部にあてて血を付着させた。

靴を履きかえ、富永はまさき丸を降りた。松林まで百メートル、右足をひきずって歩いた。故意にそうしなくとも、かかとを斜めに削った靴はひどく歩きにくかった。

松林の中、小径から離れたところに穴を掘り、コート、帽子、革手袋を埋めた――。

浜口は海部川に沿った県道の野立て看板の裏に車を駐め、富永を待っていた。午前二時三十分、富永は車に乗った。

――どうや、うまいことといったか。

——ああ。

それきり、二人の会話は途切れた。

車は高知に向かって走り出した。

雨は本降りになっていた——。

「高知空港に着いたんが午前七時、そこで富永は車を降り、七時五十分発の全日空四〇二便に搭乗した。……あんたはそのまま高知市内まで走って、午前九時発の大阪高知特急フェリーに車ごと乗った。車のナンバーは、泉五五の三二五〇。明日の朝一番、捜査員がフェリー会社へ行って乗船申込書をもろて来るように手配してる。そう、あんたが書いた申込書や。名前は違うけど、筆跡鑑定はできる。……どうや、浜口さん、わしらのいうたことに間違いあったか」

「…………」

「今考えたら、わしら最も基本的なとこでどえらい大きな錯覚をしてたんや。ただ死体が見つからへんというそのことだけで、宮本英治は生きてるもんやとばっかり思い込んでしもた。そやから、藤井寺のライトバンの中におったいちばん下の弟、同じく八千代マンションで目撃された正ちゃん帽の男、それと大里の浜に足跡を残した足の不自由な男、これらすべてを宮本であると決めつけてしもた。……わしら、あんたの敷いたレールの上を息せき切って走ってしもたというわけや」

「刑事さん……」ぽつりと浜口がいった。

「何や」

「雨、降ってますな」

「ああ、降ってる」

「あの夜も、降ってましたわ」

「いつや」

「十一月二十七日の深夜。……外は雨、まっ黒。私、車の中で富永を待ってましたんや。そこへ、コツンとドアを叩《たた》くような音がする。富永やと思て窓を開けると、誰もいてへん。犬や猫でもない。そんなことが二へんか三べんありました。今思たら不思議やけど、あれ、何でしたんやろ」

「来たんや、藤沢や竹尾が」

「……やっぱり」

「そう。あんたを迎えに、な」

東区馬場《ばんば》町、マークⅡは府警本部前に着いた。

エピローグ

——三月。

新大阪駅、二十六番線。列車はもうホームに入っていた。

総長は手を庇《ひさし》にして表示板を眺め、

「十三時十二分発、ひかり三三〇号。これや。間違いおませんわ」

「どうも、お世話になりました」萩原がいう。

「萩原君が大阪に来て一年。短かった」深町がいった。

「いいところですね、大阪」

「東京とどっちがよろしい」私が訊《き》いた。

「そりゃあ……」

萩原はひとつ間をおいて、「どちらともいえません。住めば都です」

「ほう、最近はお愛想いうこと覚えましたな」

「ブンさんに倣ってね」

「わし、そんな裏表のある人間やおませんで」

「そう、そのとおり。極めてストレート。その点だけは大阪人らしくない」

「何です、それ。あんまり誉めてるようにも聞こえんけど」

「ブン……」総長に睨《にら》まれた。

「さ、列車、そろそろ出まっせ」

腕の時計を見ながら深町がいった。

萩原は足許《あしもと》のスーツケースを両手に提げ、

「じゃ、これで」頭を下げた。

「ほんま、お別れですな」総長がいう。

「近いうちに遊びに来ますよ」

「フグ、食いまひょか」

「そりゃあいい。朝まで飲みましょう」

「わしらも行きますわ、東京」私がいった。

「ぜひ来て下さい。ブンさんを見ていると退屈しない」

「そら、こっちの台詞《せりふ》や」

「その靴、例の？」

「そう、ちょうど三十回めの誕生日のプレゼント。寸法ぴったり、英国製でっせ」

私はデザートブーツのつま先をひょいと上げてみせる。

「伶子さん、仕事は」

「夏のボーナスもろたら、やめます」

「三十のおじさんに二十四歳の花嫁か。くやしいな」

「うちのおふくろがいちばん喜んでますわ」

「式、いつだっけ」

「五月の三日。出席してくれなあきませんで」

「しますよ。招《よ》ばれなくったって出ます。……それじゃ、また」

萩原は踵《きびす》を返し、歩いて行く。

「係長」呼びかけた。

「何です」ふり返った。

「わし、おもしろかった」

「うん」

萩原はこっくりうなずき、「ぼくも、ね……」

ほほえみかけたその顔がどこか淋《さび》しげだった。

初刊本あとがき

　六十一年の一月から六十二年の二月まで、ほぼ一年間をこの作品の執筆に費やしました。最初のもくろみとしては、関西文化圏と東京文化圏との対決、つまり比較文化論的な要素を含めつつ、話を進めようとしたのですが、これがひどく難しい。いわゆる論文とか対談形式のものなら、テーマに沿っていくつもの文化的相違を並べられるのですが、いざそれを小説の中に組み入れようとして、自然に流してゆくことがとても難しいということに今さらながら気づいたのです。

　正直、苦労しました。日常的な部分において、東西文化の違いなどそうそう存在するものではありません。だから、多少こじつけもあります。押しつけがましいところもあります。けれど、このもくろみがあることで作品にふくらみができ、より楽しんでいただけたなら、それで満足です。うれしく思います。

　さて、作品の主たる舞台は、海であり、船であります。私自身、十九歳から二十歳までの一年間、四百トンの内航タンカーに乗っていました。和歌山から九州まで、主に瀬戸内海を往き来していました。当時、私のおやじは作中にもある一隻《いっぱい》船主で、海運不況の中、いつチャーターを解消されるかとびくびくしながら、日々つらい労働を続けていました。

今、おやじは船のブローカーをしています。そう、「海洋商事の矢野」と同じ仕事をしているのです。もう一隻船主が食える時代ではありません。

この小説を書くにあたり、おやじからたくさんの話を聞きました。年は六十六で、頭はすっかりはげあがっていますが、中身は意外にしっかりしています。だてにこの業界で五十年も飯を食ってきたのではないと、我が父親ながら見直しました。こういう形で少しは親孝行らしきことができたのではないかと、つい感傷的な気分になったりもします。

最後に、参考文献として、以下の諸資料を使わせていただいたことに、この場を借りて感謝の意を表します。

——敬称略——

黒田清、「新聞記者の現場」講談社現代新書。

藤本義一、東西文化の相違に関する新聞等の対談記事。

一九八七年三月　　　　黒川博行

創元推理文庫版あとがき

前回、『八号古墳に消えて』のあとがきにも書いたように、わたしはものかきでありながら、自分の本の管理がきわめて杜撰《ずさん》である。『海の稜線』の単行本も、家中をひっかきまわして、やっと一冊だけ発見した（ちなみに講談社刊の文庫も、わたしが装幀《そうてい》をしたにもかかわらず、一冊しか見つからなかった。なんという疎漏、ぞんざい、ちゃらんぽらんであろうか。博打《ばくち》に勝てないはずだ）。

で、まず単行本のあとがきを読んだ。〝(昭和）六十一年の一月から六十二年の二月まで、ほぼ一年間をこの作品の執筆に費やしました〟とある。わたしの三十六歳から三十七歳にかけての作品だ。当時は公立高校の美術教師だったから、本業のあいまに書いたらしい。あのころは髪の毛もいまほど薄くはなかったし、腹も出ていなかった。なにより体力と集中力があったから、教師をしながら五百枚を超える長篇を書けたのである。

わたしは『海の稜線』が出版されたのを機に二足のわらじを脱いだが、いま考えると、よく教師を辞めたものだと思う。作家専業になれば執筆量が増えて本がどんどん出る、暇ができて小金もたまるから外国のカジノへ行って金を稼げる、とりあえず二、三百万も勝てばハーレーでも買って日本中をドライブしようと、とぼけたことをわりに本気で考えていた。

ところがどっこい、長篇小説というものはそうそう簡単には書けなかった。作家で食うしかないと背水の陣を敷いたのがプレッシャーになり、かえって執筆量が減った。駆け出しの作家は持てる能力のすべてを賭《か》けて作品を書かないと注文がなくなる。

バブルの最盛期だったにもかかわらず、わたしの収入は激減した。『海の稜線』のあと、六十三年（一九八八年）に『八号古墳に消えて』、平成元年（八九年）に『切断』と『ドアの向こうに』を上梓《じょうし》したが、二年に三作ペースではハーレーどころか原付バイクも買えない。わたしは少ない貯金をすべてとりくずし、よめはんに借金をした。いまもこうして小説を書きつづけていられるのは幸運としかいいようがない。

船や海運業界の内幕を取材した父親は、あれから六年後に逝《い》った。戦後の機帆船の時代から朝鮮戦争の特需景気、内航タンカーの隆盛から衰退まで、父親はひととおりを見て亡くなった。父親は左の上腕に《花禁》と刺青《いれずみ》を入れるほどの博打好きだったが、ホンチャンの賭場《とば》に出かけては、いつも大枚を負けていた。わたしが博打に弱いのも父親譲りにちがいない。

解　説

池《いけ》上《がみ》冬《ふゆ》樹《き》（文芸評論家）

久しぶりに読み返したら、何とも若々しい。若々しいけれど、初期の名作の一つであり、実際緊密な仕上げで、じっくりと読んでしまった。黒川博行《くろかわひろゆき》の小説には一字一句気をつけて読ませてしまう力があるけれど、それは初期からずっと変わらずで、今回も軽妙ですいすい読めるのに、台詞《せりふ》のひとつひとつに味があり、笑いがあり、キャラクター描写に冴《さ》えがある。

正直に告白すると、僕は長年誤解していた。黒川博行の会話の面白さは大阪人の天性によるものが大きいのではないか、さほど悩まずに書いているのではないかと考えていたのであるが、『破門』（二〇一四年）でようやく直木賞を受賞した時のインタビューを読んで驚いた。「作品の中で、「ここで笑わそう」とか、「洒落《しゃれ》たこと言おう」とかは、意識したことないです」というのだ。「セリフを考えるのは、地の文よりも時間がかかる。一時間に原稿用紙一枚くらいしか書けない。軽やかにリズミカルに書けてると思われるのはいいんですけど、ものすごい時間かけて、セリフを考えてます」（「本の話WEB」直木賞受賞インタヴューより）と語っているからである。

それは小説の書き方のバイブルのひとつになっている、日本推理作家協会編の『ミステリーの書き方』（幻冬舎文庫）を読めばわかるだろう。黒川博行は会話担当で「セリフの書き方」と題した章で、いかに台詞を考え、会話を作り上げるかを、自作を例にして示している。台詞を削ってキャラクターと会話の精度をあげる方法、または逆に台詞をふくらませて人物同士のやりとりを生き生きとしたものに仕立てあげる方法を、段階的に練り上げていく実例とともに語っているのである。方言の使用（どのレベルの方言を使うのか）にも触れていて、会話の最高のテキストである。余談になるが、僕は大学で創作表現を教えているけれど、これを授業のテキストとして使用すると、学生たちにとても評判がいい。素直に語り合うだけの単調な会話を避け、状況とキャラクターに即した会話を目指そうとするようになった。少なくとも会話の技を意識するようになった

この「セリフの書き方」が十二分に語っているけれど、黒川博行の苦労を感じさせないリズミカルな会話は、実は丹念な職人技の成果なのである。しかも会話と行動が中心だから、台詞でしか心理をつかむことができない。そこに本音をのぞかせる。物の心象風景を一切書いていないのに、これだけ読ませるのはすごい」（直木賞選考委員伊集院静《いじゅういんしずか》）といわれる所以《ゆえん》だが、「浪速《なにわ》の読み物キング」（同）はやすやすとそれを行う。会話の巧《うま》さでいうなら黒川博行は、現在の日本の作家で五指に入るのではないか。「登場人

さて、黒川博行のシリーズというと、ここ十年の成果はやはり直木賞受賞作『破門』でお馴染《なじ》みの「疫病神」シリーズになるだろう。相性最悪のコンビ、つまり経済やくざ

の桑原《くわはら》と建設コンサルタントの二宮《にのみや》が金のあるところにはまり込んで甘い汁を吸おうとして痛い目にあうシリーズで、『疫病神』『国境』『暗礁』『螻蛄《けら》』『破門』『喧嘩《すてごろ》』『泥濘《ぬかるみ》』とコンスタントに続いている。おそらくもっとも力を注いでいる傑作・人気シリーズだろう。

　そして「疫病神」と同じくらい近年出色のシリーズが、『悪果』『繚乱《りょうらん》』『果鋭』の堀《ほり》内《うち》・伊達《だて》コンビものである。『悪果』で登場してきたときは二人とも、大阪府警今里署暴力団犯罪対策係の刑事だったが、堀内信也《しんや》はヤクザとの癒着や情報漏洩《ろうえい》、伊達誠一《せいいち》は愛人のヒモに刺されたのが監察にばれて府警を追われ、『繚乱』では、伊達はヒラヤマ総業という競売屋の調査員になり、堀内もまたその競売屋に拾われるが、堀内はヤクザともめて腹と尻《しり》を刺され、五日間も生死の境をさまよい、回復はしたものの、座骨神経損傷による左下肢の運動障害が残り、歩行に杖《つえ》が欠かせなくなった……というのが『果鋭』の冒頭。

　疫病神シリーズが相性最悪のコンビなら、堀内・伊達コンビは相性最良のコンビとなる。誠やん、堀やんと呼びあい、電話で毎日のように連絡をとり、昼食を食べ、飲みにいくし、恐妻家の伊達の浮気《うわき》のためのアリバイ工作にも積極的にのる。ときには海外のカジノにも遠征する。悪党たちからかすり取った金も綺麗《きれい》に折半である。

　では、本書『海の稜線』の主人公たちはどうだろうか。大阪府警捜査一課の文田《ふみた》巡査部長（通称〝ブン〟）と総田《そうだ》部長刑事（通称〝総長〟）で、この二人も仲がいい。黒川作品には大阪府警捜査一課の刑事たちを主人公にした作品が十一作（うち二作は短篇集）あり、『二度のお別れ』『雨に殺せば』『八号古墳に消えて』で活躍する黒マメコンビ（黒田《くろだ》憲造《けんぞう》巡査部長と亀田《かめだ》淳也《じゅんや》刑事）が有名だが、ブンと総長シリーズは四作で、本書はシリーズ一作目である。

深夜の名神高速道路で乗用車が爆破される事件が起きる。男女二人が焼死したが、ともに黒焦げになっており身元がわからない。目撃者の証言や現場に残された時限装置の証拠などから、ダイナマイトでの爆破に間違いはなかった。

大阪府警捜査一課の文田巡査部長は、東大卒のキャリアで東京から出向してきた萩原《はぎわら》警部補とともに事件捜査に乗り出すが、死体の身元がなかなか特定できなかった。少しずつ証言を集めていくうちに、点だった被害者たちの生前の活動が線になり、二人の男が浮上してくる。さらに捜査を続けていくと、謎の人物たちが、ある海難事故と関係があることがわかってくる。

という風に紹介すると堅苦しくなるが、ブンの一人称一視点で、まさに軽快そのもの。何かと関西文化と関西人をこき下ろす萩原とは反りが合わず、いがみ合ってばかりいるが、総長こと総田部長刑事がうまく二人をなだめながら捜査にあたるから、とても気持ちよく読める。

作者があとがきで述べているように、関西文化圏と東京文化圏との対決、つまり浪速っ子と東京っ子の対立は、そのまま大阪と東京の文化の違いを語ることにつながるのだが、こういう相棒同士の出自の違いは海外なら、人種の違いになることが多い。シドニー・ポワチエで映画化されたジョン・ボールの『夜の大捜査線』や、サンフランシスコを舞台にした刑事アクション映画『48時間』（一九八二年。監督ウォルター・ヒル）を思い出す人もいるだろう。強面《こわもて》の白人刑事（ニック・ノルティ）と軟派な黒人チンピラ（エディ・マーフィ）がコンビを組んで、凶悪犯の追跡にあたる内容だが、遠慮のないユーモラスな丁々発止のやりとりが、白人や黒人といった人種をこえて相互理解へとつながる。これは本書にもいえるだろう。ネタバレになるので、詳しくはいえないが、最後の二人のやりとりには必ずやニヤリとするはずだ。

もうひとつ面白いのは、ブンが母一人、子一人という設定だろう。刑事としての日々の捜査活動の進捗《しんちょく》をあれこれ母親に教えることで、母親も刑事の職を理解して、捜査の進捗状況を逐一聞き出そうとする。というと、いささかマザコンのようなイメージをもたれるかもしれないが、お節介な母親とあっけらかんとした息子という関係で母親依存のイメージではない。この家庭の場面も生き生きとしたやりとりが続くが、狙いは、複雑な事件の情況を逐次整理して、読者に事件への興味をいっそう抱かせることであろう。

そして忘れてならないのは、社会派的な視点だろう。パチンコ業界の裏を探る『果鋭』、保険金詐欺と殺人を繰り返す『後妻業』、オレオレ詐欺や不正受給など老人たちを食い物にする男たちと戦う『泥濘』など近年も毎回のように社会犯罪に鋭く迫っているが、初期の本書では海運業界の利権をめぐる問題を徹底的に追及していく。なぜこんなある。初期作品は、黒川の父親の仕事が船のブローカーということで納得である。初期作品に詳しいのかと思ったら、黒川の父親の仕事が船のブローカーということで納得である。

疫病神シリーズや堀内・伊達コンビなどのユーモラスなピカレスクと違い、初期作品は堅牢《けんろう》な警察小説である。刑事たちに漫才のようなかけあいをさせながらも、捜査活動は綿密で、事件は二転三転していき、被害者の素性には容易に辿《たど》り着けない。ミステリの面白さは、キビキビと謎が解かれていく過程ではなく、ときに停滞《ていたい》して五里霧中になるところにこそあると僕は思うが、本書には、そういう面白さの片鱗《へんりん》がある。警察小説ではあるが、最後に関係者を集めての謎解きがなされるように本格ミステリの要素も強い。警察組織の集団捜査活動をメインにしているものの、名探偵的な刑事が謎を解くというスタイルである。

『海の稜線』（一九八七年）は、前述したように、大阪府警捜査一課シリーズの一つであるブンと総長ものの第一作。『海の稜線』のあと『ドアの向こうに』（一九八九年）『絵が殺した』（一九九〇年）『大博打』（一九九一年）と続く。本書で顕著な本格ミステリの味わいは『ドアの向こうに』でいっそう際立つ。「改めて読み返してみると、なんとガチガチのパズラーではおまへんか、（中略）この粗雑な頭でよくもまぁ、こんなややこしいトリックを考えたもんや、と感心してしまった」と創元推理文庫版のあとがきで回想しているほど。本書は東京の人間を据えて、東西の文化を比較しているが、『ドアの向こうに』では京都人の刑事を加えて、大阪文化と京都文化の軋轢《あつれき》を捉《とら》えている。

初期の警察小説を読み返すと、当然のことながら組織内の刑事たちの正しい行動を捉えているから、破天荒な方向にはいかない。疫病神シリーズや堀内・伊達コンビものに顕著な、個性豊かな怪しい人物が賑々《にぎにぎ》しく登場してきて、どこに話が転がるかわからないような魅力はないけれど、逆に安定感に満ちた愉《たの》しさがある。

さきほど黒川博行が『破門』で直木賞を受賞したときの伊集院静の言葉を引用したが、そのときに「ここまで作品の質を落とさず書き続けた忍耐力、魂に敬意を表したい」という言葉もあった。同業者ならではの本音だろう。黒川博行が『二度のお別れ』でデビューしたのが、一九八四年。三年後に本書『海の稜線』を上梓《じょうし》して、二十七年後（！）の『破門』で直木賞を受賞した。本書を再読してあらためて現在までの長い作家活動をたどれば、「ここまで作品の質を落とさず書き続けた忍耐力」は驚嘆に値するし、「魂に敬意を表したい」という言葉に心から賛成したくなる。ぜひ本書を読んでほしい。疫病神シリーズや堀内・伊達コンビで黒川作品に出会った人たちにもお薦めしたい初期傑作である。

本書は二〇〇四年、創元推理文庫から刊行されました。
作中に登場する人名・団体等は、すべてフィクションです。
また、事実関係は執筆当時のままとしています。

海《うみ》の稜線《りようせん》

黒川博行《くろかわひろゆき》

令和元年 10月25日　初版発行
令和6年 12月15日　6版発行

発行者●山下直久

発行●株式会社KADOKAWA
〒102-8177　東京都千代田区富士見2-13-3
電話　0570-002-301（ナビダイヤル）

角川文庫 21848

印刷所●株式会社KADOKAWA
製本所●株式会社KADOKAWA

表紙画●和田三造

●お問い合わせ
https://www.kadokawa.co.jp/（「お問い合わせ」へお進みください）
※内容によっては、お答えできない場合があります。
※サポートは日本国内のみとさせていただきます。
※Japanese text only

ISBN 978-4-04-108562-2　C0193

◆◇◇

角川文庫発刊に際して

角川源義

第二次世界大戦の敗北は、軍事力の敗北であった以上に、私たちの若い文化力の敗退であった。私たちの文化が戦争に対して如何に無力であり、単なるあだ花に過ぎなかったかを、私たちは身を以て体験し痛感した。西洋近代文化の摂取にとって、明治以後八十年の歳月は決して短かすぎたとは言えない。にもかかわらず、近代文化の伝統を確立し、自由な批判と柔軟な良識に富む文化層として自らを形成することに私たちは失敗して来た。そしてこれは、各層への文化の普及滲透を任務とする出版人の責任でもあった。

一九四五年以来、私たちは再び振出しに戻り、第一歩から踏み出すことを余儀なくされた。これは大きな不幸ではあるが、反面、これまでの混沌・未熟・歪曲の中にあった我が国の文化に秩序と確たる基礎を齎らすためには絶好の機会でもある。角川書店は、このような祖国の文化的危機にあたり、微力をも顧みず再建の礎石たるべき抱負と決意とをもって出発したが、ここに創立以来の念願を果すべく角川文庫を発刊する。これまで刊行されたあらゆる全集叢書文庫類の長所と短所とを検討し、古今東西の不朽の典籍を、良心的編集のもとに、廉価に、そして書架にふさわしい美本として、多くのひとびとに提供しようとする。しかし私たちは徒らに百科全書的な知識のジレッタントを作ることを目的とせず、あくまで祖国の文化に秩序と再建への道を示し、この文庫を角川書店の栄ある事業として、今後永久に継続発展せしめ、学芸と教養との殿堂として大成せんことを期したい。多くの読書子の愛情ある忠言と支持とによって、この希望と抱負とを完遂せしめられんことを願う。

一九四九年五月三日

角川文庫ベストセラー

角川文庫ベストセラー

探偵倶楽部
東野圭吾

「我々は無駄なことはしない主義なのです」――冷静かつ迅速。そして捜査は完璧。セレブ御用達の調査機関〈探偵倶楽部〉が、不可解な難事件を鮮やかに解き明かす！　東野ミステリの隠れた傑作登場!!

さいえんす？
東野圭吾

「科学技術はミステリを変えたか？」「男と女の〝パーソナルゾーン〟の違い」「数学を勉強する理由」……元エンジニアの理系作家が語る科学に関するあれこれ。人気作家のエッセイ集が文庫オリジナルで登場！

殺人の門
東野圭吾

あいつを殺したい。奴のせいで、私の人生はいつも狂わされてきた。でも、私には殺すことができない。殺人者になるために、私には一体何が欠けているのだろうか。心の闇に潜む殺人願望を描く、衝撃の問題作！

ちゃれんじ？
東野圭吾

自らを「おっさんスノーボーダー」と称して、奮闘、転倒、歓喜など、その珍道中を自虐的に綴った爆笑エッセイ集。書き下ろし短編「おっさんスノーボーダー殺人事件」も収録。

さまよう刃
東野圭吾

長峰重樹の娘、絵摩の死体が荒川の下流で発見される。犯人を告げる一本の密告電話が長峰の元に入った。それを聞いた長峰は半信半疑のまま、娘の復讐に動き出す――。遺族の復讐と少年犯罪をテーマにした問題作。

角川文庫ベストセラー

使命と魂のリミット　東野圭吾

あの日なくしたものを取り戻すため、私は命を賭ける——。心臓外科医を目指す夕紀は、誰にも言えないある目的を胸に秘めていた。それを果たすべき日に、手術室を前代未聞の危機が襲う。大傑作長編サスペンス。

夜明けの街で　東野圭吾

不倫する奴なんてバカだと思っていた。でもどうしようもない時もある——。建設会社に勤める渡部は、派遣社員の秋葉と不倫の恋に墜ちる。しかし、秋葉は誰にも明かせない事情を抱えていた……。

ナミヤ雑貨店の奇蹟　東野圭吾

あらゆる悩み相談に乗る不思議な雑貨店。そこに集う、人生最大の岐路に立った人たち。過去と現在を超えて温かな手紙交換がはじまる……張り巡らされた伏線が奇蹟のように繋がり合う、心ふるわす物語。

ラプラスの魔女　東野圭吾

遠く離れた2つの温泉地で硫化水素中毒による死亡事故が起きた。調査に赴いた地球化学研究者・青江は、双方の現場で謎の娘を目撃する——。東野圭吾が小説の常識をくつがえして挑んだ、空想科学ミステリ！

生贄のマチ　特殊捜査班カルテット　大沢在昌

家族を何者かに惨殺された過去を持つタケルは、クチナワと名乗る車椅子の警視正からある極秘のチームに誘われ、組織の謀略渦巻くイベントに潜入する。孤独な潜入捜査班の葛藤と成長を描く、エンタメ巨編！

角川文庫ベストセラー

解放者　特殊捜査班カルテット2　大沢在昌

特殊捜査班が訪れた薬物依存症患者更生施設が、何者かに襲撃された。一方、警視正クチナワは若者を集めたゲリライベント「解放区」と、破壊工作を繰り返す一団に目をつける。捜査のうちに見えてきた黒幕とは？

十字架の王女　特殊捜査班カルテット3　大沢在昌

国際的組織を率いる藤堂と、暴力組織〝本社〟の銃撃戦に巻きこまれ、消息を絶ったカスミ。助からなかったのか、父の下で犯罪者として生きると決めたのか。行方を追う捜査班は、ある議定書の存在に行き着く。

標的はひとり　新装版　大沢在昌

かつて極秘機関に所属し、国家の指令で標的を消していた男、加瀬。心に傷を抱え組織を離脱した加瀬に来た〝最後〟の依頼は、一級のテロリスト・成毛を殺す事だった。緊張感溢れるハードボイルド・サスペンス。

眠たい奴ら　新装版　大沢在昌

破門寸前の経済やくざ高見は逃げ込んだ温泉街で警察嫌いの刑事月岡と出会う。同じ女に惚れた2人は、政治家、観光業者を巻き込む巨大宗教団体の跡目争いの渦中へ……はぐれ者コンビによる一気読みサスペンス。

冬の保安官　新装版　大沢在昌

ある過去を持ち、今は別荘地の保安管理人をする男。冬の静かな別荘で出会ったのは、拳銃を持った少女だった（表題作）。大沢人気シリーズの登場人物達が夢の共演を果たす「再会の街角」を含む極上の短編集。

角川文庫ベストセラー

新宿のありふれた夜　佐々木　譲

新宿で十年間任された酒場を畳む夜、郷田は血染めのシャツを着た女性を匿う。監禁された女は、地回りの組長を撃っていた。一方、事件を追う新宿署の軍司は、新宿に包囲網を築くが。著者の初期代表作。

鷲と虎　佐々木　譲

一九三七年七月、北京郊外で発生した軍事衝突。日中両国は全面戦争に。帝国海軍航空隊の麻生は中国へ出兵、アメリカ人飛行士・デニスは中国義勇航空隊として出撃。戦闘機乗りの熱き戦いを描く航空冒険小説。

くろふね　佐々木　譲

黒船来る！　嘉永六年六月、奉行の代役として、ペリーと最初に交渉にあたった日本人・中島三郎助。西洋の新しい技術に触れ、新しい日本の未来を夢見たラスト・サムライの生涯を描いた維新歴史小説！

北帰行　佐々木　譲

旅行代理店を営む卓也は、ヤクザへの報復を目的に来日したターニャの逃亡に巻き込まれる。組長を殺された舎弟・藤倉は、2人に執拗な追い込みをかけ……東京、新潟、そして北海道へ極限の逃避行が始まる！

逸脱
捜査一課・澤村慶司　堂場瞬一

10年前の連続殺人事件を模倣した、新たな殺人事件。県警を嘲笑うかのような犯人の予想外の一手。県警捜査一課の澤村は、上司と激しく対立し孤立を深める中、単身犯人像に迫っていくが……。

角川文庫ベストセラー

角川文庫ベストセラー

軌跡　今野　敏

目黒の商店街付近で起きた難解な殺人事件に、大島刑事と湯島刑事、そして心理調査官の島崎が挑む。（「老婆心」より）警察小説からアクション小説まで、文庫未収録作を厳選したオリジナル短編集。

熱波　今野　敏

内閣情報調査室の磯貝竜一は、米軍基地の全面撤去を前提にした都市計画が進む沖縄を訪れた。だがある日、磯貝は台湾マフィアに拉致されそうになる。政府と米軍をも巻き込む事態の行く末は？　長篇小説。

陰陽　鬼龍光一シリーズ　今野　敏

若い女性が都内各所で襲われ惨殺される事件が連続して発生。警視庁生活安全部の富野は、殺害現場で謎の男・鬼龍光一と出会う。祓師だという鬼龍に不審を抱く富野。だが、事件は常識では測れないものだった。

憑物　鬼龍光一シリーズ　今野　敏

渋谷のクラブで、15人の男女が互いに殺し合う異常な事件が起きた。さらに、同様の事件が続発するが、その現場には必ず六芒星のマークが残されていた……警視庁の富野と祓師の鬼龍が再び事件に挑む。

豹変　今野　敏

世田谷の中学校で、3年生の佐田が同級生の石村を刺す事件が起きた。だが、取り調べで佐田は何かに取り憑かれたような言動をして警察署から忽然と消えてしまった――。異色コンビが活躍する長篇警察小説。